O Roubo em três Atos

PAOLA ALEKSANDRA

O Roubo em três Atos

HARLEQUIN

RIO DE JANEIRO, 2024

Copyright © 2024 by Paola Aleksandra. Todos os direitos reservados.

Todos os direitos desta publicação são reservados à Casa dos Livros Editora LTDA. Nenhuma parte desta obra pode ser apropriada e estocada em sistema de banco de dados ou processo similar, em qualquer forma ou meio, seja eletrônico, de fotocópia, gravação etc., sem a permissão dos detentores do copyright.

COPIDESQUE	Laura Folgueira
REVISÃO	Natália Mori e Isabel Couceiro
DESIGN E ILUSTRAÇÕES DE CAPA	Marcus Pallas
ILUSTRAÇÕES DO MIOLO	Mary Cagnin
ILUSTRAÇÕES DO MIOLO	Shutterstock e Freepik
PROJETO GRÁFICO	Juliana Ida
DIAGRAMAÇÃO	Juliana Ida e Abreu's System

Dados Internacionais de Catalogação na Publicação (CIP)
(Sindicato Nacional dos Editores de Livros, RJ)

Aleksandra, Paola
    O roubo em três atos / Paola Aleksandra. – 1. ed. – Rio de Janeiro : Harlequin, 2024.

    ISBN 978-65-5970-440-8

    1. Romance brasileiro. I. Título.

24-94096

CDD: 869.3
CDU: 82-93(81)

Índice para catálogo sistemático:
1. Romance brasileiro   869.3
Bibliotecária responsável: Gabriela Faray Ferreira Lopes – CRB-7/6643

Harlequin é uma marca licenciada à Editora HR Ltda. Todos os direitos reservados à Editora HR LTDA.

Rua da Quitanda, 86, sala 601A – Centro
Rio de Janeiro/RJ – CEP 20091-005
Tel.: (21) 3175-1030
www.harpercollins.com.br

Para aqueles que já se sentiram amaldiçoados ao olhar para as
histórias de amor — sempre fracassadas — que lhes antecedem.
Eu já fui uma dessas almas desacreditadas e, após anos no
limbo, quebrei a maldição e encontrei o amor.
Então acredite. Seu clamor será ouvido,
e suas preces, atendidas.

SUMÁRIO

ATO I: A maldição • 13

ATO II: O roubo • 57

ATO III: A profecia • 157

Epílogo • 253

NOTA DA AUTORA • 265

AGRADECIMENTOS • 267

Era uma vez uma deusa solitária
que queria ser vista

Oculta em meio à multidão,
ninguém enxergava o sangue em suas mãos
como o prelúdio que antecede um sonho bom
Nunca o ápice, apenas a introdução

Seus filhos eram cultuados
enquanto seu vigor, reivindicado

Criar feria
A dor era tudo o que conhecia,
a profanação, o que merecia

Seu corpo trêmulo gritava
enquanto sua alma despedaçava

Volte para o caos!
sua mente dizia

Faça com que digam seu nome!
seu coração sonhador apelava

Com os joelhos no chão, seu destino foi traçado
Uma benção livrou seus ombros do peso,
e um novo infortúnio foi iniciado

Era uma vez uma deusa amada
que ousou querer demais

ATO I:

A maldição

UM

Naxos, Grécia, 520 a.C.

Leve-o consigo, deusa. Arranque-o de minha pele. Roube o vigor que afoga minhas súplicas. Até quando sentirei esse tormento? Faça-o atravessar o mar dos mortos. Arraste-o consigo para que eu volte a viver. Eu imploro, deusa!

Clama a jovem esposa do páter ao velar o sono do novo amante.

A deusa da noite está exausta.

Deuses primordiais não deveriam sentir o peso nos ombros e a fadiga física do trabalho braçal, mas Nix sempre soube que era diferente — para quem nasceu destinada a uma existência limitada, ela questionava demais.

Vagando pelas ruas vazias e silenciosas da ilha de Naxos, a deusa retira o capuz de seu manto da invisibilidade, abre o pequeno botão de pérola, tão brilhante quanto o longo cabelo dela. Quando a capa cai, a brisa balança suas mechas escuras. A maresia, o cheiro salgado do mar e as ondas quebrando na costa pedregosa aliviam um pouco o cansaço. Nix não precisa estar entre os humanos para cumprir seu papel no ciclo da vida, mas o faz mesmo assim, porque ama estas terras em particular.

Enquanto o resto do mundo prefere se concentrar apenas nos deuses do Olimpo, os moradores de Naxos permanecem fiéis a Nix, aproveitando o escurecer do dia para sussurrar preces à deusa da noite, implorando por algum tipo de descanso — seja ele imediato ou eterno. Nestas terras, marcadas pelo sangue dos sonhadores de outrora, os humanos se recordam das histórias da deusa e as contam de geração em geração. É por isso que este povo, tão machucado pela guerra e pela fome, não esqueceu que Nix é a primeira rainha das trevas e que — apesar de ter construído um futuro diferente para si e ignorado parte de suas sombras — ainda detém uma das chaves do submundo. Eles sabem que, com a boa vontade dela, os vivos podem encontrar os mortos e os mortos podem visitar os vivos. E, apegados a isso, dobram seus joelhos e clamam por algo que não conseguem dominar.

Nix fecha os olhos e deixa que as preces sussurradas a alcancem. Egoísmo, raiva, medo, orgulho e angústia a atingem. Na calada da noite, os sentimentos mais hediondos ganham voz e, geralmente, são esses os destinados à deusa. Ela não se incomoda. Para Nix, ser necessária é o suficiente.

É por isso que, apesar de poder desempenhar seu papel de portadora da noite de qualquer lugar da terra ou do universo, é em Naxos que Nix prefere estar. Aqui, ela escuta os clamores dos humanos com o coração compadecido e, em troca de suas preces, faz as sombras da noite caírem sobre a ilha com uma dose extra de cuidado. Somente nestas terras verdes rodeadas pelo mar cerúleo, onde o coração da deusa bate mais acelerado, a noite é sempre fresca, o céu, brilhoso e a lua, cheia. Nix não pode atender todas as preces feitas em seu nome, mas pode fazer com que a noite seja menos turbulenta para os sofredores, para que, no dia seguinte, eles descubram que o sol sempre aparece após a tormenta.

Atenta às preces do seu povo, ela abre os braços e faz uma brisa refrescante atravessar as janelas de todas as casas da ilha onde seu nome é dito como uma súplica. Não são muitas, então leva menos de um piscar de olhos para reunir toda a energia de que precisa. O poder corre por sua pele como o beijo de um amante, mas, assim que ele flui, Nix sente a pontada de dor e sua voz impiedosa ecoando na mente:

Deixe-me sair, clama seu poder.

E a deusa o ignora, como tem feito nas últimas décadas.

Nix nunca teve medo dos seus dons, mas, ultimamente, escolheu abafá-los. Toda vez que pensa em como gostaria de ser amada e reverenciada pelos humanos, em como seria ótima em zelar o sono dos angustiados e em como seu nome raramente toca os lábios da

ATO I: *A maldição*

nova geração, uma dor lacerante corta seu íntimo. Ela sabe muito bem que o motivo por trás de tamanha tortura é seu desejo egoísta de ser cultuada, por isso, assim que a dor aparece para macular sua noïte, a deusa redireciona seu poder.

Como não deseja aprisionar seu dom, apenas controlá-lo, Nix libera pequenas doses diárias da imensidão divina que borbulha em seu peito. É por isso que, em meio a dor, ela busca alento na previsibilidade sombria do submundo e abre uma janela entre os dois mundos – o dos humanos e o dos deuses renegados à escuridão.

A deusa da noite precisa lembrar de onde veio, caso contrário, sucumbirá.

— *άνοιξε το παράθυρο* — diz, ao beijar as pontas dos dedos.

Nix considera criar um portal para o plano inferior um mau uso de seu poder, mas é preferível usá-lo para algo banal do que ser consumida por ele. Em um mísero segundo, sua magia ganha vida, os lábios formigam e uma névoa negra circula seus pulsos, criando um pequeno vendaval ao redor de seu corpo. A força do vento faz as vestes lhe abraçarem e o cabelo açoitar o rosto; os gritos de sofrimento que saem do portal e alcançam seus ouvidos sensíveis cumprem o objetivo de acalmar a mente ansiosa. Ao ouvir os apelos chorosos, Nix recorda que a magia nasce dela, não o contrário.

— Junte-se a mim! Agora, venha agora, Nix! — esbraveja o irmão através do portal, colocando um sorriso na face da deusa.

Nascidos do Caos, Nix e Érebo foram os primeiros deuses a surgirem do vazio. Destinados ao Vácuo (um lugar inóspito, frio e escuro) desde os primórdios da criação, receberam os títulos de deus da escuridão e deusa da noite. Por muito tempo, tudo o que conheciam era o breu, mas isso nunca foi suficiente para Nix, que desejava noites tão escuras quanto brilhosas. E, na medida que seu irmão abraçava com prazer todas as imposições de um destino sombrio, a deusa repudiava a ideia de uma existência tão limitada.

Sofrendo e ansiando por algo que não sabia nominar, Nix sangrou por anos a fio, remoendo emoções que lhe corroíam a alma, até que um clarão forte ofuscou sua visão e seus primeiros filhos emergiram:

O roubo em três atos

Éter, o céu superior, e Hemera, a luz do dia. Seu corpo ainda convulsionava de dor quando os deuses recém-nascidos fizeram uma reverência e partiram em busca de seus destinos, deixando-a sozinha para explorar a imensidão inflamada de seu poder.

Embriagada pela emoção da criação, Nix percebeu que parte de seu valor proveniente da noite estava em gerar vida. E, ansiosa por ser vista e admirada, foi isso que fez: *criou deuses incansavelmente*. Enquanto os deuses do panteão guerreavam, amavam e se vingavam, Nix dava à luz, transformava humanos em deuses e acolhia sob seu manto os filhos renegados dos Titãs. Para o seu completo alívio, em meio à exaustão do parto não perdia um mísero segundo pensando em como seu nome soaria entre as preces suplicantes ecoadas nos templos humanos.

Nix sangrava porque era conhecedora dos segredos da criação, uma das poucas capazes de dar vida a novos deuses. Saber que suas dores, seus medos e anseios viravam criaturas poderosas era o suficiente para preencher o vazio em seu peito. Gerar era tudo o que importava — e foi assim por um longo tempo.

Novos gritos a atingem, ecoando através do portal de magia, vindos tanto de seu irmão quanto das almas por ele enlaçadas que vivem no Tártaro. Os sons acalmam a alma, e o poder agitado de Nix faz o pequeno ciclone ao redor dela vibrar em um suspiro de alívio. Com a força renovada, a deusa abre a palma da mão e transforma a fagulha de magia em uma esfera de vidro. Olhando para o céu azulado da madrugada, a deusa da morte lança a esfera para o horizonte, fazendo surgir dela uma chuva de estrelas cadentes.

A noite estrelada amansa seu poder agitado e traz novas preces até Nix.

Sentada em uma das montanhas à beira da ilha, ela escuta os humanos que olham para as estrelas caindo do céu e clamam à deusa da noite.

Mais uma noite em que seus poderes foram contidos e suas vontades, abafadas.

Mais uma noite sozinha, unindo preces angustiantes às suas próprias súplicas.

DOIS

Que este seja meu último suspiro. Por favor, que eu a encontre no além-vida! Sem ela, não desejo mais viver. Deusa, escute-me, tudo o que quero é voltar aos braços dela. Leve-me, leve-me até ela.

Profana a enlutada ao arrancar a faca ensanguentada
do peito de sua amada.

— É hora de ir — afirma a deusa da noite assim que percebe o céu noturno rarear.

Levantando-se, Nix pega seu manto até então esquecido e, com movimentos precisos e calmos, prende o botão de pérola no centro, segurando-o no lugar. São longos metros de tecido bordado, lustrado, perfumado e enredado em linhas de sua história milenar. O manto é tão pesado quanto a responsabilidade que recai nos ombros da deusa. Ao usá-lo, Nix se mantém oculta durante o dia, protegida dos raios de sol. Como deusa da noite, seu lugar é na escuridão, então o manto é ao mesmo tempo uma barreira e um casulo. Ao vesti-lo, ninguém a vê, a ouve ou a sente. Ele a protege do frio e da solidão, da claridade explícita do dia e do esquecimento que provém dele, enquanto carrega o peso de suas lembranças. Cada passo, escolha e criatura gerada por Nix foram bordados e anexados à peça. Suas dores podem ser lidas no tecido, assim como suas maiores alegrias.

Ela e o manto são como um só, e é por isso que, ao puxar o capuz sobre a cabeça, Nix sente cócegas nas bochechas e um calor sobe por sua espinha. É como se o manto a avisasse de que algo *bom* está por vir.

— Que assim seja — suplica Nix ao terminar de se vestir.

Quem disse que deuses também não imploram?

O roubo em três atos

Enquanto caminha até o portal construído na entrada da ilha, a longa cauda de seu manto é arrastada pelo chão, cobrindo a terra de orvalho e fazendo jorrar vida de sua barra brilhante. Flores germinam, animais rastejantes saem das tocas e nascentes de água correm embaixo da terra. A cada passo, seu amado manto lhe recorda que seu dom é criar, seja a noite ou a vida que vem dela.

Muitos séculos atrás, assombrada por mais um dia frio e solitário no Tártaro, Nix fechou os olhos e desejou ser abraçada. E então, ao abri-los, sentiu uma capa pesada e quente aquecer seu corpo trêmulo e esgotado. No princípio, o tecido era liso como um céu sem estrelas, mas, com o passar do tempo, ganhou vida através de bordados tecidos em fios de prata, pedras preciosas, flores, pó de lua e estrelas caídas do céu. Tão lindo quanto a existência da deusa da noite, o manto era uma das suas criações mais dolorosamente sinceras. Nix desejava que sua história fosse contada e, mesmo que a peça não fosse vista — assim como a deusa não era —, os desenhos em seu tecido narravam a imensidão da história que a deusa da noite temia ser esquecida.

Um novo borbulhar de poder faz o tecido e a pele da deusa vibrarem. Mas, dessa vez, ela sabe que a magia não vem dela.

"Estou com saudade", afirma a voz rouca, mas dócil em sua mente.

"Já estou voltando, filho", responde Nix.

"Tenho um presente, mãe da noite."

Hypnos faz seu poder atravessar os mundos, levando os dedos sedentos de Nix até a barra de seu manto. Ao encarar o pedaço de tecido em suas mãos, a deusa vê o exato instante em que a magia do filho faz nascer um novo desenho. Ela não entende de imediato o que o bordado significa, mas ainda assim sente-se agradecida.

Apesar de os humanos estarem se esquecendo de Nix, seus filhos não o fazem. Até mesmo quando escolhem viver longe e afastados, suas criações encontram uma forma de estarem presentes — e de aparecerem para Nix, pedindo ajuda ou benevolência nos momentos mais inóspitos. E o manto dela é a prova viva disso.

ATO I: *A maldição*

Quando a deusa da noite criou a capa, inconscientemente abriu um portal de comunicação com os filhos. Nas teias do tecido, fez surgir bordados da gestação de cada uma de suas criações e através deles contou os sacrifícios do parto. Então mesmo quando não se importam, seus filhos *sabem* o quanto ela sangra para criá-los.

É claro que eles não compreendem o manto em totalidade — nenhum filho é capaz de ver a mãe além das máscaras da maternidade. Com uma dose extra de atenção, seus olhos destreinados são capazes de ler a história entrelaçada aos fios mágicos, mas, em vez de usarem os traços para entendê-la, usam para cultuá-la.

Às vezes, flores novas aparecem em sua capa e Nix sabe que foram bordadas pelas mãos de alguma de suas criações. Pontos que ameaçam soltar do tecido são remendados e espaços vazios, preenchidos. Seus filhos usam o tecido para embelezar a história da mãe, e a deusa se alegra diante de tais gestos. Nem todas as criaturas oriundas dela conseguem enxergá-la em sua essência, mas ao menos veem as marcas de suas dores.

"Obrigada, Hypnos", fala Nix por fim, olhando mais uma vez as linhas cruzadas bordadas em um pequeno espaço de seu manto.

"Não me agradeça ainda, mãe", diz o deus do sono como um adeus, saindo da mente de Nix com um ronco sonolento.

Balançando a cabeça, Nix solta o manto e continua a caminhar. Ela sabe que o filho apareceu por alguma razão, mas está cansada demais para imaginar suas motivações. Tudo o que importa é que cada bordado em seu manto — seja feito pela deusa ou por uma de suas criações — cobra um preço alto que Nix está disposta a pagar. Os rastros de criação que maculam seu corpo cintilam em suas vestes e ecoam no sangue daqueles que provêm dela, e assim manterão viva a sua história.

É impossível negar que ela se sente cada vez mais exaurida. Ansiando por experimentar o calor do sol em sua pele, a brisa da manhã bagunçando seu cabelo ou a sensação inebriante de ser enxergada por inteiro na claridade do dia, sem precisar de um manto para ocultá-la ou das insígnias bordadas nele para ser entendida. Mesmo querendo

O roubo em três atos

tantas coisas que não pode ter, Nix continua sentindo orgulho de si mesma: das criações que pariu, das milhares de noites que faz nascer e do amor que imprime a cada passo dado.

Quando finalmente chega em seu destino, o céu preto ganhou tons de cinza e um raio vermelho começou a despontar no horizonte. Ela está perto do limite entre noite e dia e, ainda assim, reluta em voltar ao Tártaro. Sua existência no submundo já não é mais ao todo solitária. Mas ela não consegue parar de pensar que sua vida na caverna que chama de lar é também uma espécie de prisão. Se não precisasse trancar-se no breu para não ser atingida pela luz do dia, Nix com certeza passaria sua existência vagando pela terra.

Com as mãos apoiadas no portal de cerca de seis metros de altura, feito com vinte toneladas do mármore mais puro já encontrado em terras gregas — construído por humanos a pedido de Dionísio, seu querido filho de criação —, Nix deixa a cabeça pender. Ela tem um único segundo para afundar-se em comiseração, depois disso, sabe que levantará a cabeça e seguirá novamente seu destino sem lamentar.

Só que um segundo vira um minuto e, quando dá por si, Nix está com os braços enrolados em uma das pilastras do portal, como se ele fosse capaz de salvá-la. E talvez seja. De repente, a deusa começa a escutar seu nome sendo repetido em meio a choro. Atraída pelo eco distante, Nix ergue a cabeça e usa uma das mãos para puxar uma nuvem pesada do céu, obrigando-a a se aproximar. Através da névoa densa de água, o véu do mundo das ilusões é rasgado e o oculto revelado.

Seu corpo continua preso na entrada da ilha, no centro do portal. Já sua mente vaga entre mundos e alcança a terra turbulenta dos pesadelos de um humano.

Aos poucos, uma imagem é formada. Seu nome sai dos lábios de um homem na casa dos 40 anos, debatendo-se no sono. O cheiro do quarto é de morte e, mergulhando na mente dele, Nix vê o pobre desolado reviver o momento em que perdeu a esposa e a filha para o tifo. Ele as observa de longe e, de joelhos, implora a Nix pela

22

ATO I: *A maldição*

possibilidade de tocá-las uma última vez. O amor que sente por elas é algo que Nix nunca imaginou encontrar enraizado na alma de um humano.

Assim como Nix, ele também sabe o que significa viver aprisionado pela dor.

Assim como a mãe de todos os deuses, ele está disposto a sangrar pelos seus.

Assim como a deusa da noite, o humano também deseja mais do que pode ter.

E, assim como ela, o tolo também tem mentido para si mesmo — ele acredita ser forte para suportar o vazio, mas, se continuar assim, acabará enlouquecendo.

Nix gostaria de poder fazer algo por ele, mesmo sabendo que é impossível, que abrir o reino dos mortos para um vivo é o mesmo que levá-lo à morte, que usar tamanho poder traria danos irreversíveis para aquela vida. Mas, neste instante, tudo em que a deusa consegue pensar é que *não quer* que o humano suplicante morra.

Pena que seu tempo está se esgotando e que o dia já vai raiar.

Triste e desolada, Nix abandona o reino dos sonhos, une corpo e mente, enxuga o suor da testa, solta as laterais do portal e dá um passo para a frente. Deixando uma única estrela no céu para que cuide de sua filha Hemera, a deusa estala os dedos e atravessa os limites do tempo.

Em sua cabeça, ela está indo para o Tártaro, mas, em seu coração, o destino é outro. E, no final das contas, Nix não se surpreende ao ver que, mais uma vez, o vencedor da batalha entre razão e emoção foi seu tolo coração.

TRÊS

Leve-o consigo. Receba-o em sua casa. Zele por sua alma. Ame como ama todos os renegados, deusa.

Urge o guarda ao depositar o corpo pequeno de seu filho bastardo em uma vala.

— Por favor, Nix. Eu lhe imploro.

As palavras ecoam pelo quarto frio e escuro.

O cheiro de suor e álcool não a assusta. Nix está acostumada com Dionísio aparecendo em sua caverna exalando odores bem piores. Mas as lágrimas escorrendo pelos olhos fechados do humano, a pele manchada de sol, rachada e ressecada, as mãos trêmulas segurando os lençóis como se dependessem deles para sobreviver... Tudo isso, unido ao som de seu nome saindo dos lábios suplicantes, faz a deusa da noite ser imprudente.

De olhos fechados, Nix clama a um dos Oniros, esperando que um dos mil sonhos enviados pelos deuses aos humanos a escute. Mesmo na terra, é capaz de sentir suas almas vagando pelo oceano que antecede o reino de Hades. Alguns a ignoram, outros simplesmente não a ouvem de tão longe, mas um deles cintila entre os mundos e aceita seu chamado.

Rasgando as tramas do pesadelo que aprisiona o humano angustiado, Nix abre espaço para que o filho faça seu trabalho. Diferentemente dos outros deuses, ela não costuma usar os Oniros de forma impensada. Seus mil filhos vivem vagando entre mundos como mensageiros enviados pelos deuses até os humanos, seja como portadores de profecias ou propagadores de falsas palavras — no geral, são usados como peões no tabuleiro entre humanos e deuses.

O roubo em três atos

Nix não gosta de como essa balança pende para o lado leviano, mas hoje fará uso dessa ligação para acalentar o humano agitado com a representação de uma memória.

Enquanto seu filho não chega, a deusa estica as cortinas pútridas do quarto e deixa que a luz do final da noite e começo da manhã entre no aposento. Sua pele arrepia com a brisa e, com o exalar de um suspiro de contentamento, Nix afasta o odor acre do lugar. Agora o quarto é tomado pelo doce perfume de papoulas. Quando nascidas em terra, as flores favoritas da deusa crescem belas, mas sem aroma algum. Só quando emergem de suas mãos é que emanam o mais harmonioso dos cheiros.

O humano logo sente a mudança ao seu redor e, aos poucos, relaxa o corpo envolto pelos lençóis. As lágrimas ainda escorrem por sua face e molham o travesseiro abaixo de sua cabeça, mas, graças à presença de Nix, ele já não sente mais os ossos rangerem e o sangue queimar. E, tão logo um dos Oniros adentra sua mente, o semblante triste do homem é substituído por uma expressão saudosa.

A deusa da noite estava esperando por esse momento, mas, agora que seu filho chegou, sente-se temerosa. Nix sabe bem o que é certo e o que é errado — principalmente porque vive mediando conflitos gerados por deuses orgulhosos que amam enviar seus filhos Oniros ao reino humano como anunciadores de paixões, guerras e maus presságios.

Além disso, como alguém que já viu muitas divindades sucumbirem aos pés dos humanos, Nix está ciente de que atravessar o reino dos sonhos pelo homem deitado a poucos metros de distância, escancarar as portas do submundo e mandar um dos Oniros até ele é perigoso.

A deusa da noite conhece bem as regras e, mesmo assim, pretende quebrá-las.

— Deusa, elas estão tão perto. Eu imploro, deixe-me tocá-las! — Dessa vez, a voz dele é forte, esperançosa, confiante.

Nix volta os olhos ao humano suplicante e sente o coração apertar. Muitos deuses têm templos gigantescos construídos para si, festas que levam seus nomes e estátuas de mármore espalhadas por jardins ao redor do mundo como lembretes de seus grandes feitos heroicos.

ATO I: *A maldição*

Mas ela não é um deles. Apesar de exercer seu papel com afinco, iniciando e finalizando o ciclo da noite dia após dia e mantendo as trevas no lugar, a deusa da noite foi esquecida pelos humanos.

Ou, pelo menos, pela maioria deles, pensa ao correr os olhos pelo seu humano.

Ele não é dela e nunca será, mas, a cada súplica que faz em seu nome, liga sua alma à da deusa de uma maneira definitiva. Os laços vão se formando, criando raízes dentro de Nix, abrindo portas em sua mente desejosa. Ela está muito perto de quebrar todas as regras e, em vez de pavor, está começando a sentir o júbilo de ser vista.

— Estou tão cansado de estar sozinho, Nix.

O homem implora e estende uma das mãos ao vazio, como se fosse capaz de sentir a presença da deusa da noite. Ela caminha até ele, mas não o toca — não ainda. Próxima o suficiente, ela sente o cheiro de sua alma, um odor salgado, misturado com o suor de quem trabalha duro para viver, mas ama o que faz. Nix também sente as notas de alegria de quem sabe que viver é uma dádiva, assim como o cheiro forte do luto, do medo e da tristeza.

— Quebre a profecia, deusa, por favor, eu só quero ser visto.

Em meio ao luto e à tristeza, tudo o que ele mais quer é que alguém o veja.

Quando as súplicas do humano se misturam com uma nova onda de lágrimas, Nix toma sua decisão.

— Abra sua mente para mim, meu caro — fala, envolvendo o pulso dele com uma das mãos.

Como esperado, seu toque frio causa um choque de dor que faz o humano ranger os dentes. Ele grita e ergue o corpo da cama, mas, mesmo inconsciente, não se afasta. De alguma forma, esse humano quebrado e enlutado sabe que está sendo ouvido e assistido pela primeira vez em toda a sua parca existência. Nix aguarda mais um milésimo de segundo e, depois que os gritos ricocheteiam pelas paredes do quarto pela última vez, ela libera seu poder.

Ao encontrar o âmago do humano, a deusa da noite mergulha em sua essência, nadando pelas reentrâncias de sua história

O roubo em três atos

e sentindo na língua o sabor agridoce de todos os seus segredos mais profundos — mas não todos. Algumas coisas o desconhecido implora à deusa que permaneçam ocultas e, sentindo-se benevolente, ela o faz.

O nome dele é Sebastos e, assim como o passado que carrega, a honra é sua principal virtude. Pescador, vive perto da água porque ama tanto o mar quanto a família que construiu em terra. Sua esposa foi sua melhor amiga, não o grande amor de sua vida — não que ele soubesse disso, mas Nix consegue ver o amor verdadeiro espreitando em algumas linhas do seu futuro, esperando o momento certo para aparecer. O casal passou longos anos implorando um filho aos deuses e, após esperarem por seis verões, finalmente geraram sua primeira e única criança.

A deusa arfa ao sentir a força do laço entre pai e filha. Eleni, eles a chamavam, já que a menina nasceu com o cabelo loiro brilhante da mãe e o espírito alegre do pai. Perdê-la foi a maior tristeza da vida de Sebastos, uma dor que ele nunca superará, não de verdade. Caso vença as próximas semanas da doença e permaneça vivo, conseguirá recomeçar a vida e aprenderá a conviver com essa perda. Caso contrário, um dos filhos de Nix o levará até Hades. Nenhum desses caminhos trará sua filha de volta, então a deusa — em um impulso que lhe queima a pele — resolve acrescentar uma terceira opção nas páginas do livro da vida de Sebastos.

Sentando-se na beirada da cama, pega a cabeça do homem e a coloca sobre seu colo. Embalando-o com carinho, ela começa a cantar uma profecia em seu ouvido, usando um dos Oniros para guiá-lo até o portão do submundo. Apesar de estar induzindo-o através do sonho, levar sua alma para outro plano é perigoso demais. Se algo der errado, Sebastos ficará perdido entre os mundos, vagando em espírito enquanto o corpo entra em coma. Contudo, pela primeira vez em muito tempo, Nix não teme a imensidão de seu poder e as consequências de usá-lo. Ela não tem medo porque sabe que vai valer a pena, que esse humano de pele cansada e olhos chorosos vale a pena.

ATO I: *A maldição*

Com um único suspiro, a deusa domina a magia borbulhante dentro de si, envolve a alma do humano em uma intricada rede de proteção e atravessa o véu entre os mundos. Carregando-o nos braços fortes, Nix chega ao submundo e encontra Caronte esperando-os em um barco.

Seu filho ingrato a encara com um olhar reprovador, mas — seja por causa da expressão afiada marcando o rosto de Nix, ou por causa da ordem direta que sai de sua boca — não ousa falar uma única palavra. Os três atravessam os mares do Tártaro em silêncio, até Nix sentir-se pronta para criar uma ponte que os levará ao seu destino. A voz de Hades tenta alcançá-los, mas a deusa o bloqueia. Ela sabe que invadir seus domínios custará um preço alto, mas está disposta a pagar quando a hora chegar.

Deixe que o futuro venha cobrar seu preço. Hoje, nada mais importa que o homem de semblante cansado em seus braços.

— Vamos, é chegada a hora — fala com os lábios tocando a testa do humano.

Nix sorri ao observar a cena à distância.

Embaixo de uma das árvores criadas pela deusa, Sebastos mantém os braços ao redor de sua filha. Gargalha ao ouvi-la contar sobre sua vida no eterno e faz cócegas em suas costelas sempre que a garotinha narra algo novo e inacreditável. Ele acha que está sonhando, mas a verdade é que está realizando seu desejo mais profundo: encontrar a filha uma última vez.

Antes de adentrarem o submundo, Nix escolheu uma de suas cavernas favoritas para criar uma ilha de memórias. Ela precisava de um local seguro para pai e filha se acharem, então usou tudo o que aprendeu ao mergulhar na mente de Sebastos para dar vida à sua criação. Sebastos e Eleni pescavam juntos, por isso a deusa fez um rio doce e translúcido surgir na caverna. Empoleiravam-se nos pés de romã para colher os frutos mais apetitosos, o que fez Nix

O roubo em três atos

criar dezenas de romãzeiras. Os dois passavam o final da tarde no quintal de casa, olhando o sol se pôr, então, de forma saudosa, a deusa pintou o céu em tons de laranja, amarelo e roxo só para eles.

Ela estaria mentindo se não dissesse que parte dela também está entusiasmada com a cena. O sol em sua pele é bem-vindo. Mesmo ciente de que tudo não passa de uma ilusão, a mentira temporária é capaz de tocá-la e aquecê-la, tal qual conforta pai e filha a alguns metros de distância.

Ainda assim, como tudo na vida de Nix, a alegria é ofuscada por uma pressão latente em seu baixo ventre. Usar tanto de seu poder fez abrir uma nova ferida dentro da deusa da noite. Ela sente a dor escorrendo, latejando e ganhando novas formas, mas é apenas mais uma coisa com a qual ela lidará no dia seguinte.

— Então você é feliz? — pergunta Sebastos para a filha, com os olhos atentos a qualquer sinal de sofrimento.

— Sim. Aqui nada mais dói, papai — responde a menina com um sorriso puro no rosto. — E tudo o que desejo é exatamente tudo o que eu tenho.

Nix imediatamente gosta da garota, então faz uma romã doce e farta cair em seu colo. O espírito da garota encontra a deusa com o olhar. Diferente de seu pai, ela sabe exatamente o que está acontecendo.

Obrigada, deusa, fala Eleni sem emitir som algum, usando seus pensamentos para enviar uma prece direta a Nix.

O peito da mãe de todos os deuses se aquece de uma maneira diferente. Em menos de uma hora, ela recebeu mais atenção humana do que durante os últimos milênios de sua existência solitária. Mesmo no início, quando era cultuada, seu nome era associado ao medo e à morte, mas hoje as preces sussurradas por pai e filha transbordam gratidão e esperança. Finalmente Nix entende o motivo de seus filhos passarem tanto tempo entre humanos — a sensação de ser amada e adorada por eles é inebriante.

Mas em outro plano, naquele em que Sebastos dorme em seu colo, os raios de sol finalmente infiltram pela janela, e os poderes de Nix vacilam. Ela chegou ao limite.

ATO I: *A maldição*

A visão da deusa embaça, sua cabeça dói, os pelos dos braços arrepiam e o manto cobrindo seu corpo a aperta como milhares de amarras sufocantes. Nix não percebe, mas está flutuando.

Humano e menina não estão mais protegidos de sua presença.

Um grito a alcança, e, no furor da inconsciência criada pela dor, Nix não consegue definir se é de sofrimento ou surpresa. Passos leves se aproximam, mãos falhas tentam alcançá-la, mas o corpo de Nix as repele, mantendo-a sozinha em meio ao caos.

Ela está tão cansada que sente uma lágrima solitária rolar pela face. Nix nunca chorou antes.

— Por favor. — O som vergonhoso vem dela.

A deusa da noite sente o poder jorrar de sua pele. Tenta controlar, mas não consegue impedir que a força do seu dom transborde e a corte em milhares de pedaços de luz. O espírito de Eleni tenta resguardar o pai dos raios que saem dos olhos de Nix com um abraço protetor, mas o aperto não é forte o suficiente. O humano não quer ser contido; em uma ânsia que não entende, ele sente que precisa ir de encontro ao clarão.

O homem beija a testa da filha e, com passos surpreendentemente certeiros, segue até Nix. Ele não teme a luz e caminha até ela de cabeça erguida. A cada passo, novos pedaços de Nix lhe são revelados. Enxergá-la por inteiro, além dos borrões de claridade ao seu redor, é tudo o que deseja. Quando chega a poucos centímetros da deusa e seu apelo é ouvido, o humano cai de joelhos e chora.

Ele vê a luz, ele vê a deusa, ele vê a paisagem ao redor dele e, principalmente, enxerga na expressão de Nix todo o sofrimento que ela tem carregado e que agora verte de seus olhos marejados.

— Obrigado, deusa. Obrigado por ter me atendido.

Sebastos agradece por quem ela é: piedosa o suficiente para sofrer em seu nome. Um som escapa dos lábios de Nix. Acostumada com as preces e os apelos, a gratidão — nunca ouvida ou sentida — a pega de surpresa.

Nesse instante, o poder transbordando dos olhos da deusa encontra o espírito do humano e, sob seu toque mágico, a plenitude de

O roubo em três atos

sua aparência é revelada: longo cabelo preto, pele marrom-escura e lustrosa, quadril largo, cintura curvilínea, seios fartos e pescoço longo. Sebastos deseja tocá-la e venerar cada centímetro de sua pele. Ele deseja agradecê-la por vê-lo e, principalmente, por se deixar ser vista.

Nix grita — não mais de dor, mas agora de prazer — e, em um piscar de olhos, pai e filha se despedem com uma troca de olhares que ficará gravada no manto mágico da deusa. A ilha de memórias se desfaz, e deusa e homem estão de volta à terra.

Só que, agora, é ele que a ampara em seu colo e canta em seus ouvidos para afastar os tormentos que saem de seus belos lábios.

QUATRO

Mate-a. Mate-a de um jeito doloroso. Arranque seu coração, deusa. Ela não o merece, ele é meu. Que ele seja meu, por favor, só meu.

Amaldiçoa a mulher ao ver seu amado festejado pela rua com a nova conquista.

— O que foi que eu fiz? — murmura Nix para o vazio, andando de um lado para o outro em sua caverna.

Sua pele ainda exala o perfume de Sebastos, algo que a deixa ainda mais desconcertada. Se não fosse chocante o bastante ter sido vista e tocada por um humano, Nix sente nas profundezas de seu ser que criou algo novo na noite passada. Ela não tem certeza se foi um deus, uma deidade ou um objeto mágico, mas conhece os sinais de uma concepção bem o suficiente para ficar aterrorizada.

A última vez que sentiu algo assim foi quando Lissa, a deusa da fúria desenfreada, surgiu aos seus pés após um rompante de raiva. Nix nunca se perdoou por ter deixado suas partes mais sombrias virem até a superfície. Mesmo que a deusa ame a filha, não acha justo Lissa vagar solitária pelas florestas, perdida em um estado constante de loucura causado pela ira.

Com medo do desconhecido, Nix abre o botão perolado da capa com rapidez e a joga no chão. Ela estala os dedos para que o tecido volte a sua forma original, suspirando de alívio ao ver os incontáveis metros de extensão expandirem pelo chão da caverna.

Com os pés descalços e olhos atentos, Nix caminha por toda a dimensão da capa, buscando qualquer indício de uma nova trama. Ela não faz ideia do que procurar e isso a deixa irritada. A deusa dá uma volta completa pelo manto, então regressa para a ponta oposta, agacha para correr os dedos pelas bordas na ânsia de encontrar ao menos um ponto novo, mas seus olhos não capturam nada.

— Pelos deuses do Olimpo, está viva! — falam Egle, Erítia e Héspera em uníssono no exato instante em que entram pela porta da caverna.

Assustada com a invasão inesperada das filhas Hespérides e com o barulho estridente de suas vozes agudas reverberando pelas paredes, a deusa da noite dá um passo para trás, quase tropeçando em seu manto. Assim como Nix e Hemera, as três também fazem parte do ciclo do dia. Se Hemera traz a manhã e Nix, a noite, as Hespérides são as deusas do entardecer. Apesar do trabalho que as cinco deusas desempenham juntas, as três mais jovens raramente conversam com a mãe ou com a irmã mais velha.

Para as Hespérides, a manhã é ensolarada demais e a noite, muito solitária. Por isso, presas entre o nascer e o findar do dia, elas mantêm-se distantes para não perderem sua essência. É por isso que Nix as encara de queixo caído, sem conseguir pensar em um motivo sequer para as filhas atravessarem o submundo e virem parar no Tártaro.

— O que estão fazendo aqui? — pergunta. — Se vieram reclamar de algum de seus irmãos, melhor voltarem no próximo século. Agora estou ocupada.

— Achamos que tivesse morrido, mãe — falam, mais uma vez, juntas.

É assim que as três são: figuras individuais que se comportam como uma única entidade. Egle, Erítia e Héspera fazem tudo juntas. Seus movimentos são sincronizados ao encararem a deusa da noite com uma sobrancelha erguida e apontarem as mãos para o céu.

— E de onde tiraram tamanha falácia? — questiona Nix, exasperada.

— A senhora se esqueceu.

— Como? Esqueci-me do quê?

— Da noite, estamos esperando-a para findar o entardecer.

O peso dessa sentença recai sobre os ombros da deusa de uma só vez. Ela arqueja em estupor e olha o céu do Tártaro, de repente ciente de que buscou refúgio em sua escuridão sem importar-se com

ATO I: *A maldição*

mais nada. Em milênios, esta é a primeira vez que a deusa fugiu de suas obrigações a ponto de perder o horário de dar início à noite. Pensar que tal coisa aconteceu exatamente naquele dia, logo depois do descontrole que vivenciou horas antes, parece um prelúdio bastante ruim.

Sua mente volta ao humano, na forma como dormiu abraçada a ele, na sobrecarga de poder que a dominou logo após ajudá-lo, na felicidade que sentiu ao ser venerada como uma deusa pela primeira vez em muito tempo e, perdida em uma espiral dolorosa de reflexões, sente os ombros caírem, os olhos marejarem e a garganta embargar.

Algo dentro de Nix mudou em definitivo e, ao se dar conta disso, seu espírito flagelado fraqueja por um mísero segundo; tempo mais do que suficiente para suas filhas enxergarem sua fragilidade.

— O que está acontecendo, mãe?

As três deusas do entardecer avançam preocupadas até Nix, mas ela as afasta com um gesto das mãos. Não é que a ideia de ser confortada a incomode, longe disso, é que a deusa da noite tem medo de sucumbir caso deixe que a amparem. E, enquanto não descobrir o que aconteceu na noite passada, Nix está decidida a não esmorecer.

— Pronto — fala com um estalar de dedos. — A noite já surgiu no céu.

A magia abandona seu corpo com a mesma rapidez de uma exalar. Dar vida à noite é exatamente assim para a deusa: tão fácil quanto respirar. Ainda assim, até mesmo o trabalho corriqueiro de fazer a noite surgir leva a deusa ao esgotamento. Cansada demais para se importar com o que as filhas vão pensar, Nix desaba no chão.

Deitada no conforto de sua capa, ela sente o tecido a envolver, acalentar e proteger. Perder-se nas amarras de seu manto mágico é como ser abraçada por uma parte de si mesma. A sensação é tão boa que Nix deseja permanecer naquele aconchego para sempre.

— Mãe? Estamos preocupadas — gritam as filhas, afastando a recente calmaria.

Fechando os olhos, a deusa clama pelo fim de tamanha tortura, implorando para que o bordado escondido nas reentrâncias de sua capa seja revelado. Ela precisa resolver as perguntas insistentes que rondam sua mente, só assim voltará a ser a velha e equilibrada Nix. Só que, por mais que ore, seu pedido não é atendido.

Nix é avessa a forçar magia com magia. Ela sempre respeitou sua capa como se fosse uma deidade com vontades próprias, mas, nesse caso, não sabe mais como encontrar as respostas de que precisa. Então deixa parte do seu senso de honra para trás, finca as mãos no tecido emoliente e intensifica seu clamor — tornando-o mais uma ordem do que um pedido.

Não demora muito para o cômodo começar a vibrar.

Mesmo contrariadas, as tramas do tecido mágico cantam seus segredos, criando uma rota de poder que vai das mãos de Nix até o centro direito da capa. Animada, a deusa tenta girar o corpo e abrir os olhos para seguir os chamados de sua veste, mas seus músculos falham miseravelmente.

É nesse momento que a deusa da noite entende que não é o seu poder que está esgotado, mas sim o seu corpo.

— À sua direita, mãe de todos os deuses — fala Egle, mas são Erítia e Héspera que seguram a mão de Nix e a levam até o bordado. — Consegue sentir? O desenho é pequeno, talvez do tamanho de uma moeda. Diferente dos outros, foi bordado em fios pretos.

— Parece uma máscara — dizem as três juntas, mas dessa vez aos sussurros, temendo desencadear uma nova onda de cansaço na mãe. — Vamos ter um novo irmão?

Nix abre a boca para proferir uma maldição, mas as únicas palavras que consegue dizer são demasiadamente sinceras:

— Eu não sei.

Ela se sente uma tola revelando seu descontrole às filhas, mas não tem tempo para ficar com pena de si mesma. Com uma rapidez admirável, o corpo de Nix é levantado e acomodado em um dos sofás mais confortáveis do recinto. Uma das filhas leva a mão fria até a testa da deusa e exala em sua pele a brisa do crepúsculo. Outra assopra seu cabelo até que o suor seja substituído por um frescor perfumado tal qual o orvalho. Gotículas de chuva lavam as lágrimas de seu rosto e três pares de mãos

ATO I: *A maldição*

cuidadosas envolvem seu tronco até que Nix seja capaz de recuperar as próprias forças.

Quando enfim a deusa consegue erguer a cabeça e abrir os olhos, enxerga amor e zelo na expressão preocupada das filhas.

— Vamos ajudá-la — dizem ao cobrir a deusa com seu manto mágico.

O tecido pulsa em seu ventre e cria uma trilha de calor até os dedos trêmulos da deusa. Ele está mostrando o caminho, revelando a contragosto a resposta que Nix tanto quer. E só agora, envolta pelos cuidados de suas filhas, é que a deusa percebe que tudo o que a capa almeja é protegê-la da verdade maculada no tecido brilhoso.

— Tem algo escondido entre os padrões do bordado — Erítia diz ao apontar para uma das pontas do manto.

Juntas, elas observam o pequeno recamo. Egle muda o ângulo da capa para elucidar o que diz e Héspera deita o rosto no colo da mãe para observar a gravura de perto. O formato da máscara é simples, do tipo concebido para cobrir parcialmente um rosto. As bordas são finas e as laterais apresentam um intricado desenho que nem os olhos treinados de Nix são capazes de definir. Aparentemente, a máscara bordada em seu manto poderia ser apenas mais um presente aleatório de um de seus filhos, mas a deusa da noite sabe que não se trata disso.

Cantando em seus ouvidos, a magia pura promete levar Nix até o seu destino.

Qual é o seu preço?, questiona a deusa sem usar palavras, encontrando a magia oculta em um plano que só as duas têm acesso.

Um nome, responde a criatura.

Enquanto pondera as opções, a deusa sente os pulsos serem enlaçados por ramos invisíveis de poder. Sua pele queima e sangra onde a criatura a toca, mas seus lábios não emitem um som sequer porque ela não sente dor. Nix sabe que não deveria ter forçado a magia ao seu bel-prazer e que o resultado de infringir tal lei poderia ser bem pior, então diz sim ao acordo silencioso e abre a mente para ser vasculhada, revirada e invadida por aquela com quem partilha sua vida.

O roubo em três atos

Ninguém sabe qual nome a magia pulsante de sua capa busca, mas a deusa da noite sente no peito que sua preocupação está no futuro, muito além do amor aos deuses. Um baile, um anel e um borrão de tinta salpicam entre seus pensamentos, mas, ao tentar desvendá-los, a deusa cai em um buraco tão nebuloso quanto desconhecido.

— Parece uma taça — especulam as Hespérides, encarando o bordado completamente alheias ao poder que domina a mãe. — Mas não é qualquer taça.

— Lembra uma das taças do Dionísio.

— Sim, tem razão, irmã.

— Aquele bronco malandro, vive aprontando.

As vozes das deusas se misturam e assumem um tom cada vez mais alto. Enquanto isso, Nix sente um novo arrepio subir por sua espinha e o corpo paralisar. Ela gostaria de gritar de dor, mas não o faz. Às vezes, criações precisam do espírito e do sangue do criador para sobreviver. A mãe de todos os deuses conhece bem a sensação de ser necessária aos filhos, então aceita que a magia investigue os recantos mais escuros de sua alma, mesmo que isso a coloque — mais uma vez — a um passo do esgotamento.

Encontrei!, exclama a criatura, finalmente libertando a deusa da noite do seu domínio.

Com um suspiro de alívio, Nix recosta o corpo exausto no sofá.

Suas filhas a abraçam e os dedos agitados da deusa acariciam os fios de seu cabelo em um gesto de conforto.

E, quando seus olhos pesados cedem e seu espírito começa a repousar, uma voz divertida e satírica sussurra em seu ouvido:

Obrigada, mãe.

CINCO

Quando encontrarei o amor? Leve-me até ele. Traga-o até mim. Não importa, só faça acontecer, deusa. Por favor, mostre-me como é ser amada.

Sussurra a menina de joelhos, olhando para o céu estrelado enquanto seus pais brigam na cozinha.

Há séculos, o final da colheita é marcado por grandes bacanais. Festas regadas a álcool, luxúria e humanos fantasiados dançando e brindando em meio às ruas da ilha — exatamente como o deus do vinho instruiu seu séquito a fazer.

Na maioria das vezes, Nix abstém-se de participar desse tipo de festejo. Ela adora Dionísio da mesma forma que ama todos os seus filhos, mas, por ter nascido como humano e sido transformado em divindade já na vida adulta, o deus do vinho precisou aprender da pior forma possível como o Olimpo pode ser perigoso para os deuses de bom coração — e ela soube que ele era um dos bons no exato instante em que seus olhos se cruzaram.

Apesar de não ser uma de suas criações, Dionísio sempre foi capaz de enxergar Nix. Mesmo quando ela usa seu manto da invisibilidade, quando se esconde na escuridão, quando passa tempo demais no Tártaro sentindo pena de si mesma, ele encontra uma forma de vê-la. Seu manto carrega sinais e presentes de Dionísio, mas, diferente de muitos outros, ele a presenteia com sua presença sem nunca esperar nada em troca.

É por isso que Nix não gosta de vê-lo sofrer nas mãos de deuses danosos e humanos orgulhosos e, como uma mãe amorosa, começou a cuidar de seus passos mesmo à distância. Na maioria das vezes, isso significa que o protege em demasia e, como consequência, evita a

O roubo em três atos

todo custo as festas oferecidas em seu nome. Ela não quer manchar a alegria do filho com as emoções obscuras que tanto se esforça para controlar e que ele enxerga mesmo assim.

Observando o entorno, Nix deixa a verdade pavorosa que esconde a sete chaves vir à tona uma única vez: festejos que unem álcool, fecundidade e loucura só servem para lembrá-la daquilo que ela não tem, mas gostaria de ter: alguém celebrando em seu nome. E, como inveja é um sentimento traiçoeiro, Nix o evita a todo custo.

Desviando de um transeunte cambaleante vestido de ninfa, a deusa da noite e sua longa capa passam completamente despercebidas em meio à multidão animada. Alguns cantam a plenos pulmões, outros empilham baús de vinho na frente do templo construído em homenagem a Dionísio — como forma de agradecimento pela colheita abençoada que tiveram. Um grupo de jovens passa por Nix exalando perfumes delicados e almiscarados, usando blusas curtas que deixam a barriga à mostra e saias longas coloridas nos mais diversos tons de verde, rosa e amarelo. Garrafas de vinhos passam de mão e mão, e casais obstinados se enroscam por todos os lados em beijos e toques apaixonados.

Enquanto Nix caminha em meio aos festejos, sua capa bordada — que agora ela reconhece como criatura, não mais como um bem — vibra um poder tão poderoso quanto o da própria deusa. E, sussurrando ocasionalmente em seus ouvidos, a veste mágica guia os caminhos da deusa da noite.

Nix está ansiosa para descobrir em totalidade o que aconteceu dias antes, quando deixou suas emoções fluírem e darem vida a algo novo. Mas, ao mesmo tempo, não sabe se está preparada para enfrentar as consequências de seu descontrole. Apesar de sentir a confusão espreitando seu íntimo, Nix passa pelas ruas abarrotadas como uma guerreira orgulhosa vestindo sua melhor armadura.

Assim como a multidão fantasiada em vestes carnavalescas, ela também reconhece o valor de um bom disfarce. Pois, embora saiba que nenhum dos foliões ao seu redor seria capaz de vê-la enquanto usa seu manto, Nix ainda gastou horas preparando-se para esta noite. O cabelo preto foi penteado e decorado com papoulas. O vestido cor da

ATO I: *A maldição*

meia-noite abraça e acentua as curvas da barriga e do quadril de que a deusa tanto gosta. O decote é baixo, e nos pulsos, as dezenas de pulseiras prateadas tilintam a cada passo. Nos olhos, o pó feito com asas de besouros noturnos acentua seu olhar prateado. Seus olhos são da cor da tormenta, e é uma pena que sua beleza não possa ser admirada.

A verdade é que, para ser vista, Nix só precisaria tirar sua capa pesada. Porém, mesmo que o fizesse, os humanos não a reconheceriam como um ser divino. Eles até poderiam encantar-se com sua aparência, mas, como desconhecem seus feitos — ou como, talvez, não se importem com eles —, não se dariam conta de que estão na presença da deusa da noite.

Uma pontada de dor faz seus músculos internos contraírem e sua capa reage imediatamente, obrigando seus pés a se fincarem no lugar. O anseio de ser admirada parece consumi-la e, diante de tamanha agonia, a deusa da noite sente a cabeça latejar e a boca ficar com gosto de ferro. Ela nem percebe que mordeu os lábios.

— Ora, desfaça essa ruga em sua tez macia, Nix.

A voz grave e bem-humorada de Dionísio a atinge como uma onda de ar fresco. Por alguns segundos, a deusa até tenta resistir ao charme do deus fanfarrão, mas desiste rapidamente quando percebe que a dor em seu íntimo começa a abrandar. Esse é o típico efeito que a presença do seu filho gera: calmaria, alegria e vontade de viver o hoje sem pensar nas consequências.

Recuperando o controle, Nix permite que o poder ao seu redor ceda o mínimo para permitir que Dionísio a enxergue em totalidade, não mais oculta pelas sombras mágicas, mesmo que a própria presença dele só possa ser sentida, e não vista, neste primeiro momento.

— Boa noite, mãe de todos os deuses. A que devo a honra de tal visita? — A voz dele a alcança como um abraço caloroso.

— Acha mesmo que estou aqui só para vê-lo? — brinca Nix ao girar o corpo, esperando que o deus do vinho revele sua localização.

— Diga-me então o que procura e eu a ajudarei a encontrar, mãe.

Ela sorri ao ouvi-lo chamá-la de mãe e, diante de seu júbilo, Dionísio faz-se visível.

41

O deus do vinho não perde tempo e corre os olhos curiosos pelas vestes de Nix.

— Nunca a vi tão bonita. — Um sorriso malandro nasce no rosto másculo, forte e afogueado pelo alto consumo de vinho. — Ora, não me diga que está procurando por um humano!

Em vez de se sentir ultrajada, Nix ri em resposta à animação juvenil de Dionísio.

— Como se eles pudessem me oferecer algo de valioso — fala a deusa ao inspirar o odor excessivo de suor emanando dos farristas dançando em meio à rua, usando o mau cheiro como desculpa para não responder diretamente à pergunta.

— A inveja não lhe cai bem. — As palavras certeiras atingem seu peito tal qual uma espada, mas, usando como artimanha a escuridão parcial da noite, Nix esconde a expressão de dor que domina seu rosto do olhar investigativo de Dionísio. — Olhe, veja como estão felizes! Como os moldei em obras de arte vivas... Diga-me que a liberdade em seus atos não é a coisa mais linda que já viu em toda a sua existência.

Com um toque fugaz de poder, o deus do vinho gira o rosto da deusa até a direção de um recôncavo parcamente iluminado, onde dois homens bêbados exploram o corpo um do outro com um sorriso de puro deleite estampado nos lábios. A forma como ignoram a música alta, os passantes, a parca luz e os bêbados curiosos e permanecem perdidos um no outro é — como Dionísio disse — algo bonito de presenciar.

Ainda assim, Nix não dá o braço a torcer.

Ela sabe que amanhã, quando o casal acordar, o frenesi da bebida terá passado e eles precisarão conviver com o fato de que a paixão grandiosa que experimentaram na noite anterior nunca mais se repetirá. E, apesar de nunca o ter experimentado, Nix acredita que o amor precisa durar mais do que uma noite de festejo.

— Fazer vinho é arte. Construir algo com as próprias mãos é arte. Amar livremente é arte — fala Nix, sentindo um toque de tristeza consumi-la. — Agora, embriagar centenas de seres humanos e enganá-los com juras de amor que durarão um sopro de tempo é uma maldição.

ATO I: *A maldição*

— Na maioria das vezes é preferível um momento fugaz de paixão a perder uma vida toda sem saber o que é ser amado.

— Talvez, mas isso só o amanhã nos dirá, filho.

A deusa já acreditou que uma única centelha de felicidade seria o suficiente para toda uma vida. Mas, depois de séculos de solidão e esquecimento, mudou de ideia. O amor que enxerga o outro em sua totalidade — não só em uma única noite, mas em todas as outras que nascem depois dessa — e que escolhe amá-lo ainda assim é aquele pelo qual, de fato, vale a pena lutar. Ao menos, Nix sabe que lutaria por *esse tipo* de amor.

— Ora, por favor — diz Dionísio, batendo palmas para chamar a atenção da deusa da noite. — Vamos providenciar uma bebida forte para você agora mesmo! Não aguentarei mais um segundo de tamanha melancolia.

Com uma piscadela travessa, Dionísio engancha o braço musculoso no de Nix e começa a guiá-la pela multidão. Por um instante, pensa em refutar a companhia, mas a capa pesada em seus ombros diz para segui-lo. Andando juntos, eles passam por uma fogueira rodeada de idosos que enviam aos céus preces de alegria em formato de cantos, esbarram propositalmente em um grupo de atores usando roupas horrendas e que juram que estão fantasiados de deidades. E, para o alívio de Nix, atravessam apressados um grupo de humanos apaixonados e nada recatados.

— Festas como esta são feitas para esquecermos o amanhã — diz o deus do vinho. — Aqui, o passado e o futuro não importam, apenas o presente.

Apesar de estar parcialmente oculto pelo poder da deusa, Dionísio continua agindo como um anfitrião orgulhoso: sorrindo para os transeuntes, vibrando ao passar por casais desavergonhados e estalando os dedos para que taças de vinho nunca se esvaziem nas mãos de todos aqueles que vagam solitários pelas ruas lotadas.

— Acha que nenhum desses tolos tem sua cota de preocupações? Acha mesmo que não sei o que me espera quando o sol raiar no céu daqui algumas horas? — Suas palavras saem carregadas de tristeza, fazendo Nix sentir-se culpada por atrapalhar uma noite que deveria ser marcada pela diversão. — Eu sei quem sou e sei que continuarei o mesmo cretino amanhã. Mas hoje… hoje eu escolhi não ser nada mais do que um deus aproveitando as oferendas de seu povo.

Detendo-se por um instante, Dionísio sussurra no ouvido de uma mulher fantasiada de harpista para tocar uma marcha alegre. A música preenche a noite e coloca os humanos em um transe eufórico. Contagiado pelo momento, o deus do vinho puxa Nix até os seus braços, incitando-a gentilmente a acompanhá-lo em uma quadrilha.

É só no primeiro passo de dança que Nix percebe a completa nudez de Dionísio.

— Pelas estrelas cintilantes, onde foram parar suas vestes?

— Não faço ideia. Acredito que as tenha perdido para as mênades em uma aposta indecente. Ou talvez eu as tenha emprestado para os sátiros. Quer saber? Não me lembro de ter vestido uma peça de roupa sequer pelos últimos dez anos. Diferente de você, eu gosto de ser admirado.

Girando em um meio círculo, Nix suspira. Enquanto dança, a deusa pensa em seu dom, em como ela deu vida às criaturas mais poderosas do universo e, ainda assim, ninguém é de fato grato pelos sacrifícios que lhe rasgaram alma e pele. Ela gostaria de ser lembrada em uma festa qualquer, como a deusa responsável pela noite calma que brilha no céu. Indo além, imagina como o mundo seria diferente caso ela desistisse de iniciar e findar a noite, como os humanos implorariam de joelhos para que ela voltasse, como o descanso merecido que buscam no findar do dia nunca mais seria o mesmo.

Ninguém consegue ficar muito tempo sem a calmaria, o descanso e a privacidade que só a madrugada confere. Então por que não lhe agradecem pela dádiva do anoitecer?

— Apesar de que… — Dionísio finaliza a dança em um meio giro improvisado e, com as mãos nos ombros de Nix, mantém a deusa parada a sua frente —… tenho certeza de que deus algum usaria vestes tão impecavelmente perfeitas caso desejasse o anonimato.

ATO I: *A maldição*

Nix leva um tempo para organizar os pensamentos e abandonar as conjurações em sua mente. Ao redor dos deuses, o festejo continua. O som da harpa desliza pelos recantos mais escuros da rua, convidando todos os humanos da ilha a dançarem conforme a música de Dionísio.

— Mas você não deseja o anonimato, não é mesmo, mãe?

O deus do vinho mergulha nos segredos do olhar prateado de Nix em busca de respostas. Não leva muito tempo para ele as encontrar, não quando seus olhos amendoados são eficazes em enxergar Nix por baixo da máscara de indiferença que costuma usar.

— Não — responde Nix, sem fugir de seus olhos inquisidores, ciente de que ele já conhece a verdade.

— Se quer ser vista e admirada pelos humanos — fala Dionísio com os braços abertos, apontando para os que dançam ao redor dos dois —, por que nunca se mistura a eles e aos seus festejos? Por que escolhe passar seus dias no Tártaro, escondida em uma caverna?

— Porque...

Nix para de falar assim que sente o aperto agonizante de sua capa.

— Você definitivamente está precisando de uma bebida, deusa.

Apesar de o sorriso maroto permanecer estampado em seu rosto, Dionísio parece preocupado com Nix. Sem dar tempo para ela recusar uma dose líquida de conforto, conjura uma taça prateada e deposita em suas mãos trêmulas. A taça é delicadamente adornada com estrelas e papoulas brilhantes. O líquido translúcido, levemente perfumado com canela e outras especiarias. E, para completar, o vinho foi adocicado na medida exata para aquecê-la de dentro para fora. Tudo feito sob medida para Nix. A única coisa que ela precisa fazer é aceitar provar.

— Vamos, por favor, mãe. Tome algo, a bebida vai ajudá-la a esquecer a dor que nubla seus olhos.

Nix gira a taça nas mãos e, encarando o líquido prateado quase tão transparente quanto o mar Egeu que os cerca, enfrenta a expressão de pena que vê nos olhos do deus do vinho.

— Não é de esquecimento que preciso, Dionísio.

— Do que é então, mãe?

O roubo em três atos

— Liberdade.

Os apertos de sua capa voltam a ficar mais constantes. Nix corre os olhos pelo entorno, implorando que sua magia a guie até o que procura. Mas tudo o que recebe em resposta é um tremor raivoso que quase a faz derrubar a bebida em suas mãos.

— Em algum momento, tanto deuses quanto homens são tentados pela falsa sensação de controle que o esquecimento cria — diz Nix em meio à dor. — Todos nós ansiamos por nos perder diante de uma dose de fingimento e ilusão. Mas nada disso significa que realmente somos livres para ser, fazer e amar quem quisermos.

Ela volta a encarar Dionísio, levando a mão livre até seu rosto. Com um toque gentil, afasta de sua expressão todo medo e tristeza que o acometeram nos últimos instantes. Nix não pode curar seu coração rasgado, assim como também não é capaz de fazer suas feridas internas cicatrizarem, mas ao menos pode amenizar seu fardo por um instante.

— Eu daria tudo para me sentir livre, mãe.

— Eu também, querido. Eu também.

Nix encara a bebida misteriosa uma última vez e, sorrindo para o deus do vinho, verte todo o líquido em um único gole. A deusa não encontra na bebida a liberdade que tanto anseia, mas ao menos pode deixar que o entorpecimento de seus pensamentos a levem para longe de suas dores, responsabilidades e medos.

Dionísio bate palmas diante da expressão de leveza que toma conta do rosto da deusa. Em resposta, Nix faz uma reverência brincalhona e então — como um eclipse repentino que coloca o mundo todo em repleto estado de escuridão — um silêncio pesado, rançoso e atraentemente perigoso os atinge.

Ao levantar o corpo e encarar a multidão, Nix sente centenas de olhos humanos avaliando seu rosto e sussurrando seu nome. Ainda sem entender, a deusa observa suas expressões irem do choque ao mais puro fascínio. E então, um por um, os humanos embriagados caem de joelhos, clamando pela deusa da noite.

— O que você fez? — pergunta a deusa, atônita, para Dionísio.

ATO I: *A maldição*

— Eu? Isso não é obra minha. — Tão assustado quanto maravilhado, ele aponta para a face da deusa. — Veja por si mesma.

Um espelho é conjurado e um riso sombrio ecoa pela rua — algo que surpreende a deusa, porque o barulho desconhecido foi emitido por ela. Um novo som, desta vez de agonia, escapa da boca de Nix, tirando os telespectadores do transe mágico ao qual foram impostos. De uma só vez eles se levantam, voltam a beber, dançar e festejar, mas seus olhos não conseguem ignorar completamente a presença magnética da deusa da noite — pelo menos não mais. E, naquele ínterim, Nix segue parada no mesmo lugar, buscando palavras para descrever os sentimentos conflitantes que fazem seu peito acelerar.

Ela está sendo vista.

Ela está sendo ovacionada.

Todo o corpo de Nix treme ao encarar mais uma vez seu reflexo turvo no espelho. Agora ela finalmente entende a máscara que foi bordada em seu manto na noite anterior. Com dedos errantes, a deusa traceja a máscara branca em sua face. Ela a cobre com perfeição, como se tivesse sido feita sob medida. E, ao tocá-la, Nix sente a magia do objeto vibrar.

Já experimentou isso antes quando criou uma arma para Gaia ou quando deu vida à sua capa. Logo entende que era isso que os prelúdios e as dores horrendas estavam anunciando, era para essa ocasião que estavam preparando-a, para o momento em que Nix transformaria as dores em seu peito em um artefato capaz de realizar seu maior sonho: o desejo de ser vista, lembrada e aclamada por seus feitos.

Ela não gerou um novo deus na noite em que conheceu Sebastos, mas uma máscara que — diferente daquelas que costuma usar e que escondem as dores em seu peito — permite que sua presença seja notada, admiravada, ovacionada.

Finalmente a deusa da noite será vista além das trevas.

E, com um pouco de sorte, finalmente descobrirá a sensação de se sentir livre.

SEIS

Venha até mim. Deixe-me ser seu. Eu posso enxergar, mas de que adianta olhar para a imensidão do mar se não posso mais tê-la. Deusa, deixe-me amá-la.

Clama o homem ao acordar sozinho em sua cama impregnada pelo perfume de papoulas.

Vestindo o objeto mágico criado do desejo mais sombrio de seu coração, Nix anda pelas ruas da ilha. Enquanto caminha, a deusa percebe que a máscara em seu rosto é só o começo, e não o final de sua jornada. A onda de poder ao seu redor ainda é inebriante. Ela se sente transbordando e, mesmo assim, é como se algo estivesse faltando.

Seu coração vibra a cada olhar curioso, a cada tremular de pálpebras desejosas ou reverência ao seu poder. Como uma benção, a máscara branca faz com que ela seja *celebrada*, não mais *ignorada*. Mas os olhares de admiração não são suficientes. Atravessando as ruas lotadas, a deusa ainda procura por algo, ansiando por uma sensação que até então era desconhecida, mas que agora ela sabe exatamente como é.

A deusa está feliz, mas atrelado à felicidade está um sentimento amargo de…

— Saudade. Estou sentindo saudade — diz com os dedos falhos tracejando a bela máscara em seu rosto.

O oco em seu peito é reafirmado pelos apertos de sua capa.

Sem se importar com mais nada, ela segue os comandos do manto mágico, deixando-os unirem-se aos apelos do seu coração.

Ela está sendo chamada.

E não por uma multidão de desconhecidos, mas por alguém que a viu de perto e, apesar de toda a escuridão e dor ao seu redor, ainda anseia por ela.

O roubo em três atos

Seus passos agora são apressados. Nix tromba em alguns humanos, mas não se importa com eles — ela só necessita *dele*. E, agora que entendeu do que precisa, deixa que seu corpo corra a favor do vento, como um navio guiado pelo destino. Os sons do festejo são abafados pela respiração falha da deusa, seu coração diz quando e para onde virar, e suas mãos suadas — ansiosas, desejosas e esperançosas — emitem uma rajada de vento no exato instante em que ela o escuta.

O vento silencia a multidão e faz a voz dele alcançá-la.

— *Nix.*

A deusa da noite sente a prece vibrar por seu corpo.

Girando em direção à voz, *finalmente*, a deusa o encontra. E então, em um piscar de olhos, sua história ganha cor e o que foi oculto é revelado. Nix apoia as mãos no centro de seu peito acelerado, sentindo no coração o laço invisível que cria raízes dentro dela.

Sem pressa, ela caminha até *seu* humano.

A grande surpresa é que Sebastos está usando uma máscara parecida com a sua, mas em uma versão preta — da mesma cor que o cabelo de Nix. A deusa não precisa perguntar, ela simplesmente sabe que o objeto no rosto dele é mais uma de suas obras. Quanto mais ela e o humano se aproximam um do outro, mais a deusa da noite sente o poder vibrando das máscaras que ambos trazem em seus rostos.

No final, ela não criou apenas um objeto mágico, mas dois.

Duas máscaras. Uma branca e outra preta. Duas criações oriundas de suas maiores vulnerabilidades, medos e tristezas.

— Como isso é possível? — pergunta ela, por fim.

— Eu é que deveria perguntar, não acha? — Sebastos se aproxima da deusa e a cumprimenta com uma reverência. — Quando acordei sozinho em minha cama, a máscara estava ao lado, em meu travesseiro. Imaginei que pudesse ser um presente seu, mas, desde que a coloquei no rosto, não me sinto o mesmo.

— Por quê? — questiona Nix, avaliando a aura ao redor do humano, buscando, preocupada, por qualquer sinal de doença ou inconformidade.

ATO I: *A maldição*

— A máscara retumba, como um brado de guerra constante em minha mente, gritando que devo procurar a outra metade. — Ele toca a máscara preta e, de uma forma assustadora, a deusa sente o toque em sua própria pele. — Caminhei até aqui, deixando-a me guiar, e vim parar exatamente onde ansiava estar.

As palavras não são ditas em voz alta, mas tanto deusa quanto homem entendem que suas máscaras os levaram ao destino: um ao lado do outro. Até então, Nix acreditava que seu maior desejo era ser vista e cultuada, mas, graças à máscara branca em seu rosto, entendeu que ser *vista* é diferente de ser *compreendida*. Ela não queria apenas que a enxergassem, mas que alguém escolhesse vê-la por inteiro.

E, de alguma forma surpreendente, o universo pregou uma peça na deusa e fez um único humano sanar seu maior desejo.

— Também estou exatamente onde deveria estar — diz ao eliminar a parca distância que os mantinha separados.

Sem conseguir ou ansiar conter-se, Nix coloca uma das mãos em cima de seu coração e a outra no peito de Sebastos, deixando que as batidas ritmadas entre eles criem uma melodia que a perseguirá por toda a sua existência.

O som é poderoso, mas é a magia pulsante vinda do par de máscaras que rouba o fôlego da deusa. Seus olhos lacrimejam ao entender o que os objetos significam e o quanto ansiou por eles. Assim como o homem, a deusa da noite passou toda a sua existência almejando esse exato momento. Tal qual as máscaras em seus rostos, deusa e humano são complementares em sonhos, medos e aspirações.

— Meu coração estava esperando ser visto pelo seu — confessa a deusa.

Em resposta, Sebastos leva as mãos calejadas ao rosto de Nix.

O toque é doce e abrasador na mesma medida.

— Eu também não me sinto mais sozinho, deusa.

E então eles se beijam.

E o toque de lábios, assim como o de suas máscaras, faz a magia explodir em uma onda de luz e poder que só os dois — e todos

O roubo em três atos

aqueles que virão deles e da geração que, *pelos céus*, a deusa sabe que criarão juntos — são capazes de sentir.

— Beije-me mais uma vez — murmura Nix com os lábios colados aos de Sebastos.

A luz branda da caverna da deusa banha os corpos unidos em um abraço.

Faz horas que estão assim, abraçados, deixando que beijos e carícias expressem tudo o que ainda não conseguem falar. Nix não desejava levá-lo até o submundo, mas, quando seus lábios se tocaram pela primeira vez, um portal abriu ao redor deles, convidando-os para a escuridão.

Foi assim que a deusa da noite descobriu que a máscara no rosto de Sebastos era mesmo seu par perfeito. Ao usá-la, ele seguia a deusa entre mundos. Seu humano ainda vagará pela terra, mas durante a noite, assim que colocar a máscara preta, será capaz de encontrá-la onde quer que ela esteja. E, com um simples comando, poderá ir até ela.

Nix nunca mais estará sozinha, não enquanto o coração de seu humano estiver batendo.

Existe um prazo para toda felicidade, mas Nix não quer pensar nisso, não esta noite. Com mãos afoitas, ela enlaça os dedos ao cabelo farto e brilhoso do homem e aproxima seus corpos em uma dança lenta de toques impiedosos que transformam seu sangue em lava.

— É tão linda.

Os dedos de Sebastos correm pelo manto que ainda cobre o corpo de Nix, passando pela lateral das costelas, até alcançarem os pulsos. Com uma força impiedosa, mas gentil, ele os une com uma das mãos e os leva para cima da cabeça da deusa. Com os olhos presos aos dela, o humano usa uma das mãos para mantê-la cativa e a outra para explorar suas curvas macias.

Seus lábios unem-se à exploração. Pescoço, orelha, queixo, seios e quadril são venerados com beijos famintos. Cada toque é uma promessa gravada e tatuada na pele dos amantes. As máscaras em seus rostos não os deixam mentir, então, mais do que corpos

ATO I: *A maldição*

entregues, eles são convidados a mergulharem na mente um do outro. O vértice de pensamentos seria assustador para muitos, mas não para eles — deusa e homem bebem um da alma do outro como dois viajantes no deserto, sedentos por água.

Eles não têm medo de serem vistos. Não mais.

— Antes da graça de enxergá-la, eu não via nada, deusa. A essa altura já deve saber disso, mas eu nasci vendo borrões e, com o passar dos anos, tudo o que conseguia contemplar eram os vultos ao meu redor — murmura Sebastos com os lábios sugando e explorando a base do pescoço de Nix.

A exploração só finda quando o homem faminto alcança o pequeno botão perolado no centro do pescoço da deusa. Com um sorriso felino e uma sobrancelha erguida, ele morde o enfeite até arrancá-lo. A manta mágica emite um aviso de desgosto, mas logo desaba sob os pés de Nix, encolhida em milhares de dobras.

Sem a proteção da capa mágica, a deusa não veste mais do que uma combinação prateada feita com a mais fina das sedas. Ainda mantendo-a cativa com as mãos para cima, o humano usa os dentes para arrastar as alças finas do conjunto sedutor e mordiscar os ombros de Nix com uma calma enervante. A deusa quer mais, então arqueja e empina o corpo em sua direção, lembrando-o que seus seios fartos precisam de atenção. E é isso que Sebastos lhes dá.

Ele deposita beijos molhados por todo o colo exposto da deusa. Gemendo ao sentir o gosto dela em sua língua, ele abocanha os mamilos duros por cima das vestes. O toque é perfeito, mas ainda não é suficiente, então Nix transforma o restante de suas vestes em borboletas prateadas, suspirando de alívio ao expor seu corpo a Sebastos. Surpreso, o humano solta os pulsos da deusa e dá um passo para trás para absorver a magnitude de tamanha beleza.

Com as costas apoiadas na parede, o tronco subindo e descendo no ritmo irregular de sua respiração, o cabelo solto e farto tocando a lateral dos seios, os lábios inchados de ser beijada incansavelmente e a curva do quadril implorando para ser tocada, Nix é muito mais do que Sebastos ousou implorar aos céus.

O roubo em três atos

Desejosa e vestindo nada mais do que a máscara branca, a deusa da noite não consegue esperar por seu humano. Não quando o olhar de amor e admiração estampado no rosto dele faz seu corpo convulsionar em excitação. Com as mãos ansiosas, ela toca a parte pulsante de seu corpo, deleitando-se com os sons de desejo — e as preces de agradecimento — que escapam dos lábios de Sebastos.

— Seu poder concedeu-me a visão. Trouxe luz para os meus dias marcados pelo luto. Mas hoje eu não só sou capaz de vê-la, como também posso venerá-la — Sebastos afasta os olhos dos dedos habilidosos de Nix e clama por ela, abrindo sua alma por completo ao convidá-la a unir seu espírito ao dele permanentemente. — Preciso que entenda que eu nunca quis enxergar, deusa.

— Eu sei. Eu ouvi suas preces e li as entrelinhas de seu coração — murmura Nix, mantendo os olhos fixos aos dele ao abrir as pernas em um convite implícito.

Sebastos não perde tempo e arranca as vestes que pinicam sua pele acalorada.

Com um único movimento o homem se aproxima e ergue as coxas grossas de Nix, envolvendo-as ao redor de sua cintura. Com um remexer de quadris, seus centros se conectam, fazendo a deusa revirar os olhos de alegria.

É o desejo que a domina, mas é o amor que a faz vibrar.

— Eu não pedi para voltar a enxergar, apenas para vê-la... — fala o humano com as mãos envolvendo as nádegas de Nix, erguendo e descendo o corpo da deusa em um movimento ritmado que atinge o ponto exato dentro dela — Não ver como tantos conseguem fazer, mas *vê-la*. Essa é a maior dádiva que poderia ter me concedido, deusa.

Sebastos beija os lábios de Nix com fome. Explora o sabor dela com a língua. Um cheiro de papoulas e mar salgado os envolve. Uma brisa fresca faz os pelos de seus corpos arrepiarem. E uma música desconhecida, doce e ao mesmo tempo suave, embala o som do desejo que vibra de seus corpos unidos.

ATO I: *A maldição*

Eles ficam assim por um bom tempo, perdidos em sensações e desejos, ligados pela vontade de serem um do outro. De dominarem e entregarem seus corpos na mesma medida.

— Quando a olho, sei para onde ir, Nix — confessa o humano ao morder um dos mamilos da deusa, fazendo-a sorrir e gritar de prazer. — É para você que voltarei todas as noites.

Nix está a um passo de mergulhar no abismo do prazer, mas, antes de chegar lá, Sebastos sustenta seu corpo e carrega os dois corpos enlaçados até um sofá. Sentado com a deusa enrolada em seu corpo, o humano murmura uma oração e tira a máscara preta de seu rosto. Imediatamente, seus olhos nublam e a visão lhe é tirada.

Ainda assim, ele é capaz de ver Nix com perfeição.

Sebastos precisa da máscara para encontrar a deusa da noite e atravessar os recantos do submundo, mas, para amá-la, ele sabe que só precisa escutar os chamados de seu coração.

— Sou seu, deusa da noite — diz com os lábios colados aos dela, não precisando de mais nada para cultuá-la. — Não estou mais sozinho desde que esteja comigo.

E, no furor do amor, em meio a roupas no chão, suspiros trocados entre beijos e carnes tremendo em busca de alívio, Nix agradece ao dom da criação que corre em suas veias. Graças ao sentimento de solidão e inconformidade que mais uma vez nasceu e transbordou de seu ventre, a deusa da noite foi capaz de perseguir o amor e de não se conformar com uma vida sem ele.

Agora ela é vista, cultuada — com palavras, gestos e beijos apaixonados — e plenamente amada. Não por humanos quaisquer, mas por um que enxerga suas falhas, seus medos e os desejos mais profundos de sua alma.

Com máscara ou sem máscara, a deusa sente que é nos braços dele que encontrou seu destino.

Ele a vê e ela o enxerga.

E, por toda a eternidade, a deusa nunca se conformará com menos do que isto: a sensação inebriante de despir-se em nome do amor.

ATO II:

O roubo

18 de março de 1845, em algum lugar do Mediterrâneo

Quanto mais o navio se afasta do porto, mais difícil se torna segurar o choro. Encaro o mar revolto e me sinto sufocada. Em vez de me libertar, as ondas azuis parecem aprisionar minha alma em um turbilhão de sonhos que, por mais que eu relute em aceitar, *nunca* se realizarão.

Eu e minha mãe passamos anos esperando pelo dia em que deixaríamos Paris para viver com meu pai a bordo do *Destinazione*. Ansiamos tanto por tal momento que mal reparamos que a vida é efêmera demais para contarmos com a certeza de que o amanhã nos pertence. Agora entendo que contar com o presente deve bastar para vivermos plenamente.

— Sentirei sua falta, mamãe.

Beijo a fita branca que rasguei do vestido de casamento dela e a amarro bem apertado no púlpito de madeira que cerca a proa da embarcação.

O pano balança com o vento e ganha destaque na imensidão do infinito azul ao redor. Lembro do sorriso estampado no rosto de minha mãe ao cortar, modelar, costurar e bordar a peça que usaria para eternizar o amor que sentia por meu pai. Isabel nunca sonhou com o casamento, mas o destino mudou o rumo de sua história e, mesmo que por pouco tempo, ela desfrutou de um final abençoado e feliz. A recordação de sua força diante dos imprevistos da vida é algo que carregarei comigo para sempre, portanto, mesmo que o luto corroa, seguirei firme.

Deixo que as lágrimas lavem o medo e a solidão da minha alma. E, enquanto observo o crepúsculo dar lugar ao céu estrelado, prometo a minha mãe que farei do mar meu novo lar e que nunca esquecerei a lição mais valiosa que aprendi com ela: vale a pena amar, mesmo quando nosso final feliz se resume a sonhos construídos na calada da noite e realizados pela metade.

Corajosos são aqueles que amam hoje, sem medo da solidão de amanhã. E não me restam dúvidas de que fui forjada e revestida em espírito para ser destemida tanto na dor quanto no amor. Assim como minha mãe e todas as mulheres que vieram antes dela e lutaram pela liberdade de amar.

UM

Janeiro de 1858, em algum lugar do rio Sena

Pirata, dou-lhe mais um mês. Tamanha demora esgotou minha parca paciência. Desta vez resolvi seguir os caminhos da benevolência, mas não sou tolo. Assombro-me com as máscaras tanto quanto almejo a ruína que encontrarei nelas. Pouco importa se já tem uma delas, nosso acordo continua o mesmo: meus baús de ouro só serão seus quando me entregar toda a encomenda. Não faça com que eu me arrependa.

Para Robert Lancaster, de um misterioso signore italiano.

Não me surpreende encontrá-lo na galeria privativa da embarcação. Desde que roubamos a famosa Máscara Preta — uma relíquia amaldiçoada que modificou a história de gerações de amantes infortunados —, meu pai, o capitão Lancaster, não consegue tirar os olhos do seu mais novo tesouro. Nós dois temos consciência de que sem o par, a Máscara Branca, não teremos sucesso na missão que nos foi conferida. Contudo, é quase impossível não ser seduzido por tudo o que essa máscara única e delicada significa.

— O senhor mandou me chamar? — digo, ao entrar no aposento mal iluminado e encarar a caixa de vidro que protege nosso espólio.

Preta como o céu da mais escura tempestade, a temida máscara me recebe com altivez, convidando-me a mergulhar em suas profundezas e desafiando-me a usá-la — como o canto da sereia em noite de luar. Algo nela faz meu coração acelerar e mãos tremerem de vontade de tocá-la. Uma música desconhecida ecoa em minha mente e um laço invisível tenta alcançar meu coração toda vez que me aproximo. Antes de vê-la, não conseguia entender como um objeto inanimado era capaz de despedaçar tantos corações. Mas agora, com a máscara a poucos metros, sinto o chamado por trás da beleza lustrosa do metal que a compõe e do brilho de ébano que emana dos seus contornos.

O roubo em três atos

Não pela primeira vez em meus 28 anos, muitos deles marcados pela busca desenfreada dos mais valiosos tesouros, penso em como histórias bem contadas são capazes de atravessar gerações. Olhando para a máscara, vejo a promessa de um presente de riqueza e poder, assim como o prenúncio de um futuro marcado pela dor e pelo sofrimento. A perfeição simétrica da peça é capaz de roubar o ar, mas são os amores ceifados pelo par de máscaras amaldiçoadas que tornaram memorável a história por trás delas.

Um ano atrás, fomos contratados para roubar um par de máscaras venezianas. Pouco sabemos sobre a criação das peças, apenas que foram concebidas para as comemorações dos primeiros festejos carnavalescos e, após uma sequência de tragédias, ficaram conhecidas por serem amaldiçoadas. A cada Carnaval, a lenda por trás das máscaras ganha um novo drama, seja um casal desafiando os pais ao se casar sem a aprovação deles apenas para morrerem os dois envenenados logo após a cerimônia, amantes assassinados em seu leito conjugal por qualquer motivo tolo, ou, até mesmo, casais separados pelas mãos carrascas do destino. Amores e desamores de Carnaval passaram a ser associados às benditas máscaras e, ao mesmo tempo que as crenças populares fomentavam a lenda de que todos os portadores da Máscara Branca e da Máscara Preta seriam castigados pelo destino, o acaso ganhou um novo nome e as máscaras, uma reputação inestimável. O poder de desafiar o destino virou um chamariz e, desde então, elas são caçadas, leiloadas, herdadas e constantemente roubadas.

— Chamei-a para comemorar — diz meu pai com sua típica voz de capitão, exigindo minha atenção. — Recebemos informações valiosas sobre o paradeiro da Máscara Branca. Estamos muito perto de colocar as mãos naqueles baús de ouro, pequena Joana. Finalmente recuperaremos nossa dignidade!

Suas palavras carregam uma animação que nós dois sabemos ser falsa. Eu poderia questionar e esbravejar, dizendo que estamos longe demais do que chamamos de dignidade, mas a única coisa que faço é afundar as unhas nas palmas das mãos, usando a dor momentânea

62

ATO II: *O roubo*

para controlar a raiva que sinto desde o dia em que nosso destino foi sentenciado. Se antes nossa honra estava no mar, neste momento ela depende do ouro que nos colocará o mais distante possível de tudo o que amamos. E, por mais que eu tente, não consigo ser como meu pai e fingir que aceito construir meu futuro longe de um navio.

Navegar, primeiro como piratas e depois como corsários, é tudo o que somos. Meu pai, que vem de uma distinta linhagem de piratas ingleses, viveu mais tempo nas águas do que em terra. Já eu, desde a morte de minha mãe, treze anos atrás, decidi segui-lo e trocar a segurança de uma vida insignificante em terra firme pela liberdade que encontrei na proa do *Destinazione*. O mar sempre foi o destino final de todos os Lancaster, até sermos proibidos de fazer o que mais amamos. Finco com ainda mais força as unhas na carne calejada das minhas mãos ao lembrar o exato momento em que Napoleão III, em toda a sua glória após ter vencido a Guerra da Crimeia ao lado da Inglaterra e do Reino da Sardenha, assinou um tratado extinguindo nossas profissões e transformando-nos em alvos a serem caçados. Abrimos mão do anonimato em nome do nosso povo e, no final, ganhamos um mandado de prisão.

Será que em algum momento o imperador pensou no que aconteceria com as centenas de corsários que trabalhavam para ele ao assinar aquele maldito documento? Em todos aqueles que saquearam navios inimigos em nome da Coroa? *Não, é claro que não pensou. Nenhum governante pensa na plebe que depende dele.* E agora, enquanto a paz reina no solo francês, precisamos viver escondidos, como ladrões baratos aceitando qualquer punhado de ouro em troca de nossa honra.

De orgulhosos desbravadores dos mares viramos marujos acuados e dependentes. Trabalhar para a nobreza é diferente de depender dela. Enquanto um é uma consequência, o outro é uma fraqueza. E nenhum pirata gosta de se sentir fraco.

— Se continuar mergulhada em autopiedade, logo seus pensamentos serão mais pesados que nossas três âncoras. — Mesmo sem encará-lo, consigo sentir o sorriso zombeteiro em suas palavras. — Devo me preocupar com seu desejo de nos afundar, filha?

O roubo em três atos

— O senhor realmente consegue nos imaginar em uma rotina cômoda? — Apesar da fúria com a qual pontuo minhas palavras, a pergunta é sincera. Me acalmo ao liberar minhas mãos do flagelo autoimposto. E, estampando uma expressão neutra no rosto, olho para meu pai e continuo: — Não serei estúpida de dizer que prefiro lutar contra o imperador para impor nossa vontade de voltar dois anos no passado, antes de o acordo ser assinado em termos tão pouco favoráveis. Mas vivo neste navio desde os 15 anos, pai. E o senhor chama o *Destinazione* de lar há tantas décadas que nem consegue recordar a sensação de estar em terra firme. Como é que vamos nos estabelecer? Como vamos esquecer todas as aventuras que a vida no mar nos proporcionou?

Após um longo e angustiante silêncio, ele desvia o olhar da máscara e me encara. Seus olhos me observam com um misto de pesar e amor. Os dele são de um azul profundo, como as profundezas do oceano. Os meus são de um tom de cinza, como o mar depois de uma tempestade, o caos aparente já na superfície. Seu cabelo loiro também é um contraste com minhas madeixas negras. A tez marcada pelos anos de exposição ao sol, no entanto, é a mesma, e em espírito é certo que somos feitos da mesma matéria-prima: o amor pela liberdade.

E é exatamente por isso que sei que ele não está conformado com a extinção da pirataria marítima, da mesma forma que compreendo que abriria mão de qualquer coisa por mim e por seus marujos, até mesmo do seu amado navio. Meu pai realmente acredita que está fazendo o melhor para nós. No fundo, teme que ao continuar navegando possamos chamar a atenção da Patrulha Marítima e acabar como tantos antes de nós: enforcados ou decapitados.

— Nosso destino foi traçado e só o que podemos fazer é nos adequar a ele, Joana. — Ele se aproxima de mim com um misto de dor e amor estampados no rosto, e, em um gesto fugaz de conforto, envolve nossas mãos, traçando os dedos pelas marcas avermelhadas em minha pele. — Você sabe tão bem quanto eu que precisamos do dinheiro que essas máscaras nos darão. Só assim teremos ouro suficiente para comprar um bom pedaço de terra, não apenas para nós dois, mas também para todos os tripulantes que estão ao nosso

ATO II: *O roubo*

serviço. Não vamos ficar longe do mar, já conversamos sobre isso. O que precisamos é concluir esta missão e recomeçar, talvez em um braço de rio no sul da Itália ou até mesmo nas terras remotas da Índia. Piratas não lamentam, minha menina. Eles roubam, conquistam e, o mais importante, permanecem vivos.

Respiro fundo, assimilando tudo o que foi dito — assim como o que ficou subentendido: *é preferível uma vida pacata longe do mar a, obviamente, não viver.*

Analisando-me com um olhar inquisitivo, provavelmente para ter certeza de que entendi o peso de suas palavras, meu pai acaricia minhas mãos até que elas parem de tremer. É nesses momentos, quando me olha com o peso da sabedoria conquistada através de décadas navegando pelos mares, que recordo quem ele realmente é. Robert Lancaster: negociante reconhecido através dos mares e das terras, pirata temido e admirado, detentor de um dos sobrenomes mais aclamados na França.

De nobre a pirata, de pirata a corsário, de defensor da nação a mercenário. *Quem imaginaria que esse seria o legado final da dinastia Lancaster?*

— Sinto muito por parecer petulante, mas o senhor sabe que nunca lidei bem com mudanças.

— E a mocinha sabe que, se dependesse de mim, viveríamos no mar até os nossos últimos dias.

— Mocinha? Está querendo ser desafiado para um duelo? Preciso lembrá-lo que, da última vez que lutamos, o golpe final veio da *minha* espada?

Sustento seu olhar com uma expressão de desafio — a mesma que passei anos ensaiando em frente ao espelho, ansiando por aprender como demonstrar minha força —, mas só o que recebo em resposta é uma sonora e contagiante gargalhada. Meu pai e eu sabemos que nossos duelos não passam de brincadeira e que, em um combate real, eu não duraria um segundo diante dele.

— Você precisa mesmo ser tão orgulhosa quanto sua mãe, Joana? — Com uma única e simples frase, ele alivia toda a tensão em meus ombros. — Lembre-se do que ela sempre dizia: "O que está feito...".

O roubo em três atos

— "… não pode ser desfeito" — completo a frase, por puro instinto.

Aquecida pela memória de minha mãe, calo o ódio, as lamentações e o medo do futuro. Meu pai tem razão, reclamar não vai me levar a lugar algum. Carrego o sangue de homens e mulheres valentes que mudaram o rumo da história. Então é claro que descobrirei novos meios de ser feliz. Um Lancaster sempre descobre.

Beijo a face de meu pai e caminho até a lateral do cômodo. Enquanto ando pelo aposento, deixo que o movimento da embarcação me abrace, que o cheiro salgado da água me preencha e que a luz inebriante, atravessando as pequenas janelas do convés, me console. Nos parcos segundos que levo até alcançar o carrinho de bebidas e servir-me de uma dose de rum, aceito que nosso futuro está no roubo da Máscara Branca. Essa será a nossa última missão como mercenários do mar, então farei valer a pena.

— Afinal, qual é a pista? Para onde a máscara nos levará?

Tomo um gole da bebida e encaro o sorriso gatuno estampado na face de meu pai. Trata-se do sorriso de quem tem um plano em mente e está pronto para obter sucesso.

— A correnteza está a nosso favor, Joana. Vamos desembarcar exatamente onde queríamos, na França.

— E de lá seguiremos para…?

— Sem escalas, menina. A máscara está em Paris.

Não consigo esconder a surpresa. Passamos um longo ano procurando a Máscara Branca. Rodamos mares, portos, países e — vez ou outra — voltamos para nossa terra natal a fim de recomeçar a busca. Contudo, como o filho pródigo que retorna ao lar, tínhamos planejado nosso regresso às ruas parisienses com base em interesses *nem um pouco* profissionais. Sem imaginar que, ao retornarmos para Paris em vista das festas de Carnaval, acabaríamos encontrando aquilo que passamos meses almejando: o paradeiro da Máscara Branca.

— Então trocaremos os festejos por uma boa dose de ladroagem? — falo sem esconder a animação.

— Até parece que não me conhece, menina. Eu não trocaria as bonanças carnavalescas por nada.

ATO II: *O roubo*

Eis um segredo: piratas amam uma boa festa. Se houver música e álcool, melhor ainda. É por isso que costumamos ir a Paris sempre que uma comemoração é anunciada. Além de ser um momento bom para os negócios, a liberdade renova os ânimos da tripulação, que espera ansiosamente por esses dias de festa, quando poderão beber, comer à vontade e deleitar-se com o flerte em terra firme. Exatamente o que encontramos no Carnaval parisiense.

— Não estou entendendo... O senhor planeja ignorar essa pista em vista do Carnaval? Festejar primeiro, trabalhar depois?

Fico irritada ao pensar nessa possibilidade, mas estaria mentindo ao dizer que nunca aconteceu.

Como eu disse, piratas *amam* grandes festejos.

— Ora, pare de tentar ferir meus sentimentos, Joana! Acredita mesmo que eu seria tolo a ponto de deixar passar uma informação tão valiosa? A máscara chegou em Paris graças a monsieur Filipe de Bourbon. Recebi um comunicado de que ele veio da Itália para conhecer a futura esposa, a filha de um burguês francês. E, com seu séquito, trouxe a famosa Máscara Branca. Antes desse boato, estávamos prestes a dar o objeto como perdido, mas o tolo apaixonado resolveu exibi-lo em uma de suas recentes festas de noivado.

— Apaixonado? Mas quem em sã consciência exibe um objeto amaldiçoado em sua própria festa de noivado?

— Talvez ele não conheça a maldição.

— Ou talvez ele saiba de algo que nós não sabemos — digo, ao encarar a Máscara Preta do outro lado do cômodo.

Em nossas buscas falhas dos últimos meses, reuni um punhado de informações a respeito das famosas máscaras amaldiçoadas. É fato que, por toda a Europa, corre na boca do povo a lenda de que elas são responsáveis por separar amantes. Contudo, na pequena ilha escondida no mar mediterrâneo em que encontramos a Máscara Preta, ouvi de uma viúva algo que me deixou curiosa. Segundo ela, as máscaras foram criadas sob a promessa de um final feliz e, quando usadas em nome do amor, são capazes de unir um casal para a vida toda. Isso me faz pensar se o tal monsieur apaixonado é de fato apenas mais um nobre tolo que não acredita na maldição ou se ele tem tanta fé na força de seus sentimentos que não a teme.

Quem sabe, enquanto estamos planejando o roubo da Máscara Branca, ele não esteja neste mesmo instante buscando pelo seu par, sonhando em uni-las e, enfim, experimentar um final feliz. Balanço a cabeça, afastando essa ideia ridícula com um sorriso de escárnio nascendo nos lábios. Algo me diz que esse senhor é apenas mais um estúpido ostentador, exatamente como a maioria dos nobres que tive o desprazer de conhecer. Aposto que, por possuir um objeto magnífico e valioso, Filipe de Bourbon acredita ser invencível.

— Imagino que nossa função seja roubar a Máscara Branca antes do casamento dele, certo? — pergunto, caminhando pelo aposento com uma nova dose de rum nas mãos. Andar em círculo sempre me ajuda a organizar os pensamentos. — Já sabemos os próximos eventos nos quais ele e a Máscara Branca estarão? Não me diga que precisarei invadir um casamento!

— Não chegaremos a tanto, menina. Estou certo de que a próxima exibição da máscara acontecerá no Baile da Ópera. Minha fonte afirma que a noiva do monsieur não participará das celebrações deste ano, vai permanecer no campo com a mãe, e que Filipe usará a máscara como prova de seu compromisso.

Meu coração acelera ao imaginar o roubo em meio ao Baile da Ópera, uma das festas mais valorosas de Paris. Ao longo do ano, os portões ostentosos do Teatro Imperial da Ópera permanecem fechados para aqueles que possuem dinheiro, mas não fazem parte da elite parisiense. A grande maioria da burguesia ainda não tem acesso aos suntuosos bailes oferecidos pela Academia Nacional de Música, às belas apresentações de balé e muito menos aos famosos lustres que decoram o salão e iluminam a plateia de quase duas mil pessoas. Mas, durante o Carnaval, as portas do teatro se abrem, dando aos corajosos a oportunidade perfeita de adentrar o desconhecido.

O Baile da Ópera começa pontualmente à meia-noite e, seguindo a tradição iniciada pela duquesa de Berry, une milhares de homens e mulheres mascarados em busca de uma noite de diversão, liberdade

ATO II: *O roubo*

e prazer. As fantasias permitem que nobres e burgueses se misturem. E, com trabalho árduo e uma dose de sorte, talvez até piratas ambiciosos consigam aproveitar um dos bailes mais famosos da Europa.

Meu pai se aproxima e coloca as mãos em meus ombros, encorajando-me a encará-lo.

— Dizem que monsieur Filipe é apreciador da beleza e, como foi exatamente assim que me senti ao colocar meus olhos em Isabel, tenho certeza de que ele ficará hipnotizado por seus encantos. Basta um olhar e ele se esquecerá da noiva, das promessas feitas e até mesmo de seu próprio nome. Sinto que a máscara lhe será oferecida de bandeja, Joana. Então não roubaremos na calada da noite e muito menos usaremos força ou chantagem. Aproveitaremos o Baile da Ópera e o anonimato criado por milhares de pessoas fantasiadas para buscar o que já nos pertence.

— Você propõe que eu o seduza? — respondo com um sorriso nos lábios e o coração descompassado pela animação. — Que o faça confiar em mim, que o atraia com a minha beleza e então roube a máscara em seu primeiro momento de fraqueza?

Amo um bom desafio, principalmente quando envolve a oportunidade de deixar um nobre de joelhos. Gosto da sensação poderosa de provar que capacidade e inteligência não são oferecidas de bandeja como títulos tolos ou herança. Aprendi com minha mãe que, apesar de vivermos em meio a homens que usam suas posses como medida de poder, o valor de alguém vai muito além do ouro bordado em suas roupas. É por isso que minhas vestes pretas são simples e funcionais, ao passo que minha mente é letal.

Longe de mim ser comedida: convivo o suficiente com piratas orgulhosos para aceitar que mentir, enganar e manipular são formas naturais de fazer arte e que sou boa em cada uma delas. Aprecio os desafios de planejar e executar um roubo, mas é o instante exato no qual a vítima percebe que foi enganada e que confiou na pessoa errada que me motiva. Cansei de usar a aparência ao meu favor e de transformar minha beleza em uma vantagem. Reconforta-me saber que uso essa artimanha para vencer a patética ideia de que mulheres

O roubo em três atos

não são nada mais do que corpos quentes, macios e bonitos. Assim como Anne Bonny, a pirata mais aclamada da Irlanda, sou bem mais do que enxergam. E meu maior trunfo não é meu título ou sobrenome, mas minha mente.

Sou filha de meu pai, criada nos limites de um navio, incitada a viajar pelos mares e a desvendar os mistérios do mundo. Sou engenhosa, rápida com a espada e habilidosa na arte da persuasão. Sou uma Lancaster e, se os homens que me enfrentaram ao menos tivessem tentado enxergar meu espírito, se tivessem visto mais do que minha aparência dócil e frágil, com certeza eles ainda estariam vivos. De fato, tolo é o nome dado para todos aqueles que não acreditam na força de uma mulher.

— Está disposta a roubá-lo, menina? Essa será nossa última missão, a porta de acesso para um novo futuro.

Os olhos de meu pai brilham de antecipação, imagino que da mesma maneira que os meus.

Ah, pai, o senhor sabe muito bem como me convencer a entrar de cabeça em um de seus planos.

— Não vejo a hora de ter a Máscara Branca em minhas mãos, capitão. Tenho certeza de que, depois deste Carnaval, monsieur Filipe de Bourbon nunca mais se esquecerá da pirata que roubou seu bem mais valioso.

DOIS

Fevereiro de 1858, Paris

L'administration des bals masqués de l'Opéra donnera, jeudi gras 11 février, un grand bal de dominos. L'orchestre sera conduit par M. Strauss. Vous êtes notre invité d'honneur. Venez célébrer l'amour, la danse et rendre grâces pour la vie.

A administração dos bailes de máscaras da Ópera fará, na quinta-feira de Carnaval, 11 de fevereiro, um grande baile de máscaras. A orquestra será conduzida por M. Strauss. Você é nosso convidado de honra. Venha celebrar o amor, a dança e dar graças pela vida.

Chegamos a Paris dez dias antes do início das festividades de Carnaval, e mesmo assim já consigo sentir a cidade pulsar com a típica energia que conduz a celebração. As ruas estão mais movimentadas do que o normal e, para qualquer direção que eu olhe, há pessoas vestidas com luxo exagerado, casais com os braços enlaçados rindo de forma nada discreta e crianças correndo com as mãos lotadas de doces.

Em dias comuns, não acho a capital charmosa — tantas mudanças no governo e instabilidades políticas deixaram a população na miséria, e nem os mais ricos conseguem investir dinheiro suficiente para esconder as partes pobres da cidade. Para mim, andar pelas ruas abarrotadas é um lembrete doloroso da época em que via minha mãe costurar até as mãos sangrarem para receber o suficiente para apenas uma de nós comer, quando éramos apenas mais uma entre tantas famílias trabalhando demais e comendo de menos. Mas tudo fica diferente durante os preparativos para o Carnaval. É como se o festejo mascarasse não só os foliões, mas a própria Paris. Nessas semanas, a cidade volta a pulsar vida, esbanjando uma beleza luminosa que conquista até mesmo os corações mais descrentes como o meu.

O roubo em três atos

Atravesso a rua Saint-Jacques, atentando-me ao brilho fraco da luz artificial que emana dos restaurantes e das casas de chá, ao cheiro açucarado que atravessa as janelas das padarias e domina a calçada, às flores coloridas que decoram os canteiros e às vozes que ecoam do mercado próximo ao rio Sena. Admiro a paisagem como alguém que vê, não pela primeira vez, uma obra de arte. Sou assolada pelos melhores momentos que vivi ao lado de minha mãe. E, diante de tanta beleza e alegria, sinto-me mais francesa do que nunca. Talvez, quando finalmente estivermos em posse da recompensa prometida em troca da Máscara Branca e da Máscara Preta, eu possa passar um período em Paris. Por mais inesperado que este momento seja, algo nele me diz que não será tão difícil me acostumar de novo com a rotina da cidade quanto minha mente teimosa quer acreditar. Afinal, a Paris dos abastados é muito diferente da dos esfomeados.

— Minha cara mademoiselle… — Um jovem trajando vestes espalhafatosas, decoradas por dezenas de losangos brancos e pretos, surge repentinamente no meu caminho. Dançando ao meu redor de forma cômica e tentando tocar meu cabelo, ele me encara com um sorriso divertido. — És tão bela! Serás tu minha Colombina?

Fico dividida entre afastá-lo e entrar na brincadeira. Fitando-o com atenção, percebo que decidiu seguir as tradições carnavalescas de Veneza e vestir-se de Arlequim. Li em um folhetim que foi lá que o Carnaval ganhou vida e que as fantasias baseadas em figuras teatrais, assim como o uso de máscaras coloridas, tornaram-se tão populares. Arlequim, Pierrô e Colombina são os amantes desafortunados de uma famosa peça italiana. E talvez por esse motivo sejam as fantasias mais comuns e previsíveis durante os festejos de Carnaval.

— Sinto muito, monsieur. Não serei sua Colombina. — Giro com um floreio, fugindo de seus passos desajeitados de dança. — Se eu fosse me vestir como um dos personagens da Commedia dell'Arte neste Carnaval, decerto não seria a pobre e bela serviçal.

— Quem serias, então?

ATO II: *O roubo*

O jovem fantasiado cessa o andar cambaleante e levemente embriagado e, com as mãos na cintura, me encara com um olhar galanteador.

— Ora, provavelmente a autora da peça. Gosto de controlar o futuro e de fazer as pessoas dançarem conforme a minha música.

Recebo uma gargalhada como resposta. E, com um gesto teatral das mãos, ele se despede e segue seu caminho. Sorrio ao notar o anel de ouro em seu dedo mindinho. A peça revela que, apesar das vestes de segunda mão, a fantasia de Arlequim esconde um nobre. E, se eu fosse apostar, diria tratar-se de um terceiro filho ou de um burguês endividado pós-revolução. Fantasiado como se o Carnaval fosse hoje e não só daqui a algumas semanas, o jovem deve fazer parte de uma das muitas companhias de teatro localizadas nesta região.

Não é à toa que madame Violla, uma das modistas mais renomadas da França, escolheu abrir seu ateliê exatamente no centro artístico de Paris. Vinda do interior, a costureira fez seu nome confeccionando figurinos para artistas em ascensão. A arte é uma espécie de luxo e, ao confeccionar peças suntuosas e deslumbrantes para dramaturgos ávidos por fazer história, Violla ficou conhecida dentro e fora dos palcos parisienses. É por isso que, ao descobrir que participaria do Baile da Ópera desse ano, logo decidi que usaria uma das suas belas criações.

A noite do Baile da Ópera ficará escrita na história da família Lancaster, portanto, preciso estar vestida a rigor. E não só para misturar-me perfeitamente entre os convidados do baile, mas para chamar a atenção daquele que pode mudar todo o meu futuro: monsieur Filipe de Bourbon. Para conquistá-lo, preciso de vestes capazes de ocultar os calos em minhas mãos, os músculos de meus braços e as marcas que a exposição constante ao sol deixa em minha pele. Por uma única noite, preciso parecer uma dama e não uma pirata.

Aguardo uma carroça passar e só então atravesso a rua movimentada. Crianças magricelas correm atrás de um gato malhado, floristas sorridentes abordam jovens fanfarrões fantasiados com vestes opulentas, uma pequena multidão espera em frente à confeitaria Laviolette — muito conhecida por seus doces frutados — e uma música agitada sai do boticário localizado no final da rua. Tudo pulsa vida, mas, ao parar em frente ao ateliê de madame Violla, sinto um silêncio opressor recair sobre meus ombros.

De repente, não estou mais em meio a uma Paris deslumbrante e vibrante. E, em um piscar de olhos, volto a ser a menina solitária ansiando pelo retorno do pai, sonhando com vestidos bonitos e com fatias de bolos. Existiu uma época em que as cartas de meu pai, assim como o dinheiro que ele mandava para a família, simplesmente pararam de chegar. As costuras de minha mãe viraram nosso único sustento, então vivíamos andando de um lado para o outro pela cidade, atendendo esposas de militares, donas de bordéis luxuosos e filhas de comerciantes abastados. Eu via a ostentação de perto e comecei a desejar fazer parte de um mundo que não era para mim. Foi mais ou menos nessa época que confundi amor com paixão e acabei descobrindo na pele que sangue nobre *não* garante cavalheirismo.

Caí no erro de confiar cegamente no amor e nas palavras de um homem. E, depois de o meu coração ser esmigalhado por promessas vãs, prometi nunca mais esquecer quem sou e, principalmente, quem eu gostaria de ser.

— Mademoiselle vai entrar?

Uma voz alegre afasta meus devaneios. Giro o corpo para encarar o desconhecido e encontro um rosto demasiadamente jovem, marcado por um sorriso brilhante e um par de olhos castanho-amarelados esperançosos. A primeira coisa que noto ao encará-lo é como o Carnaval faz com que minhas vestes pareçam aceitáveis o suficiente para que estranhos me vejam como uma semelhante, não como uma pária. A segunda é o cheiro forte e adocicado de vinho que emana do rapaz. Fico surpresa ao perceber que a expressão em seu rosto ao encarar o vestido carmim exposto na pequena vitrine do ateliê não é de alguém embriagado, mas sim desejoso.

— Acha que a cor combina com a minha tez pálida? Ou talvez eu deva escolher algo mais brando, em um tom claro de azul? — Ele bate os pés agitados na calçada e seu odor me envolve. Em vez de enjoativo, o cheiro é doce e contagiante, diferente de tudo o que

ATO II: *O roubo*

já senti. — Será tolice ignorar os convites empilhados no escritório de meu pai, fantasiar-me com um vestido cheio de babados arredondados e sair pelas ruas, explorando o Carnaval do qual meus amigos tanto falam?

— É tolice, sem dúvidas, mas... — Seus olhos curiosos abandonam a vitrine e buscam os meus. Ele não me encara como alguém buscando aprovação, o que de alguma forma me faz pensar que estou sendo testada. — Não dizem que o Carnaval é a festa dos tolos? Então seja um! Durante o Carnaval, ninguém está preocupado com quem somos, apenas com quem parecemos ser. Pobre ou rico, belo ou feio, pirata ou dama, vestido vermelho ou azul... Nada disso importa para ninguém mais do que a pessoa por trás da fantasia. Essa é a magia de camuflar-se: podemos ser quem sempre desejamos sem nos preocupar com as consequências.

— E quem mademoiselle gostaria de ser neste Carnaval?

Nada além de mim mesma, grita minha mente, mas permaneço em silêncio, forçando meus lábios a continuarem selados. Não é de hoje que um desejo de ser vista além das minhas vestes, dos meus feitos e do futuro para o qual fui criada invade meus pensamentos.

— Já estou fantasiada. Não está vendo? — falo por fim.

Enquanto assimila minhas palavras, o rapaz corre o olhar pela minha aparência: um par desgastado de botas, uma camisa de linho puída, uma calça preta que para olhos destreinados pareceria uma saia, mas que ele desvenda rápido demais, o cabelo preto longo, indomável e solto e uma adaga de prata presa na cintura. Um sorriso caloroso aparece em seu rosto quando nossos olhos se encontram novamente. E, além do cheiro doce de vinho, sinto uma brisa fresca afagar minha pele em algo que só posso explicar como conforto.

— E então, qual vai escolher? — pergunto, apontando para a vitrine e desviando sua atenção das emoções conflitantes que ele tenta ler em meu rosto.

— Com certeza o vermelho — diz com um suspiro de alegria.

— Boa escolha — digo ao seguir até a entrada do ateliê. — Tenho certeza de que madame Violla encontrará a veste perfeita para monsieur.

O roubo em três atos

— E para mademoiselle também. — Ele toma a dianteira e segura a maçaneta da porta. Espero que a abra, mas, em vez disso, o rapaz gira o corpo para ficar entre mim e a entrada. — Antes, tenho algo para lhe entregar.

Vejo-o retirar do bolso do paletó azul-escuro um envelope bege mais grosso do que meu primeiro astrolábio. Apesar de parecer bêbado, suas mãos estão seguras ao me entregar o invólucro e eu o pego com todo o cuidado possível. Se o papel caro não deixasse óbvio sua importância, as bordas douradas e o brasão intricado o fariam. Abro-o com delicadeza, mal contendo um suspiro de contentamento ao encarar a ilustração. Preciso de um tempo considerável para acalmar minha respiração errante e aceitar que tenho em mãos um convite para o Baile da Ópera — não uma réplica como eu tinha planejado antes, mas um convite legítimo.

Desde o dia em que elaboramos um plano para roubar a Máscara Branca, criei vários cenários em minha mente, muitos deles envolvendo formas ilegais de entrar no Teatro Imperial da Ópera. É claro que meu pai pediu para que eu não me preocupasse com esse detalhe, garantindo que daria um jeito de me colocar para dentro, mas nem em meus sonhos acreditei que conseguiríamos algo assim.

Enquanto encaro os desenhos intricados e a assinatura incomum do maestro Isaac Strauss, sou pega de surpresa ao sentir dedos frios tocando meu pulso.

— Use isto e não desconfiarão da legitimidade do convite.

O desconhecido mexe em seu dedo anelar e, com gestos floreados, deposita a peça em uma das minhas mãos, mas a afasto, pois tudo o que me importa no momento é o convite pesado e sofisticado.

— Ratazana do mar, isso deve ter custado uma fortuna!

Ele sabe que não estou falando do preço do anel, mas insiste em me entregar a maldita joia. Com um aperto firme, o rapaz envolve minha mão direita e põe a peça de ouro em um dos meus dedos. Sinto um leve pulsar onde o metal toca a pele. Imediatamente, meu coração acelera e minha atenção ganha um novo foco.

ATO II: *O roubo*

— Esse anel foi um presente de minha mãe, mas algo me diz que ela gostaria que permanecesse com a mademoiselle.

Assim que o rapaz termina de falar, uma corrente elétrica começa do anel, sobe por todo o meu braço e termina em minha testa, tal qual um beijo fraternal. Encaro a peça em ouro talhada com pequenos rubis, sentindo os olhos marejarem ao ver que eles formam a letra L. Apesar de a peça aparentar ser uma relíquia de família, o anel vibra em minha mão como se fosse meu por direito.

Nunca me importei com joias ou enfeites, mas esta peça em especial é capaz de me transportar para as melhores lembranças de minha infância. Sinto-me abraçada, tal qual era reconfortada pelos braços fortes e amorosos de minha mãe.

— Obrigada. — É tudo o que consigo dizer em meio ao rompante inesperado de emoções.

Quem diria que um anel geraria tamanha comoção?

— Não precisa agradecer, *αγαπητή αδερφή* — responde ao liberar meu acesso à entrada do ateliê. Não compreendo suas palavras, muito menos o carinho transbordando de seu olhar. — Seja corajosa, mademoiselle. Seu final feliz tardará, mas chegará, desde que mantenha a esperança.

Abro a boca para confrontá-lo, mas, assim que a porta do ateliê é aberta, um barulho irritante ecoa pelo ambiente, anunciando a nossa entrada e atraindo a atenção de vendedores e clientes curiosos.

— Até breve, Joana. Não vejo a hora de reencontrá-la.

Sem esperar por uma resposta, ele se despede com um aceno discreto e sai caminhando em meio aos tecidos espalhados pelo local como se já o tivesse visitado outras centenas de vezes. Parada na entrada do ateliê em um misto de assombro e animação, guardo o convite no bolso da calça e respiro fundo até calar as vozes em minha mente. A única explicação plausível para o que acabou de acontecer é que o desconhecido foi enviado por alguém da minha família, caso contrário, como ele saberia o meu nome?

De qualquer forma, não tenho tempo para conjurar ou questionar o que acredito serem artimanhas de meu pai.

O roubo em três atos

As tormentas futuras terão que ficar para amanhã.
Eu vim até aqui em busca de uma roupa, então é isso que farei.

Decorado com suntuosidade, em uma mistura de tecidos esverdeados e luzes douradas, o ateliê de madame Violla resplandece luxo. Algumas jovens costureiras passam apressadas por mim, seguindo para a área dos provadores onde suas clientes as esperam ansiosamente. Sigo até os fundos da loja, mantendo-me despercebida, ainda que os olhares estejam desatentos. Enviei um bilhete para madame Violla ontem à tarde, combinando de encontrá-la em seu escritório, para não chamar a atenção para a presença de uma pirata em um dos ateliês mais luxuosos de Paris.

Atravesso um mar de tecidos coloridos, máscaras brilhantes e chapéus extravagantes, recordando mais uma vez meus dias de menina. Sinto falta de minha mãe; de ouvi-la suspirar ao abraçar um tecido recém-comprado; das músicas que cantava ao costurar suas encomendas; e do sorriso em seu rosto ao me usar de manequim para criar suas invenções. Ainda tenho guardadas, em um baú escondido embaixo da cama, todas as peças que ela costurou para mim. As roupas já não me servem mais, mas ainda têm o cheiro dela. E, quando preciso de colo e conforto, recorro a elas, abraçando-as com a mesma intensidade que abraçava minha mãe.

— Mademoiselle Joana? — Seu sotaque acentuado, exatamente como o que escuto em minhas melhores lembranças, faz um sorriso saudoso brotar em meu rosto.

— *Bonjour*, madame. — Faço uma leve reverência. Não preciso, mas faço mesmo assim. — Sinto muito por impor minha presença com tamanha urgência, mas recebi um convite inesperado e nenhum dos meus vestidos parecem certos para a ocasião.

— Eu sei, li seu bilhete. Ainda não acredito que foi convidada para o Baile da Ópera. — Ela franze levemente o nariz empinado, deixando claro seu descontentamento. Só não sei exatamente com

ATO II: *O roubo*

o quê. — Quem diria que acabaria envolvida com os tolos da elite. Achei que odiasse esse tipo específico de festejo.

— E odeio.

Violla volta seus olhos de águia para os meus e, após passar um tempo buscando neles respostas para suas perguntas silenciosas, parece convencida da sinceridade de minhas palavras.

— Que bom. Isabel não ficaria nada feliz ao descobrir que a menininha dela acabou cativada pelas pessoas erradas.

Se tem alguém que odiou a nobreza mais do que eu, essa pessoa foi minha mãe. Por muito tempo, não achei que ela fosse capaz de nutrir uma gota sequer de ódio, mas depois de ser humilhada, roubada e chantageada da pior forma possível por clientes de sangue nobre, títulos nobiliárquicos viraram sinônimo de escória para ela. Princípio com o qual eu concordo.

— Por falar nisso, sinto muito por sua perda, querida. Sua mãe merecia ter vivido mais. — Madame Violla aperta meu braço em um gesto de conforto e, antes que eu possa esboçar qualquer reação, me empurra delicadamente até o escritório dela. — Acredito que tenha um bom motivo para participar do Baile da Ópera. E, tendo em vista as roupas horrendas que está usando, precisa mais da minha ajuda do que imaginei. Se quer passar despercebida, suas vestes precisam ser fabulosas.

— Eu não poderia concordar mais, madame.

— Certo, certo… Vamos ver o que conseguimos encontrar por aqui.

A verdade é que eu mesma poderia confeccionar a minha fantasia. Não costuro tão bem quanto minha mãe, mas, ao acompanhá-la em suas longas jornadas de trabalho, aprendi o suficiente para costurar vestidos e camisões de modelagem tradicional. Contudo, não há tempo e, para a noite do baile, sei que preciso de uma roupa tão bela e pomposa quanto a máscara que pretendo roubar. E não há ninguém melhor do que Violla para vestir-me com suntuosidade.

Eu e minha mãe acompanhamos seu trabalho por anos. Sempre que podíamos, caminhávamos até o ateliê para encarar a bela e charmosa vitrine — a cada semana ela exibia um modelo diferente

O roubo em três atos

e único, o que alegrava os olhos de minha mãe. Naquela época, não entendia por que mamãe sempre levava consigo um bloco de papel para tomar notas. Mas agora sei que ela buscava inspiração em Violla para criar seus próprios modelos; vestidos e conjuntos de caça com cortes modernos, mas feitos com tecidos e pedras de segunda mão perfeitas para suas clientes.

Aos poucos, seus trabalhos foram ganhando destaque. E, em vez de vê-la como uma ameaça, Violla a convidou para um chá e a apresentou aos seus melhores tecidos e bordados. Madame sabia que minha mãe atendia apenas aquelas clientes que não podiam pagar por suas peças, então fez o possível para ajudá-la a realizar o sonho de ter seu próprio ateliê. E Isabel teria conseguido, caso eu não tivesse colocado tudo em jogo ao me apaixonar pelo filho de uma de suas clientes. A família dele havia recém-recuperado um ducado, mas o título não condizia com as posses em seus cofres, o que fez deles víboras sedentas por dinheiro. Eu devia ter previsto que nosso enlace acabaria em dor, mas não esperava que além de um coração partido, veria o bom nome de minha mãe ser ateado à fogueira da opinião pública.

— Minha jovem, está prestando atenção ao que digo? — Madame Violla bate com o leque em minha cabeça, guiando meu olhar para uma arara de tecidos volumosos e coloridos. — Tenho alguns vestidos prontos que podem ser ajustados ao seu corpo em tempo. Qual dessas cores mais lhe agrada?

— Peço perdão, madame. Por um instante me deixei levar em pensamentos — digo e olho para os vestidos com atenção redobrada. — Não me importo com a cor. A única coisa que interessa é que o vestido faça com que eu pareça um deles.

— Eu deveria me sentir ofendida, mas, na verdade, amo uma tela em branco.

Violla sorri e começa a tirar um vestido de outro dos manequins. Ela segue perguntando o que acho das cores e dos tecidos, mas, sem ao menos esperar por uma resposta, continua falando sem parar, carregando meu corpo de um lado para o outro, murmurando sobre meu tom de pele e olhos, e me entregando vestidos pesados para serem

ATO II: *O roubo*

experimentados. Por mais que eu me sinta intimidada, seu jeito irreverente me arranca boas gargalhadas.

Ela faz com que eu me lembre da sensação de estar presa em um navio, rodeada por homens rabugentos, agourentos e barulhentos que desejam apenas expressar suas opiniões, independentemente de estarem sendo ouvidos ou não. Quando passamos boa parte dos nossos dias presos em um navio, aprendemos que comunicação não necessariamente tem a ver com um conjunto de palavras. Desde meus primeiros dias a bordo fui ensinada a respeitar o espaço de cada marujo; seja para evitar lembrá-los de que sou uma mulher, ou apenas para descobrir meu papel na simbiose do navio. Por incrível que pareça, ser pirata também é saber escutar ordens, por isso não questiono quando Violla me envolve em um pedaço minúsculo de tecido.

— *Bah, non*, o decote ficou indecoroso. Seu busto é maior do que o esperado, mas é Carnaval, mostrar um pouco de pele não matará ninguém. — Com um resmungo ininteligível, ela descarta um vestido e me encara com uma sobrancelha erguida.— Não pretende matar ninguém, certo? Seria um desperdício dos meus melhores tecidos.

— Fique tranquila, morte não faz parte dos meus planos para o Carnaval.

— Para o meu bem, vou fingir que acredito.

Eu rio e ela revira os olhos. Após mais alguns minutos de procura e conjurações, madame Violla para em frente a um manequim protegido por metros de tecido preto. Seu silêncio repentino faz uma onda de expectativa correr por minhas veias. Não faço ideia do que está por baixo desses panos, mas, de uma forma inexplicável, sinto que ela acabou de encontrar o que eu preciso.

Encarando-me com curiosidade, Violla sorri ao finalmente revelar o vestido escondido. O brilho da peça me cega por um instante e eu fico sem ar diante de tamanha beleza. Ele me faz lembrar dos desenhos de minha mãe, das noites de luar na proa de um navio, dos meus sonhos tolos de menina e da sensação poderosa de ser vista, admirada e desejada.

O roubo em três atos

— O mais belo e adorável dos cisnes. Com este vestido, é nisso que se transformará na noite do baile, *chérie*.

Violla me oferece um sorriso caloroso ao empurrar-me até um provador. Sinto as mãos tremerem ao tocar a peça com delicadeza, receando macular sua perfeição. Mesmo sem prová-lo, sei que o vestido me servirá com perfeição e que, com ele, serei capaz de adentrar o Baile da Ópera de cabeça erguida.

Por uma única noite, deixarei de lado as botas de couro e os culotes sem graça, abandonando a liberdade de movimento que tanto amo em nome do luxo e da vaidade.

Terei poucas horas para conquistar a confiança de monsieur Filipe de Bourbon. Então, de patinho feio e pária de uma sociedade frívola, serei transformada em um majestoso cisne branco.

Belo, mas tão falso quanto as máscaras invisíveis que a nobreza veste diariamente, não só no Carnaval.

TRÊS

Lorde Albert Monfort comunica o casamento de sua filha, mademoiselle Catherine Boyer Monfort, com monsieur Filipe de Bourbon, filho do marquês de Bourbon. A celebração ocorrerá logo após as festividades de Carnaval, em Sainte-Chapelle. O cortejo será iniciado às margens do rio Sena e terminará na propriedade dos pais da noiva.

Comunicado de casamento, p. 14, jornal Le Siècle

Será que este jantar nunca chegará ao fim?

Não é que eu seja de recusar um bom vinho ou carne de qualidade — afinal, comida é sempre comida. Mas do que adianta servirem um banquete se as companhias embrulham o estômago? Não gosto de divagar sobre o futuro, mas é impossível deixar de pensar que estarei ao lado dessas pessoas em muitos outros jantares, bailes, recepções, idas à ópera...

Eu deveria ser capaz de escolher com quem cear, mas sou um Bourbon e, graças a esse sobrenome, perdi o direito de definir meu futuro assim que nasci.

— Gostou do comunicado de casamento, filho? — pergunta monsieur Monfort, meu futuro sogro.

Albert Monfort sabe exatamente o que penso a respeito desse casamento, mas mesmo assim insiste em passar aos seus convidados um senso de felicidade — como se o arranjo fosse muito mais do que um mero acordo comercial no qual eu preciso da boa reputação de seu sobrenome e ele, do ouro abundante em meus cofres. Da outra ponta da mesa, seu olhar afiado me desafia a contrariá-lo, mas ambos sabemos que não o farei.

Se quero construir um novo futuro, preciso dançar conforme a música.

O roubo em três atos

— Tudo está demasiadamente perfeito — digo entre dentes.

Com os olhos levemente turvos pelo excesso de vinho, encaro o jornal em minhas mãos pela milésima vez, sentindo um nó angustiante na garganta. De fato, o comunicado de casamento é perfeito: direto e, ainda assim, cheio de classe, com nossos nomes envoltos em arabescos intrincadamente desenhados e impressos em letras garrafais. Exatamente o que se espera do casamento de dois membros da miserável nobreza francesa. É uma pena algo tão belo ser grandioso apenas no papel.

Ninguém mandou pedi-la em casamento, seu tolo! Minha cabeça lateja, e não pela primeira vez desde o início da noite.

— Disse alguma coisa, Filipe? — pergunta Arthur, meu futuro cunhado, com um sorriso irônico no rosto.

Ele é o único presente neste jantar que sabe o quanto esse casamento está me custando. Nunca sonhei com um enlace por amor, mas, sempre que me imaginava unindo minha vida a de outra pessoa, desejava fazê-lo por um motivo honrado. Não através de um acordo comercial firmado em um aperto de mãos sem nem mesmo a presença da noiva.

— Filipe? — repete Arthur, dessa vez em um tom sério demais para passar despercebido.

— Disse que preciso de mais vinho — falo, em uma tentativa de retomar o controle dos meus pensamentos. Em um impulso, levanto minha taça para ser servido, mas só então noto que ainda está cheia. Arthur ri da minha falta de atenção, mas ignoro, bebendo o líquido de uma só vez. — Pronto. Será que agora podem me dar mais uma taça?

Ele interrompe meu valete e pega a garrafa de vinho de suas mãos. Com o olhar voltado para o pai, ergue a bebida em um brinde silencioso. Só quando conquista a atenção total dele é que Arthur toma um gole generoso de vinho direto do bico. Seu movimento é finalizado com um arroto, o que me arranca uma gargalhada. Acho que é por isso que nos damos tão bem: ambos temos uma relação *amigável* com nossos pais.

— Dou graças a quem inventou o álcool. Nada melhor do que uma porção certeira de esquecimento, não é mesmo?

ATO II: *O roubo*

Por mais que force um tom brincalhão, seus olhos continuam nebulosos, o que só faz o latejar de minha cabeça aumentar. A tensão entre Arthur e Monfort é tão palpável quanto o meu desejo de fugir deste jantar, mas, como não posso ignorar meus convidados e futuros familiares, apenas finjo não ver o olhar de reprovação estampado no rosto anguloso de meu *quase* sogro quando aceito a garrafa de vinho que seu filho me oferece. Tomo um longo gole e deposito a garrafa vazia na mesa com um baque proposital, o que faz palmas explodirem ao meu redor.

Apesar do calor momentaneamente entorpecedor, o vinho faz com que eu me lembre de casa. Eu sabia que, assim que chegasse em Paris, a proximidade do casamento com mademoiselle Catherine me colocaria em estado constante de sofrimento. É por isso que trouxe comigo dúzias das minhas melhores garrafas de vinho, ciente de que precisaria delas como um andarilho buscando água no deserto. Não me orgulho de afundar minhas emoções conflitantes em litros de álcool, mas é a única forma viável de enfrentar aquilo que o futuro me reserva.

A verdade é que minha posição social é delicada. Sou neto do duque de Maine e filho do marquês de Bourbon, títulos há anos manchados por filhos ilegítimos e homens corruptos. Já fui chamado de gatuno, imoral e degenerado mais vezes do que sou capaz de contar. Por onde quer que eu vá, carrego nos ombros a má reputação que herdei dos meus ancestrais. E, mesmo que tenha sido exemplar ao longo de todos os meus 28 anos, a veracidade do meu título continua sendo questionada por aqueles que um dia foram prejudicados pela minha família.

Foi por isso que fugi da França ao atingir a maioridade e me refugiei no interior da Itália, usando minha influência para escrever uma nova história. Por anos, consegui passar ileso aos olhos mexeriqueiros da elite parisiense. Mas, quando minhas vinícolas começaram a se autossustentar e meu vinho ficou conhecido por toda a Europa, os boatos voltaram a circular, afetando os negócios de tal maneira que um casamento arranjado pareceu a única solução plausível para tirar meu sobrenome do limbo da imoralidade de uma vez por todas.

O roubo em três atos

Ao menos é o que digo para mim mesmo quando me olho no espelho. No fundo, sei que o casamento com a filha mais velha de monsieur Monfort também supre uma necessidade obscura de apagar erros que não são meus, mas que carrego mesmo assim. Por mais que eu saiba que não sou como aqueles que me precederam, ainda sinto que preciso provar a mim mesmo — e a todos ao meu redor — que sou um homem honrado.

Enquanto meu pai fez fortuna roubando e enganando, eu construí um negócio lucrativo e justo graças ao meu esforço. Ele corrompeu uma jovem inocente para forçá-la ao casamento, já eu busquei um enlace às claras, objetivo e vantajoso para ambos os lados. Não sou como os Bourbons que vieram antes de mim e nunca serei, mas mesmo ciente do meu valor, toda vez que deito a cabeça no travesseiro, sou assombrado pelos olhos vazios de minha mãe. A última coisa que desejo é acabar como ela: perambulando pela vida como uma casca vazia.

Recordo-me de vê-la andar pela casa com uma expressão frustrada marcando o rosto bonito, dos barulhos de choro que escapavam de seu quarto e me encontravam acordado do outro lado do corredor, dos sons de luta que vinham do escritório de meu pai sempre que ele a arrastava até lá pelo cabelo e, principalmente, de não entender o que a atraíra em um homem como o marquês — até o dia em que escutei pela primeira vez a história do casamento de meus pais.

Na época, Richard de Bourbon almejava unir-se à família do duque de Maine, uma das mais distintas da Inglaterra, a todo custo. O objetivo de meu pai sempre foi tornar-se um dos homens mais poderosos da França, então ele não pensou duas vezes antes de manipular a única filha mulher do duque, uma jovem inocente e superprotegida, para fugir de casa e encontrá-lo na calada da noite. A fuga virou uma prisão e, depois de semanas de negociação, Richard e o duque chegaram à conclusão de que o escândalo deveria ser ofuscado por um casamento apressado. O rapto de Beatrice virou prova de virilidade e, ao perceber que o sequestrador era tão astuto quanto ele, o duque de Maine encontrou em meu pai o parceiro comercial perfeito.

ATO II: *O roubo*

Desde então, não existe família mais rica do que a nossa. O dinheiro sujo abastece nossos cofres.

A forma inusitada com a qual as duas famílias se uniram ainda rende conversas acaloradas em tavernas mal iluminadas, mas esse não é o fim da história. O que meu pai não imaginava era que, ao manipular, violar e arruinar o espírito de uma jovem de 14 anos, colocaria em risco seu segundo maior sonho: o de construir uma linhagem. Beatrice levou seis anos para engravidar, o que só aconteceu após ter sido flagrada na cama com o amante. Não a culpo por ter procurado amor em outros braços, mesmo tendo crescido em meio a boatos de ilegitimidade.

Legítimo ou não, fui registrado como primogênito do marquês, que me tratou com puro desprezo por toda a minha vida. Fui criado em meio a mentiras, calúnias e homens horrendos. Gritos, bebedeiras, orgias, apostas e duelos desonrados eram comuns em minha casa. E, quanto mais eu crescia e entendia o que acontecia ao meu redor, mais tomava como certo o fato de que não queria ser como meu pai ou meu avô.

Para os homens que me precedem, um verdadeiro Bourbon deveria aceitar os erros passados e assumir com orgulho o legado da família — jogatinas e casas ilegais de apostas, casos fora do casamento, filhos bastardos espalhados pelo continente e comércio ilícito de frotas de vinho. Mas, para a tristeza deles, eu reneguei tal herança. É verdade que o dinheiro sujo comprou a vida que construí longe de tamanha podridão, mas prefiro ser chamado de hipócrita e ser considerado uma vergonha para a minha família a compactuar com tudo o que eles representam.

Mas nada disso importa. Pelo menos não mais. Tanto o duque quanto o marquês fizeram o favor de morrer em uma excursão à Índia, deixando-me como o único herdeiro de um dos títulos mais cobiçados da Europa.

Sinal de que a justiça tarda, mas não falha.

Por isso, em vez de continuar lamentando a podridão que gira em torno do meu nome, decidi ditar como serão os próximos membros da família Bourbon. E meu voto é que serão honrados. É por isso que eu preciso desse casamento, não apenas para manter o bom nome dos meus negócios, mas para salvar o futuro dos meus descendentes. Tudo o que almejo é que eles cresçam longe da sombra maculada dos homens que vieram antes deles. E, se para isso eu preciso me casar com uma desconhecida, então que assim seja.

— Mais vinho, monsieur? — indaga Jorge, meu valete, com um olhar repreendedor. Ele se inclina na mesa para retirar minha taça vazia e sussurra no meu ouvido: — Que tal colocar um sorriso no rosto e deixar para cair no poço da autopiedade quando estiver sozinho?

— Então preciso de algo mais forte do que vinho — retruco, o que me faz ganhar um revirar de olhos.

A contragosto, sigo seu conselho e visto a máscara da embriaguez para afastar possíveis olhares curiosos. Apesar da torrente de pensamentos opressivos inundando minha mente, por fora continuo sendo o infame Filipe de Bourbon, herdeiro de uma fortuna invejada e detentor da linhagem mais manchada de toda a Europa. Apesar dos homens da família Monfort saberem que tal fama não passa de ecos do passado, o restante de seus convidados espera fazer negócios com um alguém fanfarrão e depravado, então preciso manter as aparências até o final deste jantar infernal.

Jorge volta a chamar minha atenção com um pigarro nada sutil. Apesar de tentar esconder, ainda consigo ver seus olhos serem tomados pela piedade e faço um movimento com a mão pedindo para ele se aproximar:

— Pare de se preocupar, meu velho. Eu vou ficar bem.

Ele balança a cabeça em um gesto contido, para que nossa troca amigável permaneça em segredo. Foi esse velho reclamão e intrometido que esteve ao meu lado quando mais precisei. Ele é minha referência mais próxima de família.

— Talvez uma ou duas doses do conhaque que trouxemos de viagem? Quem sabe a bebida reavive seu apetite, monsieur.

Eu assinto com a cabeça, e ele corre para o aparador para alcançar a garrafa de conhaque. Finjo não notar quando meu valete intrometido acrescenta uma medida generosa de água à mistura.

ATO II: *O roubo*

— Se continuar revirando a comida no prato, vou chamar o médico para verificar sua temperatura. Só pode estar doente para deixar de apreciar esse assado — diz, ao me servir a bebida batizada ao contrário.

Sua voz é carregada de humor, mas o olhar preocupado permanece. Respiro fundo e me concentro no copo de conhaque em minhas mãos. Bebo o líquido para afastar as preocupações, acalmar minhas emoções conflitantes e manter os pensamentos no tempo presente. Meu futuro sogro é pomposo, ganancioso e arrogante, mas não é de todo mau — não como meu pai, pelo menos. E, apesar de sentir o estômago embrulhar ao pensar que estou fadado a um casamento de conveniência, uma parte de mim realmente acredita que essa união mudará o futuro das próximas gerações de Bourbons.

Neste momento, tudo o que importa é que minha noiva, mademoiselle Catherine, não só aceitou o arranjo nupcial como concordou em se mudar comigo para a Itália. Além de ter nascido em uma família respeitável e de não se incomodar com os boatos acerca do meu sobrenome, Catherine também prefere a vida pacata do interior e vê nosso enlace como a chance perfeita de construir uma vida longe do pulso firme dos pais. Assim como imaginei, nosso casamento será simples e favorável para os dois lados; sem muitas expectativas ou exigências. Apenas duas famílias unindo-se em busca de mais poder, exatamente como qualquer outro matrimônio.

Mas então por que estou tão incomodado com essa união?

Por que parece que estou prestes a caminhar para a guilhotina?

— Como estão os ânimos para o Baile da Ópera, Filipe? — questiona Monfort, em uma tentativa de engatar uma conversa banal.

— Creio que este ano o evento será ainda mais prazeroso. Monsieur Strauss é um excelente regente.

— Vinho e boa música em um só lugar? Ora, Monfort, claro que estou animado! Só seria melhor caso estivéssemos acompanhados de nossas belas damas. — Se ele escuta o tom irônico por trás de minhas palavras forçadamente enroladas e embriagadas, finge ignorar. — É certo que mademoiselle Catherine não retornará do campo para as celebrações?

O roubo em três atos

Já sei a resposta, mas pergunto mesmo assim. Desde o começo do noivado, vi minha noiva três vezes, e em apenas duas dessas ocasiões consegui conversar com ela. Com o acordo assinado, era esperado mais contato, mas meu sogro parece obstinado em nos manter separados. Talvez seja por isso que minhas emoções estejam tão incontroláveis; em poucas semanas, Catherine e eu seremos marido e mulher, mas eu nem ao menos me recordo com exatidão a cor de seus olhos.

— Sinto muito, filho. Catherine voltará do campo no momento certo. Mas não se preocupe com companhia feminina, faremos questão de encontrar beldades que aceitem nos acompanhar durante as festividades.

O comentário de Monfort não me espanta, tanto que mal reajo ao ouvi-lo ignorar a honradez do compromisso que assumi com a sua filha. Todos os homens têm a mesma ânsia de aproveitar plenamente os festejos de Carnaval. Por isso, mandam as esposas e filhas para o interior, vestem suas melhores fantasias, penduram amantes nos dois braços e desfilam pelos bailes mais famosos da cidade. E, no dia seguinte, retomam suas vidas pacatas sem uma mancha sequer na reputação. A liberdade que os bailes de máscaras oferecem é tentadora demais para ser ignorada, tornando-se o momento perfeito para que os homens de família e estima imaculada deixem aflorar seus piores pecados.

— Todos nós sabemos que meu filho Arthur é um garanhão. Lembram a cantora de ópera da última temporada? Peguei os dois nos bastidores treinando manobras muito perigosas — anuncia monsieur Monfort com malícia para a mesa, arrancando risos sugestivos dos homens ao redor. — Ele sempre sabe onde encontrar as melhores companhias. Não é mesmo, menino?

— Você deveria ver meu bom gosto para homens — resmunga ele, de tal maneira que apenas eu consiga ouvir e, talvez pelo alto teor de álcool correndo em minhas veias, preciso tampar a boca com as mãos para não soltar uma sonora gargalhada.

Um dos maiores embates entre Monfort e seu herdeiro está no fato de que Arthur evita o casamento a todo custo. E não porque é um

ATO II: *O roubo*

libertino, como o pai adora anunciar, mas porque não pode amar livremente. Meu cunhado e seu companheiro mantêm um apartamento discreto no centro onde ficam juntos, mas, além das paredes de seu lar, vivem vidas completamente separadas: um é um comerciante renomado, outro é o herdeiro de um homem que não perde a oportunidade de lembrá-lo sua responsabilidade como filho primogênito. Foi assim que conheci os Monfort, já faço negócios há anos com o parceiro de Arthur.

— O que foi, Filipe? Por acaso está duvidando da minha capacidade de encontrar boas companhias?

Ele debocha, mas consigo ver o desamparo por baixo da máscara de indiferença que Arthur tanto usa. Assim como eu, tenho certeza de que, se pudesse, meu amigo fugiria para o interior, recomeçaria a vida ao lado de quem ama e deixaria as expectativas do pai para trás com um piscar de olhos. Mas, por ser o único herdeiro homem e, portanto, futuro da linhagem dos Monfort, o pobre coitado perdeu o direito de escolher onde morar, como viver e, principalmente, com quem se relacionar.

Olhando em meus olhos, meu futuro cunhado estampa uma expressão fingida no rosto e levanta sua taça mais uma vez, instigando-me a beber uma nova dose de conhaque. Já ingeri mais álcool do que deveria para uma única noite, mas quem é que se importa?

— Escutem o que estou dizendo, aproveitem a juventude e o anonimato do Carnaval — diz monsieur Monfort, em uma nova tentativa de controlar o rumo da conversa. — Desde o anúncio do noivado, perdi minha privacidade e mal posso visitar minhas amantes sem olhar para trás e me deparar com meia dúzia de homens seguindo meus passos. Até mesmo meus companheiros de apostas estão me seguindo como cães farejadores, na esperança de conseguirem um convite para o casamento. Não vejo a hora do Baile da Ópera chegar para que eu possa me esbaldar nos seios generosos do Carnaval.

— Devo perguntar de qual tipo de seio estamos falando? — murmura Arthur com a cabeça inclinada na minha direção.

— Prefiro não ouvir meu futuro sogro desfiar detalhes sobre sua vida amorosa.

O roubo em três atos

— Então talvez devesse repensar esse casamento, Filipe. Toda casa nobre carrega sua dúzia de segredos sórdidos.

Ele aponta o pai com a taça e volta a falar, mas em um tom ainda mais baixo:

— Ele coleciona amantes e vive envolvido em escândalos amorosos. Acredite se quiser, mas muitas delas já saíram nos tapas por conta das peripécias do meu pai. E está vendo aqueles dois à sua esquerda? Os de colete azul? — Assinto com a cabeça enquanto encaro os homens em questão. — São seus futuros tios, e muito provavelmente estão estudando suas maiores fraquezas para as usarem como chantagem na hora de negociar a melhor safra de vinhos. Não sei como, mas os malditos conhecem todos os segredos da sociedade e sabem bem como usá-los.

Arthur aponta a taça para o quadro pendurado em cima da lareira, no qual a matriarca da família Monfort foi retratada com muita riqueza. Seu rosto traz um sorriso gentil, e o cabelo loiro preso em um elaborado penteado, a pele reluzente e o vestido vinho lhe conferem um ar de beldade. Procuro semelhanças entre ela e minha futura noiva, mas nem ao menos sou capaz de dizer se Catherine é loira como a mãe.

— Minha mãe parece dócil, mas é a própria Lissa grega em terra. Ela carrega um caderninho com centenas de regras e as usa para controlar a família. — Ele solta uma das abotoaduras do paletó e expõe os vergões vermelhos em seu pulso. — Semana passada fui visto saindo de algum beco escuro, então precisei pagar uma de suas penitências.

Passo tempo demais fitando as marcas em sua pele.

— Pelo menos não conseguiram reconhecer Henri. Prefiro enfrentar milhares de castigos a vê-lo sofrer — fala ao esconder as marcas horrendas.

— Graças aos céus não vou morar com minha futura sogra — digo após reunir minha coragem para voltar a encarar meu futuro cunhado.

A expressão desolada em seu rosto faz meu coração arder, mas a dor dura apenas um mísero segundo. Logo Arthur volta a ser o homem forte e galanteador que seu pai espera ver.

ATO II: *O roubo*

— Mas vai conviver com a filha dela — responde com um erguer de sobrancelhas. Antes que eu possa perguntar o que isso significa, Arthur aponta para si mesmo. — E não esqueça que, após o casamento, ganhará como cunhado um degenerado que gosta de homens.

— Cale a boca, Arthur — falo com rispidez, odiando a forma como ele se refere a si.

— Quem avisa amigo é, meu caro. Ainda dá tempo de voltar para o interior e se casar por amor.

Apesar de eu tentar ver o casamento de uma forma pragmática, confesso que suas palavras tocam um ponto específico de minha alma. Será que sou merecedor de algo tão puro e raro quanto um casamento por amor?

Não pela primeira vez, sinto a ansiedade acelerar meus batimentos cardíacos e escurecer meus olhos. O mundo começa a girar e sei que a dor de cabeça que me aflige não foi causada exclusivamente pela bebida. Preciso me acalmar, parar de pensar no passado e de dar tanta importância ao que dizem sobre mim.

Preciso de tantas coisas, mas nenhuma delas me parece alcançável.

Resolvo dar por finalizado o jantar, o apetite já se foi há tempos, assim como a vontade de passar o Carnaval me preocupando com coisas que não sou capaz de controlar. Meu sogro tem razão em uma coisa: devo aproveitar o anonimato desses dias de festa para repensar minhas escolhas ou me conformar de uma vez por todas com elas.

— Por favor, se me derem licença, vou me retirar — sorrio enquanto me levanto, sentindo a bile subir ao encenar o papel que esperam de mim: — Caso as promessas de monsieur Monfort e de meu amigo Arthur sejam reais, precisarei poupar meu vigor para tornar meu Carnaval memorável.

Ao caminhar até meus aposentos, seguido por Jorge, que engata um monólogo entediante sobre minhas vestes para o Baile da Ópera, tiro um minuto para implorar aos céus por um direcionamento.

Por favor, preciso de um sinal de que estou no caminho certo.

O roubo em três atos

Não sei o que o futuro me reserva, mas escolho ter fé. Ao menos por um instante, decido acreditar que amanhã será diferente, que serei capaz de eliminar os demônios do passado que dançam em meu encalço.

QUATRO

No fresco claro-escuro da bela tarde que tomba,
Uma me lembra um cisne, e a outra uma pomba,
Muito belas, muito alegres, ó suavidade!

— "Mes deux filles", Victor Hugo

— Está esplêndida, menina. — Meu pai sorri ao tocar meu cabelo. Resolvi deixá-lo solto, prendendo apenas duas mechas finas que se encontram atrás de minha cabeça e descem em uma trança delicada. — Está parecendo Isabel com o cabelo arrumado dessa maneira. A última vez que a vi com um vestido como o seu foi no dia do nosso casamento. Naquele momento, mais do que em todos os outros que passamos juntos, a alegria que emanava dela parecia aquecer o lar que construímos no convés desse navio.

Sorrio ao mergulhar em lembranças. Recordo-me perfeitamente do vestido que minha mãe costurou para o casamento e de vê-la se aprontar. Mesmo depois de tantos anos, a felicidade em seu rosto, unida ao seu cantarolar contagiante, ainda é capaz de aquecer meu coração. E, apesar de essa ser uma das melhores lembranças daquela época, ainda preciso segurar o choro. Falar de minha mãe e recordar a dor de perdê-la não é fácil, principalmente quando penso em como sua felicidade pós-casamento foi efêmera.

Fui criada em um lar rodeado de amor e, apesar de querer ver meus pais juntos, desde menina entendi que o sentimento que os unia era tão único que, para vivê-lo, nenhum deles precisava se anular. O capitão Lancaster amava minha mãe, mas também amava o mar. Já Isabel amava meu pai tanto quanto a vida que construíra em seu chalé em Paris. Eles passaram anos vivendo sob um acordo respeitoso, levando uma vida de casal sem serem de fato casados: um na terra, outro no mar, mas ambos corações ligados por um amor que, muito provavelmente, nunca vou compreender.

Se eu não tivesse envolvido nosso nome em um escândalo doloroso demais para permanecermos em Paris, meus pais nunca teriam se casado, minha mãe não teria aceitado viver em um navio e, muito provavelmente, não teria contraído a febre que a levou poucas semanas após a celebração do casamento.

Talvez essa dor que esmaga meu peito, e que faz meus olhos marejarem toda vez que me recordo de mamãe girando a saia do vestido bordado com um sorriso alegre marcando o rosto cansado, seja um misto de saudade e culpa que vai me assombrar por toda a vida.

A verdade é que na época em que minha mãe se foi, meu destino parecia tão nebuloso que eu facilmente poderia ter me afogado em um poço de lamentações. Mas, no momento mais difícil de toda a minha existência, eu tive uma segunda chance, a oportunidade de construir um futuro ao lado de quem amo dentro das limitações de um navio. Meu pai não pensou duas vezes antes de me integrar à sua tripulação, mesmo quando muitos o tacharam de louco por aceitar uma mulher a bordo. Alguns marujos diziam que eu traria má sorte, mas não meu pai — a cada dia, ele me fez acreditar no meu valor, estancando feridas ocultas com seu amor.

Todos esses anos ao lado dele, aventurando-me por oceanos inexplorados, não supriram a falta diária que sinto de minha mãe, mas me ajudaram a descobrir outros meios de ser feliz. Tive uma mãe maravilhosa e sempre a carregarei, seja na alma ou em minhas ações. Nos últimos anos, descobri que sua presença em minha vida independe do fato de ela ter sido arrancada de mim cedo demais. O que ficou gravado não foi a perda, mas sim sua presença terna. É por ela que sigo enfrentando o mundo de cabeça erguida.

— Sinto orgulho de me parecer com ela — falo, para disfarçar a lágrima solitária que rola pela minha face. — Nunca esquecerei o

ATO II: *O roubo*

amor que mamãe plantou em nossos corações. Se não fosse por ela, nossa família já teria se perdido há anos...

Apoio a cabeça no ombro de meu pai e, confortada por seu carinho, tiro um instante para me lembrar das canções de ninar, das histórias de conto de fadas protagonizadas por piratas e de como ela sempre acreditava que o capitão Lancaster voltaria vivo e feliz para sua amada família.

Com ela aprendi que isto é amor: soltar e não aprisionar.

— Sempre amarei sua mãe. Isabel me deu um dos melhores presentes da minha vida.

— A oportunidade de amar e ainda ser livre? — questiono, curiosa.

— Ora, Joana, é claro que meu maior presente é você. Sua companhia me salvou de uma vida solitária em meio ao luto. — Ele interrompe nosso abraço e me encara com os olhos marejados. Somos piratas com sangue nas mãos, mas isso não significa que nosso coração não transborde amor. — Agora chega de lembrar do passado, precisamos nos concentrar no futuro. Então trate de se apressar, pois sua carruagem a espera, *mademoiselle*.

Depositando um beijo em minha testa, ele se despede e caminha até a saída da cabine do capitão. Antes de segui-lo, tiro um momento para controlar minhas emoções. Do outro lado do aposento, o espelho reflete — pelo menos em um primeiro instante — a mulher que nós, os últimos Lancaster, amamos sem medida. Espanta-me ser tão parecida com a minha mãe, com o cabelo preto que brilha como a escuridão, o porte esguio e alto demais para a moda parisiense e o nariz arrebitado que já me causou muitas encrencas. Viro-me de lado, observando o efeito adorável que o movimento cria na saia do vestido e listando inconscientemente as características de meu pai que vejo refletidas: a pele branca bronzeada e os olhos que deveriam ser azuis, mas beiram o cinza. Sou audaciosa como ele e esperançosa como ela. Sou fruto do amor que os uniu e, sortuda como sou, carrego o melhor dos dois.

Antes de colocar as luvas, passo as mãos calejadas pelo tecido moldado ao meu corpo. A base do modelo é simples, composta por um decote baixo que vai de ombro a ombro, cintura marcada e uma saia rodada que brilha conforme ando. Mas, graças aos bordados intricados em forma de estrela e o caimento fluído da saia, a peça ganha um ar especial e sofisticado.

Escolhi esse vestido exatamente pelo efeito que ele cria contra minha pele. A seda prata, quase branca, valoriza meu tom de pele e o tom escuro do meu cabelo. Os bordados refletem todo resquício de luz que entra pela janela pequena do aposento, fazendo com que eu me sinta tão poderosa quanto a lua que brilha na escuridão da noite. Como madame Violla disse, pareço um cisne que ressurge em noite de luar.

Sinto-me confiante e, encarando o imponente reflexo que vejo no espelho, afirmo: *nesta noite roubarei a Máscara Branca e garantirei o futuro daqueles que amo. Farei isso pela senhora, mamãe.*

Chegou a minha vez de lutar por minha família. Meu pai merece um final feliz em terras que lhe garantirão uma vida tranquila e digna. E hoje é exatamente isto que darei a ele e a todos a bordo deste navio: um novo começo.

O cabriolé resplandece luxo e dinheiro. Com certeza meu pai pagou caro por ele, mas os gastos são necessários quando é preciso chamar a atenção da nobreza. Quero e tenho que ser notada. E, em um baile como esse, com milhares de mulheres belas e poderosas, ostentar não é uma opção, mas sim uma obrigação.

A noite está escura, mas a lua ilumina o céu e os foliões que andam e dançam pelas ruas. Aproveito o trajeto para observá-los através da janela; vejo algumas damas usando conjuntos de fraques, rapazes com vestidos suntuosos e casais exibindo suas melhores vestes enquanto dançam pelas ruas lotadas. Alguns grupos usam a previsível roupa de dominó — tão comum aos festejos de Carnaval —, mas são minoria perto dos passistas vestidos com fantasias personalizadas, coloridas e sensuais. Minha atenção recai em um grupo de belas mulheres usando máscaras pretas que cobrem seu rosto e trajes que, *bem*, não cobrem muito seu corpo. Os seios minimamente ocultos

ATO II: *O roubo*

saltam dos corpetes apertados e, enquanto riem e dançam livres, elas giram as saias para exibir suas longas pernas torneadas revestidas por jarreteiras. Vê-las alegres não é apelativo, mas sim inspirador. Como se dissessem que, se quiséssemos, todas nós poderíamos ser assim, leves e livres.

O veículo para de forma abrupta, fazendo-me praguejar de preocupação com as pregas perfeitamente passadas do meu vestido. Apesar de ter me distraído pelo caminho, conheço essas ruas como a palma das minhas mãos, então sei que o Teatro Imperial da Ópera está a vários quarteirões de distância.

Impaciente, abro a janela, coloco a cabeça para fora e grito para o pirata que faz as vezes de cocheiro:

— Malcom! Por que paramos?

Ele é um dos marujos mais velhos e experientes a bordo do *Destinazione*. Trato-o como um tio e confiaria minha vida a ele sem pensar duas vezes. Mas, quando o assunto é guiar um veículo com rodas em vez do leme de um navio, é fato que suas habilidades são limitadas.

— Joana, quando é que aprenderá a ser paciente? Não está vendo que a maldita rua está congestionada?! — esbraveja ele, em um típico rompante de mau humor. Malcom é um doce de pessoa, desde que possa ficar quieto cantando músicas inapropriadas e mascando seu fumo de procedência duvidosa. — Pare de sonhar acordada e preste atenção na rua, estamos atracados.

Ele tem razão, fiquei tão absorta nos foliões que não me atentei ao trânsito. À nossa frente, o fluxo de cavalos e carruagens é desanimador. Mal consigo ver o início da fila, de tantos veículos parados. Pelo jeito, o Baile deste ano chegará à capacidade máxima. Abro a boca para dar uma resposta meio atravessada, mas Malcom gira o corpo no assento de condução e me encara com um olhar irônico:

— Menina impaciente! Você tem três opções: pode esperar, o que acho pouco provável levando em conta seu temperamento; pode ir a pé, já que é perfeitamente saudável... — Controlo a vontade de repreendê-lo, afinal, Malcom tem razão. Paciência nunca será uma das minhas qualidades. — Ou pode sair desta maldita carruagem e ir chutar o traseiro do tolo que está atrasando o trânsito.

O pirata redireciona minha atenção ao apontar para algumas carruagens à nossa frente, onde um veículo luxuoso reúne uma pequena plateia. O trânsito continuará lento com ou sem a minha intervenção, mas é melhor um caminhar vagaroso do que ficar parada no mesmo lugar a noite toda. Malcom sorri como se já soubesse a resposta.

— E então, *doce mademoiselle*, o que será?

Claro que, se pudesse, eu iria ao baile andando. O problema é que, com este vestido, não posso me arriscar — de nada adiantará encontrar monsieur Bourbon com os barrados sujos de lama, parecendo a plebeia fantasiada que sou. Preciso chamar atenção pela minha beleza, e não pelo desleixo que tanto choca a nobreza.

Travo uma batalha interior e, para a surpresa de absolutamente ninguém, resmungo uma série de maldições, visto a capa bordada que faz conjunto com o meu belo vestido e pulo do cabriolé. Malcom ri ao me ver segurando as saias e eu lhe mostro o dedo do meio.

— Tão doce, minha menina. Cuidado para não assustar seu belo monsieur! — grita ele em meio ao riso enquanto caminho rumo à confusão.

Tomando cuidado redobrado para que minha saia não toque o chão sujo, ando apressada até a confusão de carruagens; pela maneira como estão amontoadas umas nas outras, está claro que algo causou uma batida. Escuto um som triste e encontro um rapazinho encolhido em meio ao acidente. Sentado no chão diante de um dos veículos, ele grita e chora desesperadamente, gesticulando para algo embaixo de uma das carruagens. Seu corpo treme — talvez de frio ou de medo —, o que me faz andar até ele com mais pressa do que minhas vestes permitem.

O garoto está rodeado por desconhecidos, então acotovelo alguns cocheiros impacientes, mandando-os arranjar o que fazer, até estar próxima o suficiente para encará-lo. Parte da pequena multidão se dissipa e finalmente consigo vê-lo por inteiro. Suas vestes surradas e a tez suja de poeira contrastam com os foliões ao nosso redor, mas são as

ATO II: *O roubo*

costelas magras despontando da camisa furada que me fazem tomar uma decisão. Crianças são meu fraco, então, em um rompante, ignoro minhas obrigações e decido ajudá-lo, mesmo que isso me custe a entrada triunfal que planejei para esta noite.

— Acalme-se, meu jovem, estou quase lá.

Culpo meu coração amolecido pelo susto que a voz forte e gentil me dá.

Só então noto o homem empoleirado em uma das carruagens atrapalhando o trânsito. Ele abre o pequeno bagageiro do veículo extremamente luxuoso e, com uma exclamação de comemoração, alcança algo que não enxergo. Por estar de costas, é impossível que eu leia suas intenções, então atento-me ao cabelo levemente ondulado, ao paletó fino perfeitamente ajustado aos ombros fortes, e — *ratazana do mar* — é impossível não notar a forma como as vestes ressaltam os músculos das nádegas e pernas.

Deveria ser proibido um homem exibir uma bunda dessas!

Antes que eu possa me recompor, o sujeito pula do veículo e baixa o corpo na direção do rapazinho, entregando-lhe um cantil.

— Tome. — O garoto encara o desconhecido com desconfiança.

— É água, nada além disso. Tome um gole, vai acalmá-lo.

— Mas… — A resposta é interrompida por um choro compulsivo.

— Beba primeiro, depois me fale do que precisa. — O estranho coloca o cantil nas mãos trêmulas do garoto e, sem se importar com seu estado imundo, deposita palmadinhas leves em suas costas. — Eu te ajudarei, mas antes preciso que respire fundo por um momento.

As mãos do garoto tremem ao levar o cantil até a boca e seu olhar de puro desalento faz meu coração errar uma batida.

— É minha culpa, tudo minha culpa — murmura ele em meio às goladas.

— Acidentes acontecem, garoto. Acalme-se que logo tudo será resolvido.

Da posição que estou, não consigo ver o rosto do homem, mas algo em seu tom de voz faz meu corpo *querer* conhecê-lo. Em minha mão

O roubo em três atos

direita, o anel de ouro que vesti por baixo das luvas luxuosas parece vibrar. Já em minha mente, uma voz desconhecida me incita a seguir em direção ao desconhecido. Perdida em um mar de emoções tortuosas e compadecida da expressão chorosa que marca o rosto do menino, caminho até eles como um marujo encantado pelo canto de uma sereia.

— Precisam de ajuda? — falo com a voz firme, visando ser escutada em meio ao caos.

Sobressaltados, homem e menino giram em minha direção. Encaro o garoto com um sorriso doce, aguardando-o ler as boas intenções que deixo transparecer. Após um segundo, ele me devolve um sorriso tímido enquanto afasta as lágrimas que lhe escorrem pela face, sujando ainda mais o rosto marcado pela poeira e revelando um corte ensanguentado na lateral do rosto.

— *Putain*, você está sangrando.

Escuto alguns arquejos diante do meu palavreado, mas mantenho meu foco no garoto machucado.

Ignorando de uma vez a sujeira ao meu redor, solto a barra do vestido com brusquidão. Com pressa, retiro uma das luvas de pelica — sem deixar de pensar no quanto precisarei desembolsar para que algum folião alcoolizado me venda suas luvas — e me aproximo do menino.

— Posso tocá-lo? — pergunto ao me abaixar, aproximando a mão aos poucos de sua pele.

Ele assente com a cabeça e uso a luva para secar suas lágrimas e limpar seu rosto. Não quero assustá-lo, então o toco com extrema gentileza. O menino me encara com um misto de vergonha e fascínio, mas sua respiração tranquila revela que está mais calmo. Algo em sua vulnerabilidade mexe comigo; é uma pena que, com o passar do tempo, abandonemos a sinceridade da infância e passemos a usar máscaras que escondem quem somos e o que realmente sentimos.

— Mademoiselle. — A voz do desconhecido me faz voltar para o presente, lembrando-me de onde estamos. — Por favor, use meu lenço.

Encaro a mão forte que me estende um lenço bordado, assimilando o tom de pele bronzeado e os anéis de sinete no dedo indicador e mindinho — comprovando que estou na presença de alguém abastado.

ATO II: *O roubo*

Sob um primeiro olhar desatento, o pano branco em sua mão aparenta ser demasiadamente simples, mas o luar faz brilhar o bordado em fio de ouro na base do lenço, onde se destaca um B rebuscado e floreado demais para não ter sido feito por uma mulher.

— Tem certeza de que quer sujar algo tão bonito? — respondo ao jogar no chão minha luva arruinada.

— É só um lenço, tenho outras dezenas iguais.

Reviro os olhos diante de sua resposta tipicamente nobre, tão marcada pelo privilégio de possuir mais do que precisa. Ergo o rosto na intenção de confrontá-lo, mas minha mente silencia no exato instante em que nosso olhar se encontra. Meu coração acelera e tudo ao redor parece desaparecer. Uma brisa fresca e adocicada atinge meu rosto e, mais uma vez, o anel em meu dedo pulsa. De repente, a única coisa que importa são os olhos do desconhecido.

São castanhos? Ou dourados como citrino envelhecido?

Como se fosse capaz de ouvir a minha prece, a lua escolhe este momento para nos banhar, permitindo que eu absorva a totalidade de sua face. O cabelo castanho-claro cai em ondas suaves e incomuns até a altura do seu maxilar quadrado. A boca carnuda está crispada de tensão por algo que não sei — e não quero — nominar. Seu pomo de adão desce devagar sob meu olhar atento. E, quando finalmente crio coragem para voltar a encontrar seus olhos, sinto um impacto parecido ao das vezes que precisei manejar uma pistola. O baque acerta meus ombros, acelera minha respiração já em falta e aprisiona meu ser no aqui e agora.

Verdes, seus olhos são verdes.

Marcados por longos cílios, por leves rugas na lateral e por um tom sedoso e brilhante que nunca vi em nenhum outro lugar.

Lindo é pouco para definir esse homem.

O maldito solta um arquejo diante da minha avaliação, chamando minha atenção para sua respiração entrecortada. A boa notícia é que ele parece tão afetado quanto eu. Não faço ideia de onde vem tudo isso, mas a sensação é de que meu corpo, meus olhos, minhas mãos e meu ser estão sendo puxados até ele.

O roubo em três atos

Pouso uma das mãos no peito, forçando o órgão rebelde a se acalmar. Tarde demais, percebo o tecido preso em meus dedos, sentindo seu toque áspero em minha pele e o perfume masculino que emana dele envolvendo meus sentidos — ele tem cheiro de vinho, ar fresco e carvalho-branco. O desconhecido morde os lábios e seus olhos pesados descem para minha boca, pescoço e param no lenço que mantenho preso na pele no meu busto.

— Como isso é... — Sua frase é interrompida por um ganido sofrido.

Escuto mais do que assimilo o som. Mas, quando o garoto ao meu lado volta a balbuciar palavras ininteligíveis, o encanto é quebrado. Respiro fundo para acalmar meus batimentos cardíacos e forço meu corpo a reagir. Preciso me recompor para ajudar logo esse menino, fazer o trânsito voltar a fluir e, finalmente, ater-me ao plano da noite.

Chega de distrações, imploro para o meu coração bandido.

— Qual é o seu nome, garoto? — pergunto, firme.

— Oliver, mademoiselle — diz com o sotaque carregado de quem vive no subúrbio.

Segurando sua mão, estendo o lenço para que possa usá-lo para acalmar o choro. Ele assoa o nariz de uma forma nada bonita e me devolve o pano imundo. Não penso muito antes de dobrá-lo e enfiá--lo no bolso da capa.

— Pois bem, Oliver. Pode me chamar de Joana. — Com a mão enlaçada à dele, levanto-nos. Já de pé, apoio os dedos em seus ombros, forçando-o a me encarar. — Passada a hora da lamentação, agora é tempo de agir. Conte-me o que aconteceu e o ajudarei.

Ele respira fundo, aparentemente tentando se acalmar, mas, ao abrir a boca, solta uma torrente de palavras, atropeladas e desesperadas que, tão unidas, não apresentam lógica alguma. Tudo isso enquanto aponta para as carruagens paradas ao nosso redor. Percebo que uma delas está com uma das rodas quebradas, enquanto a outra está levemente tombada para a esquerda. Os respectivos cocheiros tratam dos cavalos agitados e nobres fantasiados gritam uns com os outros em busca de uma solução.

ATO II: *O roubo*

— Calma, uma palavra de cada vez — o homem volta à conversa, seguindo meu exemplo ao levantar-se.

Quero ignorá-lo, mas sua sombra agiganta-se sobre mim. Sou uma mulher alta, mas ele é uns bons centímetros maior do que eu. O desejo de me aproximar dele é intenso demais para o meu gosto e, sem querer, acabo apertando os ombros de Oliver com mais força do que deveria. Interpretando meu gesto de forma errônea, o menino arregala os olhos assustados e desembesta a falar:

— Petter… Petter morreu! Ou não, acho que ele está preso. Pensei que tinha morrido, mas ouviram ele, não ouviram? Petter é meu amigo. Único amigo. Mamãe disse pra eu não vir, era pra eu passear com ele só até a ponte. Mas fui teimoso. Sou sempre teimoso, mademoiselle! Agora Petter se foi.

Oliver volta a chorar, afundando o rosto nas mãos trêmulas. Não sei como lidar com crianças chorando, mas conheço bem o sentimento de perder algo que amamos, então sigo o exemplo de meus pais — aficionados em expressar conforto através do toque — e o abraço. Em menos de um segundo, seus ombros param de tremer e ele rodeia minha cintura com as mãos ossudas. Seu choro permanece, porém de uma maneira quase silenciosa. O que, na minha opinião, é quase pior do que vê-lo aos berros.

A dor que guardamos é sempre a mais perigosa.

— Pelos céus! — fala o desconhecido ao me encarar. — Tem um menino embaixo de uma dessas carruagens.

Sem nem mesmo titubear, ele começa a gritar ordens aos cocheiros ao nosso redor. Ao fundo, o som de um ganido choroso volta a nos alcançar, o que faz Oliver livrar-se dos meus braços e correr em disparada em direção ao som.

— Onde esse pestinha pensa que vai? — digo, seguindo-o até o outro lado da rua.

Escuto passos atrás de mim e imagino que o estranho esteja nos seguindo.

De repente, Oliver joga o corpo no chão e rasteja para baixo de uma das carruagens.

— Achei ele, mademoiselle! Achei ele!

Sua animação é contagiante, mas não o suficiente para que eu siga ignorando o que estou vestindo para acompanhá-lo para baixo do veículo.

— Encontramos o amigo dele? — questiona o homem ao nos alcançar.

— Acredito que sim — respondo ao ouvir um latido. — Mas, pelo visto, Petter não é um menino, e sim um cachorro.

— Um cachorro? Ah, certo… Deveras faz mais sentido.

Ele ri e o som contagiante faz com que meu corpo vire instantaneamente para encará-lo. O maldito encantador está com as duas mãos apoiadas no joelho, rindo com leveza da confusão — consigo notar sua alegria, assim como o alívio. Os cocheiros ao redor batem em suas costas em um gesto que é metade solidariedade, metade zombaria. E, em vez de preocupar-se com sua honra, o homem estampa um sorriso magnético no rosto e pede aos outros para levantarem a carruagem.

— Mademoiselle deve estar me achando um tolo.

— Não, longe disso. — As palavras saem roucas demais, denunciando o quanto sua presença infla meus ânimos.

Sei que deveria desviar o olhar, mas não consigo. A alegria gratuita de seu espírito evidencia as rugas laterais de seus olhos esverdeados. O cabelo — provavelmente despenteado durante a breve corrida — envolve seu rosto em mechas desornadas que parecem implorar por meus dedos. E os lábios cheios são um convite à perdição.

Com essa aparência, ele daria um ótimo pirata.

Da mesma forma que o avalio, ele me observa. Seus olhos pairam em meus lábios, depois no decote reto exposto pela capa meio aberta, em minha mão desnuda e voltam aos meus lábios por tempo suficiente para evidenciar seu desejo — o que só faz meu sangue ferver.

Estamos jogando, e talvez flertando inapropriadamente, mas não me importo.

Não há nada de errado em encarar um belo par de olhos… ou lábios, ou ombros largos, ou pernas musculosas… Engulo em seco

ATO II: *O roubo*

e fecho os olhos por um segundo, forçando minha mente a parar de pensar no que eu gostaria de fazer com ele caso esta noite de Carnaval não fosse tão importante.

— Ele está bem! Petter está bem! Vem, vem aqui, amigão!

Aliviada com a interrupção, abro os olhos ao escutar os gritos animados de Oliver. Ele agradece os cocheiros e, em um segundo, está pulando ao nosso redor com um sorriso no rosto e o cão no colo.

— O animal está bem. São apenas ferimentos leves, monsieur — diz um dos cocheiros ao se aproximar de nós. — O palerma havia prendido a coleira em uma das rodas da carruagem de Aberton.

— Agradeço o esforço para resgatá-lo, Jean.

Se o agradecimento educado já não fosse o bastante para me surpreender, fico ainda mais perturbada quando ele retira uma bolsa de moedas do bolso, separa algumas e as entrega ao trabalhador.

— Não é preciso, monsieur — responde Jean, mas pega as moedas mesmo assim.

— Sei que não, mas quero dá-las ainda assim.

O cocheiro toca o chapéu em agradecimento e volta os olhos afiados, porém carinhosos, para Oliver, que está enlaçado em um abraço afetuoso contagiante no cachorro. O pequeno vira-lata lambe o rosto do menino com entusiasmo, arrancando gargalhadas do dono. Petter é novo, não deve ter mais de quatro meses, e pode ser resumido em uma bola de pelos babona, alegre e tão suja quanto seu dono.

— O que faremos com ele, monsieur? — questiona o cocheiro.

— Provavelmente levá-lo para casa. — Apesar de ser uma sugestão, uso meu melhor tom de comando ao me intrometer na conversa. — As ruas estão abarrotadas e não confio que ambos chegarão ao seu destino em segurança.

— Gostaria de alimentá-lo antes. — O homem olha para o garoto, avaliando sua magreza extrema com pesar. — Leve-o para minha casa, Jean. Peça para a cozinheira lhe preparar algo e, antes de levar Oliver embora, faça uma cesta de mantimentos.

O roubo em três atos

Tomando consciência de que estamos falando dele, o menino escolhe essa hora para murmurar um agradecimento e pular na minha direção em uma espécie de abraço desajeitado. O movimento me pega desprevenida e, levemente desequilibrada, dou um passo em falso. Bufo ao enroscar o pé na minha maldita capa e, por um segundo, concentro-me apenas em segurar Oliver com força, temendo levá-lo comigo ao cair.

Contudo, antes que eu possa ao menos piscar, braços fortes me rodeiam e um cheiro almiscarado domina meus sentidos. Quando dou por mim, estou imprensada entre um garoto maltrapilho, um cachorro fedido e o peito forte de um homem misterioso.

A sensação é angustiante, sufocante e assustadoramente boa.

— Pronto. — A voz dele faz cócegas em meu pescoço. — Já estão em terra firme, marujos.

A piada me leva ao limite. Em um rompante, meu corpo começa a tremer e uma gargalhada alta escapa de minha boca. O riso é íntimo demais até aos meus ouvidos, mas, assim que Oliver e o estranho misterioso me acompanham, rio com mais força e deixo a incredulidade do momento assentar em meu coração.

— Estou em seus braços, mas ainda não sei o seu nome, monsieur.

Falo com as costas apoiadas em seu peito, sentindo as batidas aceleradas de seu coração e as mãos de Oliver ao redor da minha cintura.

— Eis minha segunda tolice da noite, não me apresentar a ti. — Ele afrouxa o nosso abraço só o suficiente para que eu vire o rosto e nossos olhos se encontrem. — Alguns me chamam de cretino, outros usam meu sobrenome como um insulto, mas aqueles que realmente me conhecem me chamam pelo primeiro nome.

Afastando o corpo do meu, monsieur pega minha mão trêmula — e que não está protegida pela luva — e a leva até a boca.

— É uma honra conhecê-la, mademoiselle Joana. — Seus lábios depositam um beijo casto em minha pele, o que só faz meu corpo ansiar por mais. — Filipe de Bourbon, ao seu dispor.

Arquejo, sentindo o peito irromper em batidas descompensadas.

ATO II: *O roubo*

Bourbon?

Esse homem lindo, interessante e gentil é Filipe de Bourbon? O tolo apaixonado que preciso roubar?

Primeiro sinto o baque, depois o alívio.

Ah, doce e surpreendente destino! Sem esforço algum me trouxe um presente. Agora basta descobrir se é um prêmio ou infortúnio.

CINCO

Que les Mortels se réjouissent. Que les plaintes finissent.
O! l'heureux Temps!
Où tous les Coeurs seront contents.

Deixe os mortais se alegrarem. Que acabem as reclamações.
Ó! Tempo feliz!
Onde todos os corações serão felizes.

— Ópera *Phaéton*, Jean-Baptiste Lully

— Está indo encontrar alguém no Baile da Ópera? — pergunta Filipe ao desviar de um folião cantando a plenos pulmões.

— Sim — respondo sem pensar demais, apenas para evidenciar o acaso de estarmos indo para o mesmo lugar.

Quando ele enviou seu cocheiro para casa, com Oliver e Petter a tiracolo, e me convidou para acompanhá-lo em uma caminhada até o Baile da Ópera, não pensei duas vezes antes de aceitar. Conhecer Filipe de Bourbon em um acidente do destino, em vez de precisar disputar sua atenção em um baile lotado, foi um presente dos céus, então o agarrei — o presente, não o homem de belos olhos esverdeados, infelizmente — com todas as minhas forças.

— Posso perguntar quem é o sortudo a sua espera?

— Claro, mas tenho uma condição.

— Qual?

Giro o corpo levemente para poder encará-lo. Apesar de estarmos no centro da cidade e, consequentemente, do Carnaval de rua, a sensação é de que estamos sozinhos e somos apenas dois estranhos aproveitando a companhia um do outro. A familiaridade em sua expressão me diz que Filipe sente a mesma coisa, então interpreto sua abertura como um convite. Desejo questioná-lo a respeito de tantas coisas: o paradeiro da Máscara Branca, a procedência dos boatos que precedem seu sobrenome e até por que suas mãos fortes são tão calejadas quantos as minhas. Mas as palavras que saem de minha boca seguem por um caminho completamente diferente:

— Fale-me do seu noivado.

— Então leu o anúncio do noivado.

Não é uma pergunta, mas respondo mesmo assim.

— Ora, e existe alguém nesta cidade que não leu? Seria impossível evitar um anúncio tão *pomposo*.

— Seja sincera, foram os arabescos ao redor de nossos nomes que lhe chamaram a atenção, não foram? — comenta ele, em tom jocoso. — Meu futuro sogro adora enfeites. Te surpreenderia os conjuntos de três peças que ele costuma usar.

— Duvido muito. Existem poucas coisas que me surpreendem quando o assunto é a vaidade de um homem.

Filipe ri, mas o som não acompanha seus olhos. Noto-o girando um dos seus anéis com fervor, ação que indica seu nervosismo e, por um instante, penso em voltar atrás e redirecionar nossa conversa para caminhos mais leves — ideia rapidamente rejeitada pelo meu coração relutante. Não temos muito mais do que poucas horas juntos e, por mais perigoso que seja me envolver com o homem que planejo roubar, não consigo calar a ânsia em conhecê-lo além das aparências.

Porque eu *sei* que ele é muito mais do que aparenta ser, mas ainda quero provas concretas de que posso confiar em minha intuição.

Toda vez que o encaro, vejo o homem cuidadoso que moveu esforços para resgatar um cão enlameado, que se propôs a cuidar de um rapazinho desconhecido e o alimentar, e que gargalhou de seus enganos como se eles não significassem nada. Porém, é só bater os olhos nos anéis de sinete que ele não para de girar para as palavras de meu pai inundarem meus pensamentos: *noivo, apaixonado, nobre ostentador*.

— É um casamento arranjado. Troquei uma fortuna pela placidez do sobrenome da família dela — diz após alguns segundos de silêncio.

ATO II: *O roubo*

— Que romântico — respondo, em tom de brincadeira.

— E quando é que casamentos são românticos?

Penso na união dos meus pais, no sentimento de adoração que transbordava em suas trocas de olhares, nos longos momentos que passaram separados e na alegria de cada reencontro. Nada no enlace deles era comum e, talvez por isso, o amor entre eles tenha perdurado por tantas décadas.

— Quando são feitos por amor, não por dinheiro ou poder.

— Ou seja, quando não são casamentos nobres — resmunga Filipe.

— Falando desse jeito até parece que monsieur repudia sua origem.

Sei que atingi um ponto sensível quando o braço que envolve o meu é assolado por um leve tremor. Com os olhos presos em sua expressão banhada pelo luar, visualizo sentimentos perigosos e incompreensíveis por baixo de sua aparência de bom moço. Meu coração acelera em resposta e, mais uma vez, um choque de desejo atravessa minha pele. Essa parte sombria e imperfeita de Filipe me atrai, tal qual o chamado do mar.

— Está muito perto da verdade, mademoiselle Joana. — Ele inclina a cabeça e sussurra em meus ouvidos. Seu hálito tão próximo de minha pele me seduz e meu nome em seus lábios rouba meu prumo.

— Pelo visto, me conhece melhor que minha noiva. Melhor até do que muitos que me chamam de amigo.

Sua última palavra é dita com os lábios colados no lóbulo de minha orelha. E, para o meu completo choque, sinto meus joelhos tremerem.

— *Crétin* — solto entre dentes, sustentando o corpo em seu braço.

Dessa vez, a risada rouca que vem de Filipe é real o suficiente para esquentar meu corpo por inteiro e afastar o vento gélido da noite. Quando decidimos caminhar juntos até o Baile da Ópera, retirei minha luva restante e a capa suja pelas patas de Petter e as deixei com Malcom. Eu sabia que passaria um pouco de frio, mas andar em meio aos foliões com a longa capa seria uma tortura —

os pisões ocasionais que estava levando na pequena calda do meu vestido já estão esgotando minha paciência. Contudo, desde que Filipe de Bourbon enlaçou o braço ao meu, eu senti muitas coisas, e nenhuma delas foi frio.

— Peço perdão pelos meus modos, monsieur — digo na tentativa vã de recuperar o controle das minhas emoções.

— Não peça desculpas, aprecio sua sinceridade. É como uma taça refrescante de vinho branco. — Minha única resposta é sorrir. Sinto-me idiota com a facilidade com que esse homem coloca sorrisos sinceros em meu rosto. — Gosta de vinho, mademoiselle?

— Gosto.

— Mas?

— Quem disse que tem um "mas"?

— Seu leve revirar de olhos. — Ele puxa meu braço com delicadeza, fazendo-nos virar para a direita, evitando uma rua altamente movimentada. — Vejo que revira os olhos quando quer falar mais, mas por algum motivo se segura, como se tivesse medo de como suas palavras serão recebidas. O que é uma pena, já que eu passaria horas ouvindo-a falar.

Sua análise certeira atravessa minha pele e expõe feridas dolorosas dentro de mim. Há muito tempo não permito que as pessoas ao meu redor enxerguem além de minha altivez. A última vez que fiz isso, acabei na cama do filho de uma das clientes de minha mãe, encantada pelo sorriso doce e pelos olhos bondosos dele. Eu me apaixonei, ele me usou. Munido das provas de minha *impureza*, chantageou minha mãe em busca de dinheiro e quando não o conseguiu espalhou boatos odiosos sobre ela por toda Paris.

A maneira como fui enganada por falsas promessas de amor ainda me assombra ocasionalmente, na forma de pesadelos paralisantes. Abrir-se para uma pessoa e, em troca, ser apunhalada nas costas é algo que nunca superei. Ao menos conquistei minha almejada vingança e carrego na pele um lembrete bem-vindo de que, apesar de tentar me ferir, a faca de meu algoz não foi rápida o suficiente para a lâmina afiada de minha adaga.

ATO II: *O roubo*

— Ao que tudo indica, monsieur também me conhece melhor do que a maioria das pessoas — respondo ao encarar a cicatriz no meu pulso direito, marca que não me deixa esquecer o passado.

— Fale-me sobre vinhos — diz Filipe, tocando meu queixo com delicadeza e erguendo meu rosto até o seu. Não sei como, mas sou capaz de ver em seus olhos a ânsia de afastar o clima tenso que pesa em meus ombros. — Quero saber o que pensa: a bebida é enfadonha demais? Doce em demasia? Ou o problema é aquela bebida rala que alguns franceses chamam de vinho, mas que eu sabiamente nomeei como urina de morcego?

Ele está redirecionando o assunto, guiando-a para assuntos mais leves. E, como preciso de tempo para calar a confusão em minha mente, deixo que suas palavras ditem o ritmo da nossa conversa.

Não me passa despercebido que, para alguém que ama ter controle de tudo, com Filipe de Bourbon puxando-me pelo braço e perguntando-me sobre assuntos aleatórios com um sorriso belo no rosto, é fácil abrir mão do leme da minha vida e deixá-lo me conduzir, mesmo que seja por apenas alguns minutos.

Andar com Filipe de Bourbon pelas ruas de Paris, de braços dados, conversando, flertando e rindo de coisas banais é uma experiência agridoce. Concluí que ele é tão encantador quanto sincero. E, se as palavras dele já não o houvessem denunciado, suas atitudes teriam deixado claro que sua reputação de leviano é tão falsa quanto meu disfarce.

Filipe se importa em demasia com o que pensam sobre ele, caso contrário, não teria buscado um casamento que lhe proporcionasse aprovação social. Além disso, o homem de olhos verdes é cuidadoso, gentil, inteligente e extremamente versado em todas as etapas que precedem a produção de um bom vinho (o que talvez explique por que suas mãos trazem marcas de um trabalhador). Ou seja, apesar de suas vestes exalarem dinheiro e privilégio, sua pele

O roubo em três atos

calejada, seu sorriso fácil e a forma como fala menos do que escuta sugerem algo completamente diferente.

Tal dualidade me confunde na mesma medida que atrai. Contudo, enquanto o desejo de tocá-lo é bem-vindo, o desconforto que sinto ao recordar que até o final da noite o roubarei, não é.

Por um instante, desejo mudar as circunstâncias. Permito então que minha mente conjure a história que poderíamos escrever caso Filipe e eu fôssemos apenas dois estranhos aproveitando os festejos de Carnaval. Imagens tentadoras, proibidas e apavorantes roubam-me o fôlego. Sempre acreditei que esse tipo de encanto cego era invenção de marujos solitários, mas neste instante consigo entendê-los com perfeição: existem laços invisíveis que, por mais que lutemos contra a maré, obrigam-nos a ancorar em águas turbulentas.

— Por acaso perdeu-se em pensamentos, mademoiselle? — Suas palavras içam-me de volta à realidade ao nosso redor. — Não tenha medo de ferir meus sentimentos, sei que meu monólogo a respeito da maturação de um bom vinho é entediante.

Sem tom é despreocupado, diferente da minha respiração desregulada.

Ratazana do mar, preciso parar de pensar em emoções tolas, águas turbulentas e olhos esverdeados e relembrar a maldita Máscara Branca!

— A culpa não é sua, monsieur. Eu que estava sonhando acordada.

— Posso saber com o quê?

— Tudo e nada — respondo, de forma evasiva.

Fugindo do peso do seu olhar, encaro a multidão elegante em nosso entorno. A cada novo passo, nos afastamos do Carnaval de rua popular e adentramos os recantos favoritos da elite. Do outro lado da rua movimentada, já consigo enxergar com clareza a Academia Imperial de Música transbordando luxo, luz e música. E os convidados, em seus magníficos trajes, seguindo animados para o Baile.

Precisando de espaço, desenrolo o braço do de Filipe e caminho até a entrada do teatro, mas ele me alcança e enlaça os dedos em meu pulso, impedindo-me de seguir em frente. Permanecemos

ATO II: *O roubo*

assim por alguns segundos, um de frente para o outro, seus olhos presos nos meus e os dedos dele enrolados em meu pulso.

— Fale-me dos seus sonhos, mademoiselle Joana. — Não sei se ele percebe, mas seu polegar desenha círculos em meu pulso. — Por favor.

Fecho os olhos e deixo que o vento frio acalme meus pensamentos. Perdi o controle sobre a missão de hoje no exato instante em que conheci Filipe, porém, por mais *envolta* que eu esteja, não posso esquecer o que está em jogo.

Eu preciso da Máscara Branca, meu futuro e o daqueles que eu amo dependem disso! E, se for necessário, vou ficar repetindo isso em minha mente até que o encanto entre nós dois seja quebrado.

— Poder? Liberdade? Ouro? — Abro os olhos e, com o ânimo renovado, encaro Filipe com o olhar afiado de quem está no controle de suas próprias emoções. — Não sei ao certo, monsieur. Sonho e desejo tantas coisas... Mas, no momento, me contentaria com uma boa taça de vinho. Acha que conseguimos encontrar um bom tinto nesse Baile? Toda essa caminhada me deixou sedenta.

— Também estou *sedento*.

Sinto suas palavras, e os diversos sentidos por trás delas, antes mesmo de ouvi-las, já que o maldito dá um passo em minha direção, diminuindo a distância entre nós. Não é possível que ele não sinta o que faz comigo e todo esse frenesi que está me dando nos nervos.

— Vamos, pare com isso — falo entre dentes.

— Parar com o quê?

Quero gritar para que ele pare de flertar e brincar com minhas certezas, mas não era exatamente esse o meu intuito ao vestir-me com esmero para a noite de hoje?

— Eu é que deveria implorar para que tenha piedade de mim. — Filipe sorri ao deixar-me ver a solidão por baixo da máscara de alegria que estampa com tanta habilidade. O vislumbre das sombras que rodeiam sua alma é o golpe certeiro que me faz dar mais um passo em sua direção, mesmo sabendo o quanto isso é errado. — Sua pessoa me faz desejar coisas que nunca imaginei merecer.

O roubo em três atos

Todo o barulho ao nosso redor parece cessar e a única coisa que importa neste instante somos nós dois. Estamos próximos o suficiente para que eu consiga escutar sua respiração entrecortada e sentir o aroma forte e límpido de vinho que emana dele. Suspiramos juntos enquanto nosso olhar permanece cravado e sinto um laço invisível crescer entre nós, apertando-nos e puxando-nos um para o outro. Ainda assim, o único ponto em que nós nos tocamos é aquele em que seus dedos circulam meu pulso.

Vejo em sua expressão o quanto Filipe me deseja. Foi fácil conquistar seu interesse, *fácil demais*. O único problema é que eu também o desejo. Quero descobrir seu corpo com minhas mãos, passear os dedos por seu cabelo volumoso e sentir seus lábios nos meus. E, mesmo sabendo que é impossível, anseio terminar esta noite ao seu lado.

— Eu... — Ele olha para os meus lábios, depois para as minhas mãos e, quando penso que finalmente vai diminuir a distância entre nós, Filipe se afasta. — Desculpe-me, isso foi indelicado de minha parte. Não queria sugerir nada e muito menos deixá-la desconfortável.

Observo suas mãos trêmulas correrem por entre as mechas de seu cabelo.

— Eu só estou confuso... confuso diante de tudo o que sinto queimar dentro de mim toda vez que me aproximo de ti.

— Somos dois. — As palavras me escapam, mas não me arrependo de ser sincera.

Permanecemos parados por um bom tempo, olhando um para o outro, assimilando o que foi dito, acalmando nossas respirações e ignorando de uma vez o desejo que teima em nos consumir.

— Ainda deseja me acompanhar no Baile ou prefere entrar sozinha? — pergunta Filipe por fim.

Nem que quisesse eu o deixaria para trás, mas ele não faz ideia disso.

Filipe de Bourbon não imagina que a mulher parada a sua frente, para quem ele passou a última hora abrindo parte do coração, é a mesma que roubará um dos seus bens mais valiosos.

— Vamos juntos — ofereço-lhe a mão.

ATO II: *O roubo*

— Graças aos céus, ainda não estou pronto para deixá-la ir.

Com um sorriso tímido, Filipe enlaça nossos dedos e começa a nos guiar até uma das entradas laterais do teatro.

— Para onde vamos? Por acaso desistiu de participar do Baile da Ópera, monsieur?

— Se me permitir, gostaria de mostrar-lhe outro lado do festejo. — Ele aponta de forma vaga para o andar superior do prédio da Teatro Imperial, onde as sacadas estão lotadas de homens e mulheres perfeitamente vestidos. — A maioria dos convidados limita-se aos seus camarotes, mas os melhores foliões escolhem ficar no salão inferior, aproveitando a pista de dança improvisada construída pela companhia. Lá em cima, resta-nos observar os convidados festejando em meio à multidão, mas, aqui embaixo, podemos misturar-nos com eles.

Interpreto as entrelinhas de suas palavras e chego à conclusão de que Filipe não deseja encontrar seus amigos nobres. Talvez ele não queira ser visto comigo ou talvez queira aproveitar mais da minha companhia, mas no final pouco me importam suas motivações, porque tal escolha casa exatamente com o meu plano: ter tempo suficiente com Filipe de Bourbon para baixar suas barreiras e descobrir o paradeiro da Máscara Branca.

Em silêncio, seguimos mais alguns metros pela lateral do prédio, guiados pelas luzes que iluminam as paredes do teatro e atravessam as janelas. Sorrio ao me dar conta de que vamos entrar por uma delas; uma abertura mais baixa e ampla, de fácil acesso para quem anda pela rua.

— Vamos invadir o Baile, monsieur Bourbon? Por acaso não foi convidado?

Ele ri e vira o rosto para mim.

Seu olhar é como o de um garoto prestes a embarcar em uma aventura.

— A entrada tradicional separa a elite dos outros convidados. É assim que ficamos na segurança de nossos camarotes, aproveitando o espetáculo de cima. — Filipe olha para os dois lados da rua, certificando-se de que ninguém notará nossa entrada pouco tradicional, e

O roubo em três atos

empurra a abertura da janela. — Claro que alguns nobres podem descer, mas quando o fazem são facilmente notados. E eu não quero ser notado, mademoiselle Joana. Tudo o que quero é desfrutar esta noite ao seu lado. Só que não sobrepujarei minha vontade, então deixo a escolha em suas mãos: de qual forma aproveitaremos a noite?

Ele aguarda minha resposta com um sorriso de expectativa estampado no rosto. Mais uma vez penso no quanto é diferente dos boatos que maculam seu nome. Por que diriam que alguém como Filipe é tolo, egoísta e mesquinho? Tudo que vejo é um homem simples, marcado pelo peso do sobrenome e dono de um olhar extremamente sincero.

Apesar da confusão causada pelo desejo, a decepção que vivi no passado me fez boa em ler as pessoas, então sei que os sentimentos refletidos nos olhos de Filipe de Bourbon são reais. Sinto que uma parte de mim gostaria de que ele não passasse de um nobre mentiroso e manipulador — seria muito mais fácil roubá-lo caso não sentisse a verdade em suas palavras. Mas não posso mentir para mim mesma: Monsieur Bourbon é um homem digno que daria um ótimo pirata. O que dificulta muito a tarefa de não gostar dele.

— Começo a desconfiar que tem a terrível habilidade de ler meus pensamentos, monsieur. Uma noite de diversão despretensiosa, longe de regras tolas e companhias nobres enfadonhas, é tudo o que mais desejo.

Falo com sinceridade e, em resposta, Filipe engancha minha cintura na clara intenção de me levantar até a janela.

— Confia que não vou machucá-la? A altura é baixa e facilmente tocará o chão do outro lado do salão.

Controlo a vontade de rir. Pular dessa janela talvez seja a coisa mais fácil que farei esta noite. Sorrio para ele e, com delicadeza, me desvencilho de suas mãos. O toque estava agradável, é claro, mas não preciso dele para entrar. Apoio as mãos no parapeito e levanto meu corpo até estar sentada no beiral. Por causa do vestido, não tento pular diretamente, recolho as pernas para dentro do salão e, com as camadas de tecido enroladas entre os dedos, pulo para o lado de

ATO II: *O roubo*

dentro do teatro. Consigo ouvir o suspiro de Filipe do outro lado da janela. Gostaria de ver a surpresa estampada em seus olhos.

Aproveito o breve momento para observar o salão. A Academia é linda; não, esplêndida seria mais apropriado. Assimilo o teto abobadado e os milhares de arcos banhados a ouro que o compõem, os camarotes que se assomam até o topo do salão, os lustres que iluminam os presentes com uma luz suave e baixa e, por fim, o palco suntuoso e revestido de mármore. Giro ao redor e vejo cantores de um lado, nobres rindo e bebendo no alto, e o restante dos convidados dançando pelo salão. São tantas pessoas reunidas, todas alegres e livres, que é impossível não sentir o clima do Carnaval tomar posse do meu coração. A vontade que tenho é de celebrar como se não houvesse amanhã, como se todos os meus problemas — as máscaras, o ouro, o futuro do meu pai e a lei antipirataria — não fossem reais.

— Impressionada? — sussurra Filipe em meu ouvido, tocando de leve meus ombros. — É sua primeira vez no Baile da Ópera? Porque, se for, prometo que farei valer a pena.

Suas palavras desencadeiam um arrepio de prazer que faz meu corpo ondular.

Mais uma vez, caímos nesse ciclo de toques proibidos e desejo latente. Mas, pela primeira vez na noite, consigo controlar as chamas que me consomem e usar meu corpo como vantagem para desestabilizá-lo. É por isso — e não porque quero senti-lo junto a mim — que dou um passo para trás e apoio minhas costas em seu peito. Colada a ele, movo o corpo no ritmo da música que ecoa pelo salão, fingindo que não o estou tocando propositalmente.

Atrás de mim, Filipe solta um som estrangulado, o que faz uma gargalhada escapar de meus lábios.

Touché. Dois podem jogar esse jogo.

— Sim, é a minha primeira vez em um Baile da Ópera. — Giro para encará-lo nos olhos, ainda mantendo nossos corpos colados e adotando um tom de voz inocente que não condiz com meus atos calculados. — E espero que faça valer a pena, monsieur. Minha diversão está em suas mãos. O que tem em mente para nós?

O roubo em três atos

— Estamos brincando com fogo, mademoiselle. — Filipe abaixa a cabeça, fazendo cócegas em minha pele com seu cabelo volumoso, e sussurra em meu ouvido: — Primeiro fui capturado por seus olhos, depois por sua língua afiada e agora a surpresa de vê-la irromper salão adentro por uma janela. Ah, melhor guardar o que tenho em mente só para mim.

Pegando-me desprevenida, Filipe finaliza sua frase deixando um beijo casto em minha testa. O toque leve é tão caloroso que me desestabiliza, fazendo-me refletir que — *finalmente* — encontrei um oponente à altura.

Toda vez que avanço um passo, ele avança mais dois. E o jogo é tão instigante quanto o cheiro delicioso que emana dele. É impossível ignorar o fato de que seu perfume me lembra de algo, ou alguém, que minha memória falha não consegue acessar. De todo modo, estar tão perto de monsieur Bourbon é tão natural quanto passar meus dias na proa de um navio.

Quero abraçá-lo, beijá-lo e deixar que minhas mãos explorem toda a extensão de sua pele, mas não posso. Então me afasto de Filipe e, ciente de que um baile de Carnaval não é o mesmo sem uma máscara, retiro de um bolso interno costurado com meticulosidade na lateral do meu vestido um pedaço de seda prata. Eu precisava de uma máscara que coubesse em um pequeno compartimento, então madame Violla transformou uma tira do tecido em uma bela máscara cintilante, decorada na lateral com delicadas plumas brancas.

Ciente de que estou sendo observada por seus belos olhos verdes, visto-a com lentidão, correndo os dedos por meu pescoço ao afastar algumas mechas do meu cabelo, mordendo os lábios ao encaixá-la sob minha face e levantando os braços para prender a tira atrás da cabeça de uma forma que evidencia ainda mais meu busto. Ao vestir a máscara, sinto-me como a pirata que sou, pronta para enfrentar meu destino, custe o que custar.

É com essa certeza que volto a encarar Filipe, e o que vejo em sua face faz meus joelhos tremerem. Ele observa cada detalhe do meu corpo em um misto de reverência e luxúria. Seus olhos descem

ATO II: *O roubo*

até meus lábios, param nos ombros revelados pelo decote generoso e seguem até a ponta das delicadas sapatilhas que a barra levemente enlameada do vestido não consegue esconder.

— Te acho tão linda... Olhá-la é como ver a imensidão da lua refletida nas águas escuras do mar.

Enquanto fala, Filipe abre um dos botões do seu paletó e procura o que imagino ser sua própria máscara carnavalesca. Sinto-me aquecida por suas palavras e por seu olhar afogueado, mas, assim que suas mãos encontram o que procuram, meu ânimo vacila, o coração acelera e o mundo todo ao nosso redor congela.

Em um instante, meu misterioso e charmoso companheiro de olhos verdes se foi.

Agora ele é Filipe de Bourbon. Lorde, rico, noivo e dono do meu destino. E, no rosto, carrega o objeto capaz de me salvar e condenar na mesma medida.

Encaro seu rosto coberto pela famosa Máscara Branca com um misto de horror e fascínio. Decorada com um metal lustroso e magnífico, a peça emoldura parte de sua face e deixa seu olhar ainda mais sedutor. Todo de preto, com o cabelo bagunçado pelo vento, com os olhos esverdeados brilhando e os lábios cheios marcados em um sorriso, Filipe e a máscara parecem um só.

Ele é lindo, ela é linda. E, neste instante, percebo que estou perdida.

De uma forma ou de outra, serei acometida pelo fracasso até o final da noite. Preciso da máscara, mas, se for sincera comigo mesma, também preciso do homem por trás dela.

E, ainda assim, terei que me contentar em ter apenas um deles.

SEIS

Eu te amo para amar-te e não para ser amado,
pois nada me dá tanta felicidade como te ver feliz.

— "Ser amado", George Sand

Bebemos vinho e andamos de mãos dadas pelo salão, rindo das fantasias ao nosso redor e das histórias — pouco respeitáveis — contadas por Filipe. Ele não só parece conhecer cada homem do recinto como, para minha surpresa, também é capaz de listar uma dúzia de pecados que os precedem.

Apesar do clima leve entre nós, não paro de pensar no roubo e no fato de estar tão próxima de uma das máscaras. Sabia que isso aconteceria, mas a verdade é que não estava nem um pouco preparada para vê-la em sua completa magnitude. Diferente da Máscara Preta, seu par não conta com muitos adornos, pedrarias ou pinturas feitas em ouro. A Máscara que esconde o rosto de Filipe é decorada apenas por um conjunto trançado de fios de prata na lateral — ora os traços parecem aleatórios, ora me fazem recordar de um arbusto florido.

Independente da padronagem, é fato que, ao olhar de perto, tenho a impressão de que os fios já foram repuxados, amassados e desamassados ao longo do tempo. As marcas reiteram o poder mágico e inexplicável que emana dela, assim como o tom etéreo e meio perolado de sua compleição. Talvez seja por isso que eu sinta um formigamento na base da coluna toda vez que a encaro; uma comichão que quer me levar para perto da máscara, mas tento permanecer o mais distante possível.

O roubo em três atos

— Concede-me a honra desta dança, mademoiselle Joana? — pergunta ele ao nos conduzir até um dos cantos mais remotos do salão. — Talvez isso ajude a esquentar o frio que emana de suas mãos.

Olho para baixo, na direção das nossas mãos unidas, e sinto culpa.

Culpa por estar gostando tanto da companhia dele, culpa por ter me deixado envolver mais uma vez com um nobre, culpa por não conseguir parar de pensar nas melhores formas de roubá-lo... agora mesmo, parcialmente ocultos por um dos arcos do teatro, eu facilmente poderia retirar o pano embebido em anestésico que preparei com destreza antes de sair do navio, levá-lo ao nariz de Filipe e fazê-lo desmaiar por tempo suficiente para retirar a máscara de seu rosto e fugir através de uma das janelas do teatro. A comoção ao nosso entorno é tamanha, com tantos burgueses disfarçados e foliões embriagados rendidos ao ópio, que levaria muito tempo para alguém perceber o jovem nobre desmaiado.

— Vamos, pare de pensar demais. — Filipe sorri e corre as mãos por meus braços expostos. — Nós merecemos uma noite de diversão. Deixe para pensar no amanhã depois, Joana.

A forma como ele fala meu nome — sem título ou pretextos, apenas meu primeiro nome — é assustadoramente íntima. Ainda não tenho ideia do que fazer com a intensidade do que sinto, então sigo para o caminho confortável e liberto-me de seu toque. Com uma reverência jocosa, dou um passo para a direita e deposito as mãos em seus ombros. Filipe entende a deixa e, ao seguir meus movimentos, enlaça minha cintura e completa um dos giros da quadrilha animada que ecoa pelo salão.

Aproveitamos esse momento por longos minutos, apesar de gravitarmos um ao redor do outro. A distância entre os nossos corpos é decorosa, assim como os dedos que se encontram ocasionalmente, os sorrisos que compartilhamos toda vez que um casal passa por nós aos tropeços e até mesmo quando Filipe aproxima os lábios da minha orelha para comentar algo que sou incapaz de assimilar.

O tempo vai passando de forma tortuosa e, a cada movimento do ponteiro do relógio, sinto-me mais pressionada a tomar uma decisão.

ATO II: *O roubo*

Antes o que me preocupava era como roubaria a Máscara Branca sem fazer alarde, agora começo a conjurar como fazê-lo sem magoar Filipe.

Será que consigo forjar um roubo que não me denuncie? E por que, ratazanas do mar, estou tão preocupada em ferir o coração desse homem?

— Gostaria de afastar todas as dúvidas que nublam seus olhos, mademoiselle — sussurra Filipe com os lábios próximos da minha orelha.

Girando-me para que eu fique de costas para ele, monsieur interrompe nossa dança. Mas, em vez de me soltar, ele traz meu corpo para mais perto, abraçando-me pela cintura enquanto apoia a cabeça em meu ombro.

— Todos ao meu redor dizem que devo sepultar o passado de uma vez por todas e parar de conjurar o futuro como se eu pudesse controlá-lo. Mas esquecer-se da realidade é mais difícil do que falam, não é mesmo? — Suas palavras saem abafadas, mas estamos tão perto e tão afastados do centro do salão que consigo ouvi-lo com perfeição. — Meu futuro sogro reservou um camarote para mim e para alguns dos seus companheiros, na intenção de que eu pudesse esquecer o mundo lá fora. Mas o que ele não entende é que dança, bebida ou companhia alguma são capazes de apagar as dúvidas em minha mente.

Tento pensar em algo inteligente para falar, só que a sinceridade patente do desabafo de Filipe me pegou desprevenida. Ele não só leu o meu silêncio, como também se identificou com ele. Perceber que sou vista e compreendida faz nascer uma certeza assustadora dentro de mim. De uma maneira inexplicável, sinto que estou no lugar certo e que preciso permanecer *aqui*, aquecida pelos braços dele.

Logo eu, uma pirata que nunca precisou de ninguém.

— Se olhar bem, mademoiselle consegue enxergá-los daqui. — Filipe inclina minha cabeça com gentileza para um dos camarotes do teatro. — Está vendo aquelas dançarinas?

Ele aponta para um grupo de mulheres dançando felizes. Mesmo de longe, consigo ver que elas trajam conjuntos provocativos, com saias rodadas em formatos circulares que mostram as canelas e corpetes brilhosos. A maneira como se movem captura minha

O roubo em três atos

atenção por inteiro, relembrando-me das mulheres que vi há pouco no Carnaval de rua. Em perfeita sincronia, o grupo joga os pés para o alto, dá piruetas com as saias franjadas erguidas, move as pernas em manobras que não sou capaz de descrever, e tudo isso enquanto esbanjam alegria e sensualidade.

— Que tipo de dança é essa?

Sinto-me tola ao fazer a pergunta, como se eu devesse conhecer mais a respeito do que está em alta nas rodas e festas frequentadas pela elite parisiense.

— São passos de cancã, uma espécie de quadrilha — responde Filipe de forma direta, sem deixar transparecer em seu tom nenhum traço de soberba por conhecer algo que desconheço. — A dança tornou-se popular alguns anos atrás, mas só depois de alguns debates *controversos* é que ganhou destaque em salões públicos.

— Não me surpreende que uma dança aparentemente feita para exalar a liberdade feminina tenha passado por algum tipo de censura.

Já visitei muitos lugares para saber que, em comparação, Paris facilmente ganha o posto de cidade menos moralista do continente. Ainda assim, as coisas são diferentes para a elite. Existe uma cobrança maior entre os afortunados para parecerem algo que nem sempre são. A pureza é uma virtude que todos fazem questão de exalar à luz do dia, enquanto de noite esbanjam-se nos fartos seios da vadiagem.

— Posso contar uma curiosidade, mademoiselle?

A animação na voz de Filipe é contagiante, então giro em seus braços para voltar a encará-lo. Quero ler sua expressão e perder-me em seus olhos.

— Vai, fale logo. Não torture esta alma curiosa.

— Eu sei dançar cancã, mas, se contar para alguém, eu negarei. — Ergo uma sobrancelha em choque e ele me responde com uma gargalhada. — Quando eu era mais jovem, fui arrastado pela minha tia para um baile no interior. Foi lá que vi pela primeira vez uma apresentação de cancã. Todos os homens e mulheres presentes ficaram deslumbrados e alguns propuseram-se a aprender alguns passos.

— E o monsieur foi um deles?

ATO II: *O roubo*

— Em minha defesa, foi um pedido de minha tia. Ela havia acabado de descobrir uma doença e, sabendo do parco tempo de vida que ainda tinha, chantageava-me para realizar todos os seus caprichos. — O sorriso em sua voz deixa claro o carinho que nutria pela mulher. — Além disso, ter uma bela mulher levantando as saias e enlaçando as pernas compridas às suas era algo que um jovem não poderia negar nem se quisesse.

— Imagino mesmo que não, seu brutamontes. — Dou-lhe um tapa no ombro em sinal de brincadeira. — Então quer dizer que, caso eu te arraste até o meio do salão e enrosque minhas pernas em sua cintura, vai começar a girar e dar chutes para o alto?

O sorriso maroto em seu rosto é impagável.

Sei exatamente para onde seu pensamento foi, e a única resposta que lhe dou é um revirar de olhos.

— Deve me tomar por tolo por compartilhar histórias tão juvenis e vergonhosas — fala ao diminuir a distância entre nós.

— Muito pelo contrário, monsieur.

— Eu sei. — Filipe toca levemente as laterais do meu rosto, subindo e descendo os dedos das minhas bochechas até a base do pescoço. — É estranho, não acha?

— O que é estranho? — questiono sem entender a mudança de assunto, concentrada demais em seu toque para acompanhar seus pensamentos.

— A forma como me sinto perto de ti, como se eu pudesse falar qualquer assunto sem nunca ser julgado ou ignorado. — Seus dedos mergulham nas mechas soltas do meu cabelo, levando meu rosto na direção do seu com uma destreza que me desestabiliza. — Mademoiselle não espera que eu cumpra um papel, apenas aceita o que compartilho com olhos e ouvidos atentos.

— Gosto de ouvi-lo falar — confesso diante de sua inquietação.

— Por quê? O que um homem cretino e maculado como eu teria a oferecer para uma mulher como tu? — Abro a boca para refutá-lo, mas Filipe me cala com um olhar suplicante. — Eu tenho vários defeitos, mas nenhum deles é achar que mereço demais,

129

O roubo em três atos

Joana. E mademoiselle, com sua mente ágil e palavras afiadas, carrega uma sabedoria no olhar que homem algum será capaz de desvendar.

O maldito abaixa o rosto até o meu e sinto o coração acelerar ao pensar que serei beijada. É a primeira vez que Filipe de Bourbon deliberadamente me toca de uma forma íntima que cruza a linha do flerte superficial. E, em vez de aproveitar-me desse momento de fragilidade para cumprir meu objetivo da noite, mergulho em seus olhos em busca de respostas. Não faço ideia do que ele deseja, mas estou ridiculamente disposta a aceitar o que monsieur tem a me oferecer.

— Quem é *você*? — Seus dedos sobem pelo meu pescoço, encontrando a base da minha máscara. — E por que não apareceu antes em minha vida?

Suas mãos trêmulas em minha pele, os olhos cravados nos meus e a emoção pontuando cada uma de suas palavras me desarmam por completo. Tenho muitas decisões a tomar até o final da noite, mas neste instante escolho ignorar a Máscara Branca e tudo o que tê-la pode significar para mim e aqueles que amo. Decido aceitar a forma como Filipe faz com que eu me sinta — exatamente como estar na proa de um navio, com o vento tocando a pele e o sol raiando no horizonte.

— Dance comigo, sr. Olhos Verdes — falo, ao enlaçar seu pescoço com os braços e apoiar a cabeça em seu peito.

O salão pulsa com conversas animadas, danças acaloradas, casais em uma sequência de encontros e desencontros e, ao fundo, o som vívido da orquestra. Ainda assim, tudo o que consigo escutar é o ritmo acelerado de seu coração. Filipe aproxima nossos corpos em um abraço inapropriado, mesmo para um baile de Carnaval. E, sem conseguir me controlar, subo as mãos para o seu cabelo, sentindo a maciez das mexas correrem por meus dedos.

— É loucura querê-la a ponto de esquecer-me de quem sou? — diz ao levantar minha cabeça com gentileza, cravando os olhos nos meus.

— Nesse caso, somos ambos loucos.

Sua respiração fica ainda mais intensa diante das minhas palavras.

ATO II: *O roubo*

Sinto seus lábios pairando sobre os meus, próximos o suficiente para que eu possa sentir o gosto de vinho em seu hálito. A forma como Filipe derrubou minhas barreiras e rasgou meu coração endurecido com seus sorrisos fáceis e olhos atentos parece o prelúdio para algo muito maior.

Qual destino construíramos juntos caso eu o beijasse aqui e agora, no canto de um salão abarrotado de ricos fantasiados?

O que seria de nós caso eu confiasse meus segredos a ele?

— A verdade é que, agora, já não quero esquecer mais quem sou. — Seus dedos tracejam meus lábios e um suspiro indecoroso me escapa. — De nada adiantaria esquecer-me do passado e dos erros dos homens que vieram antes de mim se eu não fosse capaz de seguir em frente. E ao seu lado, Joana, sinto que eu seria capaz de ignorar todos os rumores e construir um futuro que a deixaria orgulhosa de dizer que é *minha*.

Contrariando todas as probabilidades — de quem sou, de como fui criada, da primeira vez que tive meu coração quebrado e dos motivos que me trouxeram até este baile —, eu o beijo.

Um toque dos nossos lábios e sinto que meu destino foi traçado.

Meus planos foram arruinados, minhas certezas caíram por terra e meus medos dissiparam nas curvas de seu sorriso.

— Sinto que acabei de ser roubada, Filipe — falo ao afastar nossos lábios, olhando-o nos olhos para que ele entenda que também fui desarmada por esse encontro. — *Você* despojou-me de minhas máscaras e só consigo pensar em estar em seus braços.

Mal termino de falar e suas mãos estão em minha cintura, puxando-me com ele. Filipe nos empurra cada vez mais para o fundo do salão, afastando-nos da multidão e dos lustres brilhosos que decoram o ambiente. Só paramos quando minhas costas encontram a superfície do que acredito ser uma porta. Com a respiração entrecortada, Filipe une nossos corpos e toma meus lábios como um pirata conquistador. Dessa vez, o beijo é muito mais do que um leve toque. Sua boca explora a minha com veemência, implorando que eu revele todos os meus segredos.

O roubo em três atos

Ansiosa por senti-lo por inteiro, afundo as mãos em seu cabelo, trazendo-o cada vez mais perto. Nossos corações batem em sincronia, nosso fôlego falta nos mesmos momentos e ambos nos perdemos — ao mesmo tempo que nos encontramos — nos lábios um do outro.

Em minha mente, imploro para que o tempo cesse e este instante nunca acabe. Mas, tão logo o pensamento me inunda, um barulho de vidro espatifando faz o desfavor de quebrar o encanto. Afasto Filipe com as mãos espalmadas em seu tórax e olho assustada para nosso entorno. Seguimos protegidos pela escuridão, escondidos entre um dos arcos de acesso ao salão principal do teatro.

— Eu deveria me desculpar por perder o controle, mas não o farei porque não me arrependo de tê-la beijado. — Filipe passa as mãos pelo cabelo bagunçado e eu sorrio ao ver o estrago que fiz nele. Gosto do completo estado de desordem no qual ele se encontra. — Sem contar que seria hipocrisia pedir desculpas por algo que pretendo repetir incontáveis vezes.

— Quanta modéstia, monsieur.

— Que culpa tenho por ser um maldito sonhador? — murmura, levando uma de minhas mãos até os lábios, depositando beijos sensuais por toda a pele exposta.

A mão livre permanece acima de seu coração, mas não por muito tempo. Corro os dedos até seu baixo-ventre e, com movimentos lentos que o fazem morder os lábios, enfio as mãos por dentro de seu paletó, sentindo as reentrâncias de seus músculos fortes. O toque faz sons deliciosos escaparem de Filipe e, em resposta, meu corpo vibra de desejo.

Quando seus dentes envolvem um dos meus dedos em uma mordida leve, mas potente, sinto meus joelhos fraquejarem.

— Qual a probabilidade de encontrarmos um camarote vazio? — falo, em meio a um suspiro indecoroso.

— Sem sermos reconhecidos? Praticamente nenhuma. — Seus olhos analisam algo às minhas costas, como se buscassem por soluções mágicas. — Por acaso você tem um grampo de cabelo para me emprestar, Joana?

ATO II: *O roubo*

Franzo os olhos, sem entender como um apetrecho de cabelo resolveria nossa situação, mas ainda assim retiro um dos ganchos que usei para unir as camadas delicadas do meu penteado e o entrego com um revirar de olhos.

— Tenha um pouco de fé em mim, querida.

A palavra não tem tanto efeito quanto vê-lo cair de joelhos.

Com uma piscadela, ele afasta minha saia volumosa e — parcialmente escondido pela sombra do meu vestido — começa a forçar a fechadura da porta de carvalho às minhas costas. Suas mãos trabalham habilmente no fecho, deixando claro que não é a primeira vez que invade um cômodo.

— *Voilá* — diz Filipe em resposta ao clique que a fechadura emite ao destravar por completo. — Eu deveria ficar ofendido com a expressão de surpresa em seu rosto, mas vou ignorá-la porque ainda não tive tempo de revelar meus melhores truques.

Ele levanta o corpo e, enlaçando minha cintura em um gesto hábil, nos empurra para dentro do cômodo escuro.

— Mas eu irei, Joana — fala com os lábios colados em meu pescoço. — Se me permitir, lhe mostrarei todos as minhas artimanhas.

Estava com medo de ter me apaixonado por um nobre, mas, ao que parece, acabei enlaçada por um pirata.

SETE

Quand le vin est tiré, il faut le boire.

Quando um vinho é aberto, ele deve ser bebido.

— Ditado popular francês

A escuridão do ambiente muda o clima entre nós. De repente, o desejo latente fica para trás e o peso da escolha que preciso fazer recai em meus ombros. Serei mesmo capaz de oferecer meu corpo a Filipe sem revelar a ele minhas motivações egoístas?

— Acredito que estamos no escritório da administração. Com certeza eles mantêm uma lamparina a gás em algum lugar por aqui. — Sua voz soa distante, assim como as maldições nada bonitas que irrompem de sua boca de uma hora para outra. — *Merde!*

— Está tudo bem?

— Sim, eu só bati o pé — diz ele com a voz carregada de dor e, apesar de saber que não deveria, acabo rindo. — Isso, ria do meu infortúnio. Pois saiba que tropeçar em móveis é um mal que acomete muitos homens. A dor é quase insuportável.

Quanto mais ele fala, mais eu rio.

O som espanta as sombras ao meu redor e acalenta meu coração ansioso. É nessa hora que decido parar de pensar em como esta noite acabará. Por enquanto, aproveitar os minutos ao lado de Filipe é tudo o que me importa.

— Aqui, achei — exclama ele e, com um clique, ilumina o aposento.

A primeira coisa que vejo é sua aparência desordenada causada pelas minhas mãos ávidas. A camisa está amassada, os lábios estão levemente inchados e o cabelo é uma confusão de mechas ao redor de seu rosto acalorado. A segunda coisa que noto é uma bandeja de bebidas no fundo dos aposentos — local para onde me encaminho sem pensar duas vezes.

— Que tal uma dose de vinho? — pergunto ao servir-me de uma generosa porção da bebida alheia.

— Claro, por que não.

Filipe se aproxima e retira a bebida da minha mão com delicadeza, analisando o rótulo símplice com o cenho franzido. Ele ergue a garrafa na direção da luz e procura algo no fundo dela — só não faço ideia do quê.

— Posso? — Aponta para a taça recém-servida em minha mão. — Gostaria de provar antes, só para ter certeza de que não estamos nos envenenando.

Reviro os olhos, mas lhe entrego a taça mesmo assim.

Filipe gira a taça e analisa com atenção a maneira como o vinho escorre das laterais do copo de cristal. Depois de alguns segundos, ele leva a taça até o nariz e inala o aroma amadeirado da bebida. Provavelmente satisfeito com o que encontra, finalmente toma seu primeiro gole.

Sinto inveja da forma como o vinho parece dançar em sua boca. Perco-me por um tempo no movimento que seu pomo de adão faz ao engolir a bebida e, infelizmente, demoro mais do que deveria para perceber que Filipe me estende a taça.

— Seu amor por vinhos é uma distração ou uma obrigação? — questiono ao pegar a bebida de suas mãos, em uma tentativa vã de ignorar o sorriso maroto estampado em seu rosto.

— Um pouco dos dois.

Ele serve uma taça para si e sorve a bebida com calma, como alguém que saboreia o processo além do resultado.

— Eu amo o que faço, Joana. Não só porque amo vinho, mas porque essa foi a primeira coisa que fiz por mim mesmo. Produzir meu próprio vinho é algo de que me orgulho, mas também é de onde vem o meu sustento. — Filipe volta os olhos para os meus e a tristeza que vejo ali me pega desprevenida. — É por isso que

ATO II: *O roubo*

noivei. Por causa do meu trabalho e da vida que quero construir. Nunca me imaginei casando por amor, mas também não esperava precisar vender parte da minha alma em nome de um casamento.

— Sua alma em troca da proteção e boa reputação da família dela. É isso que esse casamento significa?

— Sim. — Ele nos puxa até a mesa no centro do gabinete e apoiamos o corpo no tampão, um de lado para o outro. — Como bem sabe, meu sobrenome carrega uma história de infortúnios. Quando fugi para a Itália, achei que os deixaria para trás, mas conforme meu vinho ganhou notoriedade, desenterraram alguns boatos, colocando em risco tudo o que construí. Meu contador sugeriu então um casamento honrado, algo que provasse aos curiosos que sou diferente dos meus antecessores e que estou construindo uma nova linha na história dos Bourbon.

— Se quer saber, é um motivo muito honrado para se casar, Filipe.

Ele gira o corpo na minha direção, procurando ler em meus olhos a sinceridade em minhas palavras.

— Eu o entendo melhor do que você imagina — falo, sem quebrar nosso contato visual. — Quando eu era mais nova, acompanhava minha mãe no trabalho. Ela costurava para algumas famílias da região e sempre me mantinha por perto. Eu a via negociar preços e tecidos com afinco, então aprendi desde muito nova que, às vezes, em nome de um bem maior precisamos abrir mão de parte do que acreditamos. Minha mãe não gostava de trabalhar para as famílias dos mesmos generais que prendiam e humilhavam nossos semelhantes sem motivos aparentes. Mas, entre a honra e a comida na mesa, mamãe sempre escolhia a comida.

Quando paro de falar, um silêncio toma conta do recinto. Temo ter revelado demais, mas Filipe afasta minhas dúvidas enlaçando nossas mãos. Ele passa os dedos por alguns dos calos e cicatrizes de minha pele. Se antes ele desconfiava da minha origem na baixa burguesia, agora tem certeza dela. Mas eu não me importo, porque sei que tipo de homem ele é. Sei que, diferente do nobre que quebrou meu coração muitos anos atrás, Filipe de Bourbon não está me usando e manipulando ao seu bel-prazer.

Na verdade, quem está manipulando-o sou eu.

Pensar nisso faz meu coração palpitar.

— Sinto muito por sua mãe. — Ele leva nossas mãos unidas até a boca e deposita um beijo em minha pele. — Deve sentir muita falta dela.

— Sim, todos os dias.

Um nó fecha minha garganta ao pensar em minha mãe. Hoje entendo-a perfeitamente. Entendo todos os sacrifícios que fez em nome da nossa família e o motivo de nunca ter desejado controlar o futuro do meu pai. Ela mantinha o espírito leve mesmo nos dias mais difíceis porque sabia que era amada e não precisava da presença física de meu pai para sentir a força do laço entre eles.

— Fale-me de sua noiva — imploro, ansiosa por mudar de assunto.

— Não tem muito o que falar. Encontrei mademoiselle Catherine apenas três vezes desde o início dos trâmites do noivado e devemos ter trocado no máximo umas trinta palavras. — Ele gira o anel de ouro em meu dedo, que eu havia esquecido que estava ali. Com o toque de Filipe, a peça volta a soltar pequenos choques por toda a minha pele. — Até hoje eu culpava meu sogro por limitar nossas interações, mas, para ser sincero, nunca me importei de fato com vê-la. O que me interessava era seu sobrenome e o fato de ter aceitado morar em uma das minhas vinícolas, longe de todo esse circo pomposo montado pela elite.

— Ainda há tempo de mudar isso, Filipe. Você pode usar os próximos anos para conhecê-la. — Engulo meu orgulho e a inveja que sinto ao imaginá-lo casado e continuo: — Talvez mademoiselle Catherine o surpreenda. Ela pode ser curiosa, gostar de vinho e rir das suas piadas tolas. Não precisa ser um casamento de conveniência, se você não quiser.

— Eu não quero, não mais — Filipe solta uma risada de escárnio e balança a cabeça, parecendo contrariado. — O problema não é ela, sou eu. Posso dizer que não, mas algo dentro de mim almeja mais que um casamento vazio.

ATO II: *O roubo*

Ele solta minha mão e pula da mesa em um rompante. Com a respiração acelerada, observo-o arrastar uma cadeira até a porta e colocá-la embaixo da maçaneta. Prendo o fôlego, ciente do que esse gesto significa. Sedenta por ele e, ao mesmo tempo, temerosa.

Estamos tão próximos do precipício. Sinto em meus ossos que, se pularmos, esta noite assumirá formas e desígnios para os quais não sei se estamos preparados.

Filipe caminha até onde estou, levemente apoiada no topo da mesa. O corpo dele está a centímetros de distância.

— Passar esta noite ao seu lado mostrou-me o que *não* quero, Joana. Não vou fazer promessas que não está preparada para escutar, querida.

O anseio em sua voz reflete a mesma confusão de sensações que assolam meu espírito. Não entendo exatamente como foi que chegamos a este exato momento. Eu acabei de conhecê-lo e, ainda assim, parece que esperei por ele a minha vida toda. Não sou o tipo de pessoa que acredita em almas gêmeas, mas aqui estou, torcendo para ele ser a minha.

— Preciso que entenda uma coisa: nesta noite, não sou de mais ninguém além de seu. — Filipe ergue meu queixo até nossos olhares se encontrarem. — Não vou me casar apenas para vencer os demônios criados por meus antepassados. Eu quero mais, muito mais do que mereço, e ainda assim *mais*. Mais de ti, da vida e do futuro.

Ele diz que não proclamará promessas, mas suas palavras soam exatamente assim para mim: como um compromisso de tudo o que poderíamos ser.

A Máscara Branca em seu rosto zomba de mim, como um lembrete ingrato de quem eu sou. Tão próxima dele e *dela*, sinto-me em uma encruzilhada. Como uma pirata criada nas ruas de Paris e enraizada na proa de um navio poderia fazer alguém como Filipe de Bourbon feliz?

— Filipe — falo ao apoiar a cabeça em seu ombro —, o que você de fato deseja? Quando pensa no futuro, como se vê?

Antes de responder, ele enlaça minha cintura e me puxa para mais perto. Abro as pernas para acomodá-lo melhor e, por alguns segundos, apenas ficamos em silêncio, aproveitando o conforto de estarmos abraçados.

Filipe respira fundo, como se precisasse de um momento para ordenar suas próximas palavras.

— Quero viver livre, sem o medo de repetir o passado, de cometer erros que não foram meus. Sinto, com uma ânsia perigosa, a necessidade de provar que não sou como meu pai.

— E o que exatamente isso significa?

— Que almejo viver em uma casa alegre, com cheiro de uva recém--colhida e com crianças risonhas correndo pela varanda. — Não preciso vê-lo para ter certeza de que está sorrindo. — Às vezes, enquanto caminho pelas parreiras, imagino-me segurando as mãos de uma garotinha curiosa. Seu nome seria Beatrice, como um presente tardio à minha mãe.

— *Beatrice* — pronuncio o nome, sentindo-o aquecer meu coração, assim como a imagem que Filipe plantou em minha mente. — É um belo nome, monsieur.

Imagino-a com o cabelo trançado, as botas sujas de terra e o sorriso dele no rosto.

Não falo, mas também me imagino com eles.

Nós três, correndo em meio às parreiras, com sorrisos genuínos marcando os rostos bronzeados pela exposição ao sol.

— Quero tanto construir uma história livre das imposições que o sobrenome Bourbon carrega, querida. Minha futura família merece isso. — Ele afaga meu cabelo e deposita um beijo em minha testa. — Por eles e por mim, não quero de forma alguma continuar fingindo ser quem não sou.

— A liberdade de viver sem máscaras — falo, com um suspiro. — Será que isso realmente existe? Será que somos capazes de revelar ao mundo quem somos sem medo das consequências?

Filipe se afasta só o suficiente para procurar meus olhos.

— Talvez não precisemos nos abrir ao mundo. Talvez só precisemos nos abrir às pessoas certas.

Levo as mãos ao rosto dele, tocando a maldita Máscara Branca.

ATO II: *O roubo*

Ofego diante da onda de poder que atinge minha corrente sanguínea. De repente um cheiro floral domina o aposento parcialmente iluminado e palavras perigosas e assustadoras povoam minha mente. Com o coração acelerado, pondero minha decisão, reviro passado, presente e futuro e, com os dedos trêmulos tocando as bordas frias do metal, faço minha escolha.

— Tem razão, Filipe. Às vezes pensamos demais, quando tudo o que devemos fazer é seguir o chamado do nosso coração. — Passeio os dedos por toda a pele que a máscara não cobre, gravando cada curva, detalhe e sensação. — Se queremos ser vistos e amados, precisamos nos despir de nossas máscaras.

Filipe dá um passo para trás e leva minhas mãos até o nó que ata a Máscara Branca em seu rosto. Seguro a fita com dedos trêmulos, ansiosos e amedrontados. Esse homem honrado, sonhador e tão charmoso quanto um pirata está escolhendo abrir-se para mim.

Eu o quero tanto — não só seu corpo, mas todos os sonhos tolos envolvendo casas grandes, vinhos e crianças sorridentes. Por ele, eu deixaria o chamado do mar e me esconderia para sempre no interior, sem pensar duas vezes. Mas como serei capaz de escolhê-lo se isso significa comprometer o futuro de meu pai e dos nossos homens?

— Escolha-me e serei seu — fala ele, enquanto espera que eu tome uma decisão.

É claro que monsieur Bourbon consegue ver meu impasse. Filipe me lê como ninguém e, ainda assim — mesmo ciente dos segredos que carrego e mantenho afastados dele —, permitiu que eu o visse de verdade.

Com as mãos trêmulas e a boca seca, desamarro o nó atrás de sua cabeça. Seguro as bordas da Máscara Branca com delicadeza, sentindo uma nova onda de energia correr por meus dedos, braços e lábios. Olho para o objeto com devoção, ciente das infinitas histórias que ele carrega. Esta máscara já passou por tantas mãos, já causou tantas tragédias e, no fim das contas, é exatamente como Filipe de Bourbon: detentora de uma reputação que diz mais sobre aqueles que a usaram do que sobre ela.

O roubo em três atos

Vejo meu reflexo na superfície lustrosa da máscara e o que encontro espelhado em meus olhos acalma meu coração. É por essa Joana — orgulhosa de sua história e livre de amarras — que farei o que for preciso em nome daqueles que amo; mesmo que isso rasgue meu coração em mil partículas.

— Ela é linda, não é?

Filipe une suas mãos às minhas com delicadeza. Ficamos os dois segurando o objeto juntos, encarando a magnitude da máscara em silêncio.

— Era do meu avô, o antigo duque de Maine. Em uma de suas viagens para a Espanha, ele se apaixonou por uma mulher casada. Os dois se encontravam na surdina e ela sempre usava essa máscara, com medo de ser reconhecida. Infelizmente, o disfarce não durou muito tempo e, depois de alguns meses, o marido descobriu a traição. Dias depois a mulher foi encontrada esquartejada em sua própria cama.

— E o duque saiu vivo? — pergunto em choque.

Li e escutei várias histórias sobre as mortes causadas pelas máscaras, mas é diferente quando aconteceu com alguém próximo.

Encaro o objeto mais uma vez, surpresa com a tristeza que me consome. É injusto que as máscaras ganhem a fama de má sorte quando são seus donos que desafiam o destino, envolvendo-se em casos extraconjugais, usando-as para mentir e enganar, fingindo que amor e desejo são a mesma coisa.

— Infelizmente — fala ele, com uma dureza que me espanta. — Ele assumiu a culpa indireta pelo assassinato de sua amada e, corroído pelo luto, nunca mais foi o mesmo. Se antes meu avô já era ruim, depois do escândalo ele ficou ainda pior. Casou-se com minha avó apenas para gerar um herdeiro, mas, a cada gestação, uma nova menina nascia. Frustrado, rendeu-se de vez aos vícios. Ele só abriu mão das bebedeiras quando o primeiro neto nasceu.

Uma risada lhe escapa, mas o som é tão dolorosamente cortante que o puxo para mim, rodeando suas pernas com as minhas, lembrando-o com meus toques que o passado ficou para trás.

ATO II: *O roubo*

— O duque desejava moldar-me à sua maneira, tornar-me tão bruto, insensível, ganancioso e traiçoeiro como ele e meu pai. Eu me lembro de vê-lo andar pela casa em busca de algo, sempre com esta maldita máscara no bolso. — Ele aperta o objeto até os nós das mãos ficarem brancos. — Em seus melhores dias, meu avô me fazia sentar de frente à lareira do seu escritório e contava-me lembranças envolvendo a máscara. Eu fingia odiar, mas a verdade é que adorava o tom apaixonado em sua voz, os olhos brilhantes diante das recordações e o sorriso que aparecia em seu rosto ao falar o nome da amada. Nunca vou entender como um homem tão mau podia amar alguém com tamanha devoção.

Com o olhar cravado no artefato entre nós, Filipe continua:

— Meu avô não nutria medo pela máscara, apenas a via como uma recordação da mulher que amava. Ele a deixou para mim, com uma nota em seu testamento falando que eu deveria presentear minha esposa com a máscara do dia do nosso noivado. Nunca o amei ou admirei, mas guardei a máscara em meus baús de viagem assim que assinei a papelada. O tempo passa e eu sigo agindo como um garotinho ansioso por aprovação, permitindo que meu avô e meu pai, mesmo mortos, guiem meus passos.

— Está sendo duro demais consigo, Filipe — digo com gentileza e alivio o aperto de suas mãos na máscara, erguendo a cabeça para que ele possa ler a verdade em minhas palavras: — Você pode odiar seu avô e, ainda assim, nutrir carinho pelos momentos que tiveram juntos. Até os maus são capazes de fazer refletir a bondade que carregamos dentro de nós. E você, monsieur, resplandece o bem tal qual essa bela máscara.

Ele murmura algo que não compreendo e, retirando a máscara das minhas mãos com confiança, joga-a do outro lado do cômodo.

— Não me importo com essa máscara. Não quero manter comigo nada mais que sirva como âncora para um passado que desejo libertar. — Seus dedos sobem pelo meu rosto, pairando na lateral da máscara de tecido em minha pele. — Não quero ser como meu avô, ou meu pai, ou todos os outros que vieram antes deles. Não quero continuar vivendo na sombra dos erros deles.

O roubo em três atos

— Quem de nós nunca errou ou precipitou-se por caminhos tortuosos? Não somos perfeitos, Filipe. Somos todos suscetíveis ao orgulho, ao medo e ao rancor. — Toco seu peito na altura do coração, sentindo o ritmo acelerado com a palma das mãos. — Às vezes vencemos as tentações, outras vezes não. A bondade é uma escolha diária, não um dom. E, em poucas horas com você, já percebi o quanto tem lutado com honra pelos chamados de seu coração.

Suas mãos circulam meu rosto, levando-me na direção de seus lábios.

— Se conhecesse os desejos do meu coração neste momento, mademoiselle Joana, tenho certeza de que fugiria assustada — diz com um sorriso no rosto. — Caso minha vida mudasse por conta deste instante, pode ter certeza de que essa máscara seria sua. E dessa vez como um símbolo real de esperança, e não de sofrimento.

E então ele me beija, sem esperar ou ansiar por qualquer resposta.

Não tenho palavras para expressar o que sinto, então uso meu corpo para deixar gravado nele tudo o que borbulha dentro de mim, implorando para alcançá-lo e marcá-lo como meu. Nossas línguas se encontram, seus suspiros encontram os meus e minhas mãos em seu cabelo o trazem para cada vez mais perto. E, ainda assim, não é suficiente.

Quero vê-lo por inteiro, mas, mais do que isso, quero que ele me veja — falha, pirata, maculada e esperançosa. Porque, por mais que doa saber como esta noite precisa terminar, um fiapo de fé conecta meu coração ao de Filipe de uma forma que não imaginei ser capaz.

— Espere — digo, afastando-o gentilmente. — Isso só funciona se eu também abrir mão de minhas máscaras.

Levanto-me da mesa sem tirar os olhos de Filipe. E, ciente de que a luz do lampião banha meu corpo, arranco a máscara em meu rosto e desabotoo meu vestido com uma lentidão cuidadosa. O tecido cai sobre meus pés e, diante da expressão no rosto de Filipe, penso em como nada antes desta noite pareceu tão certo.

É assim que deve ser; é dessa forma que o amor cria raízes.

ATO II: *O roubo*

Filipe se aproxima e, sem desviar o olhar, toca meu corpo com veneração. Suas mãos incendeiam-me e, quando ele volta a me beijar, sinto que descobri, na delicadeza de seu toque, que não estou mais preocupada com o futuro imprevisível que me espera. De alguma forma, o misterioso monsieur de olhos verdes ofereceu-me um porto seguro no qual ancorar meu navio após a tempestade. Não viverei mais com medo, apenas velejarei de acordo com as ondas do destino — desde que *ele* esteja comigo.

Filipe afasta meu cabelo e beija meu rosto, meu pescoço e um lugar em meu ombro que me deixa ainda mais entregue. Toque após toque, seus lábios incendeiam um rastro de desejo em minha pele e, soltando um gemido abafado, Filipe ergue meu corpo, incitando-me a envolvê-lo com minhas pernas.

— Segure firme, querida — diz com os lábios em meus ombros, levando-nos até um sofá de dois lugares.

Deitando-nos com delicadeza, quase devoção, ele usa o corpo para me aquecer mais e mais. Ser amada e reverenciada por Filipe crava em minha alma a certeza de que nunca mais o esquecerei. Talvez esta noite seja apenas isso, uma única noite, mas, mesmo que nosso destino esteja fisicamente separado, sei que nossas almas permanecerão atracadas nas lembranças deste momento.

Os beijos ficam mais intensos à medida que nosso corpo encontra o ritmo certo. Sons de agonia escapam de meus lábios quando sinto seus dedos explorarem minhas curvas. Filipe morde a palma da minha mão, meu pulso outrora marcado pelo passado, meu ombro tenso e a base da minha orelha. Em resposta, minhas mãos exploram seu torso e as nádegas firmes, trazendo-o ainda mais perto, ansiando sentir-me completamente dominada e preenchida por ele.

— Tudo será diferente amanhã — ele ergue o rosto, interrompendo a exploração de sua língua em meus seios, e fixa o olhar no meu. — Meu futuro é seu, Joana. E de mais ninguém.

Sua confissão faz meus olhos marejarem porque sinto — em cada centímetro exposto do meu corpo e da minha alma — a veracidade por trás dela.

O roubo em três atos

Em meio ao ápice, aceito que depois de conhecer Filipe nunca mais serei a mesma. Meu coração de pirata finalmente encontrou um porto, e — enquanto fito a Máscara Branca, esquecida no chão junto com nossas roupas, e percebo o brilho que emana dela — sinto-me amaldiçoada e abençoada na mesma medida.

Agora entendo seu poder.

Por meio dela, encontrei minha metade, mas também por causa dela terei que abrir mão dessa felicidade.

OITO

Pois, dizei-me, onde encontrareis um amor semelhante ao meu, um amor que nem o tempo, nem a ausência, nem o desespero lograram extinguir; um amor que se contenta com uma fita que caiu, um olhar perdido, uma palavra solta?

— *Os três mosqueteiros*, Alexandre Dumas

—Eu planejava roubá-lo — murmuro contra seu peito nu.

Pela primeira vez, sinto que o silêncio entre nós dois é opressor, então decido preenchê-lo da única forma possível: contando a verdade. Gostaria de ter sido corajosa e falado antes, mas só consigo revelar meus segredos agora, com Filipe dormindo tranquilamente com os braços ao meu redor.

Ciente da iminência do tempo, aproveito nossos últimos minutos para olhá-lo dormir. Observo seus longos cílios, os primeiros indícios de sua barba e a cicatriz branca que ele traz em um dos ombros. Fora das paredes deste gabinete, os festejos de Carnaval continuam, mas aqui — sob a frágil proteção desse escritório — construímos uma ilha só nossa.

— Meu maior desejo é permanecer aqui, ao seu lado. Só que ainda não estou pronta para ignorar meus deveres.

Minha cabeça permanece encostada em seu peito, e minha mão, espalmada na altura do seu coração, acompanha sua respiração leve e ritmada. Ele parece tão tranquilo que preciso lutar contra a vontade primitiva de fechar os olhos e chorar. Não sou dada a grandes gestos de emoção, mas ao lado de Filipe descobri que posso ser forte e fraca ao mesmo tempo.

— Sou uma pirata, sabia? Faço parte de uma linhagem que vive no mar há décadas. Por alguns somos aclamados, por outros, temidos.

Já fomos queridos e necessários para o Imperador e agora somos considerados fugitivos da nação. Talvez você não saiba, mas essa maldita Máscara Branca — gesticulo para o objeto infausto aos nossos pés — tem um par, uma cópia na cor preta, e juntas elas valem uma fortuna. E, veja bem, *precisamos* do dinheiro das máscaras. Com a venda desses objetos, eu e meu pai poderíamos construir um novo futuro. E é por isso que vim aqui, para roubar sua bela Máscara Branca. Ao menos, era isso que pretendia fazer antes de conhecê-lo.

Levanto-me do aconchego de seu abraço com cuidado, evitando acordá-lo, e junto as peças de roupa espalhadas pelo camarote. Do outro lado da porta, consigo ouvir a Ópera tocando e os foliões rindo de forma despretensiosa, completamente alheios à dor que dilacera meu coração.

Após me vestir, viro-me para Filipe e velo seu sono pela última vez. Ele consegue ser ainda mais belo em seu repouso.

E, sem conseguir resistir, toco-o uma última vez, sentindo a maciez de sua pele com meus dedos. Em um impulso, retiro o anel de ouro que segue vibrando em meu dedo e deixo-o ao lado de Filipe, torcendo para que ele o encontre ao acordar e que escolha carregar essa parte minha com ele. Acalenta-me saber que, caso ele use o anel, de alguma forma eu estarei com ele, acompanhando-o realizar seus sonhos.

— Vou deixá-lo. — Beijo seus lábios uma última vez e me afasto. — De algum modo, meu destino também é seu, Filipe de Bourbon.

Seguro o choro que ameaça me dominar, assustada com a intensidade das emoções que transbordam do meu coração, e me afasto dele de uma vez por todas. Enquanto caminho até a porta, percebo que não preciso escolher amá-lo ou não — meus sentimentos são claros como as águas do mar em uma manhã ensolarada. A escolha que preciso fazer agora é como provar a força do meu sentimento e, de certa forma, sinto que é isso que estou fazendo ao deixar a Máscara Branca para trás.

Em uma única noite, eu encontrei um amor intenso e voraz. E, em poucas horas, também escolhi deixá-lo partir. Porque amar é isto: *uma escolha*.

ATO II: *O roubo*

— Você me deu um presente precioso. Por anos, ouvi minha mãe dizer como foi se apaixonar por meu pai, como foi sentir o coração saltar do peito e os olhos transbordarem de emoção a cada reencontro... E, para ser sincera, nunca achei que viveria algo assim. — Giro o corpo e encaro seu rosto plácido mais uma vez, decorando todos os seus ângulos e reentrâncias. — Então obrigada, Filipe. Obrigada por tornar-me sua.

Talvez um dia eu perceba que nós éramos diferentes demais para seguirmos juntos, mas, se tem algo que a relação de meus pais me ensinou, é que o amor verdadeiro sempre encontra uma forma de voltar para a sua verdadeira casa. Então é nesse fiapo de esperança que decido me agarrar quando falo:

— Se for para ser, um dia ou outro, nossos caminhos voltarão a se cruzar. Até lá, encontrarei uma maneira de ajudar meu pai e todos ao meu redor a construírem o futuro que almejam, enquanto o espero para construímos o nosso.

Finalmente deixo que as lágrimas corram com abandono pelo meu rosto. Dói precisar dizer adeus, mesmo quando a despedida parece um até logo.

— Sempre me lembrarei desta noite, meu doce pirata de olhos verdes.

Afasto a cadeira que mantém a porta do gabinete fechada e, olhando para Filipe uma última vez, deixo-o para trás.

Ao sair do teatro de cabeça erguida, imploro aos céus que nosso futuro permaneça entrelaçado de alguma forma, que esta noite não seja o final, mas sim o começo da nossa história.

Sinto que a lua brilhante no céu me vigia e, com o choro correndo livremente por meu rosto, aceito o fato de que hoje meu coração foi roubado, tanto quanto presenteado com as mais doces marcas de amor.

NOVE

11 de fevereiro de 1868, Nápoles

Abro a janela do quarto para sentir a brisa da manhã entrar. Inspiro fundo e, não pela primeira vez, agradeço por termos escolhido morar tão perto do mar. Às vezes, quando a saudade do passado ameaça me consumir, espero a lua aparecer no céu para nadar sob sua vigilância, deixando a água gelada afastar o peso das lembranças. Porém, o dia mal raiou e já sei que, na noite de hoje, nem mesmo o mar será capaz de confortar meu coração saudoso.

Dez anos se passaram desde o dia em que meu coração foi roubado. Perdi parte de mim e, em compensação, ganhei o mais valioso dos prêmios. Ainda assim, mesmo que a troca seja mais do que justa, a tarefa de calar os constantes "e se" que me atormentam fica cada dia mais difícil. Romancistas insistem que o amor esmorece com o tempo, mas no meu caso ele aumenta a cada novo dia. E a culpa é dela — o centro da minha vida, tanto quanto ele.

Lembro-me daquele Carnaval como se fosse ontem, assim como recordo cada nota do seu cheiro e nuance de seus olhos esverdeados. Após abandoná-lo, voltei aos prantos para o navio e passei dias chorando pelos cantos. A sensação era de que a dor nunca abrandaria. E, de fato, nunca abrandou, apenas aprendi a conviver com ela.

Foram tempos difíceis e, mais de uma vez, pude contar com o amor de meu pai. Sem ao menos saber o que aconteceu, ele deu por finalizada nossa missão e entrou em negociação para encontrar um comprador interessado na Máscara Preta, desistindo de

O roubo em três atos

seu maldito par. Conseguimos menos ouro do que desejávamos, mas o suficiente para construirmos uma vida nova no litoral da Itália — principalmente depois que eu aceitei alguns trabalhos de espionagem em nome da Coroa inglesa. Não me orgulho de tê-los aceitado, mas minha pátria já havia me traído há tempos e, em nome do futuro que almejava construir para minha família, aceitei todo tipo de trabalho possível em minhas condições.

Sempre me considerei uma mulher forte, mas, quando meu coração foi arrancado do peito por um nobre de olhos esverdeados, quase desisti de mim mesma — eu sentia um tipo de fadiga emocional que não era capaz de explicar em palavras, vivia enjoada, sem fome e com sono. E, ainda assim, mergulhei no trabalho como se minha vida dependesse disso. Olhando em retrocesso, entendo que — provavelmente por viver rodeada de homens velhos e rabugentos — precisei de mais tempo do que o ideal para entender o que estava acontecendo com meu corpo. Mas, quando finalmente compreendi os sinais, senti-me transbordar de alegria. Desde aquele dia, a lembrança dos olhos verdes de Filipe deixou de gerar dor e passou a representar esperança.

Nunca mais o vi ou tive notícias dele, mas todos os dias acordo encarando olhos tão expressivos, risonhos e bondosos quanto os dele.

— Mamãe, posso usar o vestido azul hoje? Posso?

Bee pula nas minhas costas e puxa meu cabelo, fingindo que sou seu cavalo encantado. Ela faz isso desde menininha, quando começou a inventar histórias mágicas com piratas que viram sereias e dragões que cospem vinho. Tão impaciente quanto eu, ela continua a falar, sem dar tempo para minha resposta:

— Vovô quer me levar para a vila. Ele prometeu me deixar comprar ingredientes para um bolo. Pensei em fazermos um de frutas vermelhas, o que acha?

Através do reflexo impresso no vão da janela, encaro sua expressão bem-humorada.

Ah, esses olhos!

ATO II: *O roubo*

O que eu não daria pela oportunidade de ter Filipe ao nosso lado, vendo nossa menina crescer e desabrochar, participando de sua vida e lhe mostrando os segredos do mundo.

Ao ler no jornal que o noivado dele e de mademoiselle Catherine havia sido encerrado, nutri esperança de que logo nos reencontraríamos. Parte de mim esperava que Filipe viesse ao meu encontro. A outra parte trabalhava turnos dobrados a fim de estar livre para *ele* e para o *futuro que almejávamos* quando a hora certa chegasse. Eu queria estar pronta para deixar o mar, meu pai e todos os homens que dependiam financeiramente de nós para trás sem culpa ou receio. Então esforcei-me para lotar nossos baús de ouro, ciente de que, assim que Filipe voltasse para a minha vida, eu o seguiria para qualquer lugar sem olhar para trás — mas, para o meu infortúnio, nossos caminhos nunca voltaram a se cruzar.

Eu fiz minha parte: mandei cartas para todos os vinhedos espalhados pela Itália que um dia foram associados ao sobrenome Bourbon, contratei investigadores para descobrirem o paradeiro de Filipe e até mandei marujos interrogarem monsieur Monfort. Não obtive sucesso em minhas buscas. Era como se Filipe houvesse sumido sem deixar rastros. A última pista que recebi foi que ele não estava mais no continente.

Olho para o sorriso de nossa filha e sinto o peito apertar. Sofro tanto por Filipe perder isso, por não poder ver o fruto daquela noite bem diante de si, mas — mesmo que pudesse — eu não mudaria nada em nossa história. Sou grata por ter minha filha ao meu lado e pelo futuro que estou construindo para nós duas. Eu a amo com todo o meu ser e, graças a ela, sinto que sou uma pessoa melhor: mais calma, menos controladora, mais sonhadora e infinitamente mais agradecida por tudo que recebi da vida.

Gosto de pensar que o destino foi tão bom para Filipe quanto para mim e sigo implorando às estrelas que levem prosperidade e alegria para o seu lar. Não importa onde ele estiver, rogo para que seja ao menos feliz, assim como eu sou.

O roubo em três atos

É claro que às vezes me pego imaginando uma realidade diferente para nós dois, um final feliz em meio aos vinhedos dele, conosco andando em meio às suas plantações de uva. Em meus sonhos, a Máscara Branca teria nos abençoado e estaríamos unidos por toda a eternidade. Viveríamos em um lar amoroso, genuíno e cheio de crianças felizes e risonhas.

Retiro do bolso o lenço velho, amarrotado e bordado perfeitamente com as iniciais de Filipe — uma lembrança física do Baile da Ópera que mudou minha vida por completo. Mesmo depois de lavado, o tecido ainda carrega um cheiro frutado de vinho, misturado com o típico frescor do pinheiro branco. Levo o lenço ao nariz e fecho os olhos ao inspirar o perfume. Quase consigo sentir Filipe comigo, rindo como um pirata maroto, segurando minhas mãos com gentileza, explorando meu corpo com reverência e me enxergando além da máscara da indiferença que usei por tanto tempo.

Suas promessas ainda me fazem manter a esperança, então mesmo que o nosso futuro juntos pareça um caso perdido, continuarei procurando por ele. Não só por mim, mas pela alegria plena de nossa filha.

— Vamos, Beatrice. — Sorrio para minha pequena bênção e beijo sua tez marcada pelo sol. — Vamos buscar o seu vestido azul.

Enquanto caminhamos em direção ao centro da cidade, afundo as lembranças e a dor da saudade em um canto qualquer da minha mente e faço uma nova prece aos céus:

Por favor, que um dia minha garotinha conheça o homem que, ao roubar meu coração, mostrou-me o que realmente significa amar.

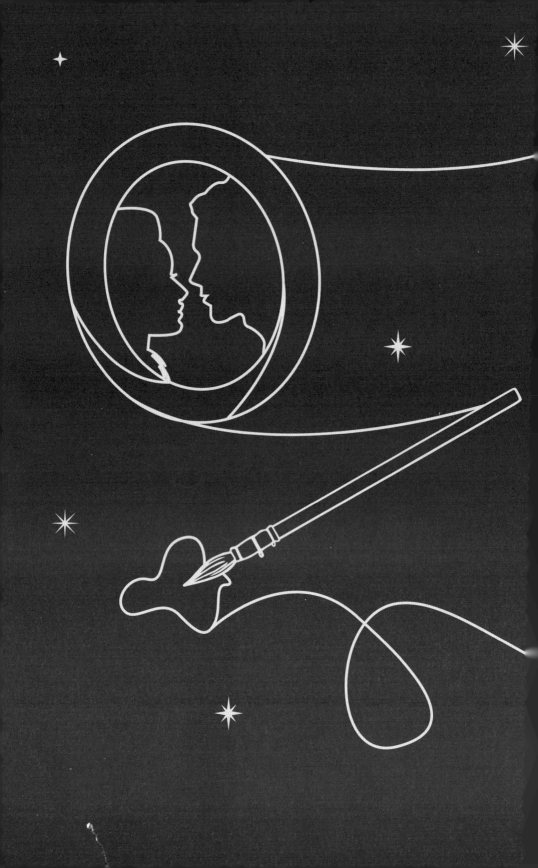

ATO III:

A profecia

24 de fevereiro de 2007, em algum lugar do centro de São Paulo

Ela dança como se fosse livre. As mãos para cima, o corpo completamente fora do ritmo da música, um sorriso leve estampado no rosto e o cabelo preto e longo balançando com os movimentos desordenados. A pequena multidão perde o foco e não consigo manter os olhos longe do brilho que emana dela — é como se eu estivesse olhando para a porra de um globo espelhado, refletindo a luz da noite por todo o espaço.

Seu vestido branco e justo é longo e esvoaçante, feito em uma dissonância de franjas, pontas e recortes que não consigo decifrar. No rosto, uma máscara de Carnaval branca esconde a metade superior de sua face. Se eu tivesse que chutar uma década, diria que o objeto é, no mínimo, veneziano.

Mesmo de longe e sem ter certeza da exatidão do meu palpite, sinto o impacto mitológico por trás da peça. A sensação é a mesma de quando entro no antiquário da minha família, quando todos os objetos reunidos ali começam a gritar as suas histórias em minha mente. É por isso que sempre amei e respirei arte: porque narra momentos que atravessam gerações e que, mesmo com o passar dos anos, continuam fazendo sentido para pessoas como eu.

Quero me aproximar da mulher mascarada, mas escolho ficar distante. Não sou uma boa companhia esta noite e nem sei se um dia voltarei a ser. Meus Carnavais perderam a graça desde o momento em que a palavra câncer foi pronunciada pelo médico da minha mãe. Dona Célia está bem, sobreviveu aos primeiros meses de quimioterapia, mas ainda acordo no meio da noite assustado, suando frio, procurando ligações e mensagens perdidas no celular, certo de que vou receber uma notícia ruim, de que uma hora ou outra o câncer vai se espalhar e levar ela de mim.

Eu deveria ter esperança, mas, por mais que eu tente, não consigo parar de remoer os piores cenários possíveis.

Olho para a bebida esquecida em minha mão, pensando se devo ou não beber. Quando se é o único contato de emergência de alguém, uma festa não é só uma festa, assim como uma latinha de cerveja não é só uma latinha de cerveja.

— Oi.

Ergo a cabeça e a vejo a alguns passos de distância.

Sou imediatamente capturado por seus olhos. Talvez seja a escuridão do ambiente ou minha mente me pregando uma peça, mas tenho quase certeza de que são cinzas. A máscara branca confere um ar divino a sua feição e preciso frear minhas mãos desejosas de tocar sua pele. Se eu ainda esculpisse algo, com certeza passaria o resto das férias em meu ateliê, tentando recriar a profundidade do seu olhar em um pedaço de mármore.

Enquanto espera por uma reação minha, a mulher retira a máscara branca e a amarra em uma das tiras do seu vestido. Perco o fôlego de vez ao ver todos os traços do seu rosto e sinto minha respiração acelerar.

Merda, ela é tão linda que parece uma miragem.

O nariz levemente arrebitado, o maxilar marcado, uma pinta preta pouco acima dos lábios e um olhar decidido demais para quem parece muito jovem — muito mais jovem do que eu, por sinal.

— Quer dançar? — convida, estendendo-me uma das mãos.

Eu enlaço seus dedos aos meus, mas não consigo sair do lugar. Me sinto hipnotizado, preso em seus olhos nebulosos. Para a minha sorte, ela não se deixa intimidar por meu silêncio e usa as mãos para

ATO III: *A profecia*

me arrastar para o centro da pista improvisada, parando apenas para abandonar minha bebida quente em uma das mesas de apoio espalhadas pelo cômodo.

Em um piscar de olhos estamos dançando. Seus braços ao redor do meu pescoço, minhas mãos contornando sua cintura e nossos olhares fixos um no outro.

A música animada, dançante e ritmada não combina em nada com nossos passos lentos, mas ela não parece se importar. O barulho em minha mente diminui de volume até quase desaparecer por completo; o alívio é tamanho que não penso demais antes de puxá-la para mais perto. Sua resposta é suspirar e apoiar a cabeça em meu peito.

Vacilo um passo quando sinto seu perfume floral e o batimento descompassado de seu coração ecoar o meu. Não sei por que ela me escolheu em meio a toda essa gente, mas, com a cabeça levemente inclinada para o céu, agradeço por isso.

— Qual é o seu nome? — pergunta ela.

— Heitor. E o seu?

— Elena.

Não consigo deter o sorriso que surge em meu rosto. O nome de origem grega combina com ela e, assim como seu significado, ela resplandece. Tudo nela brilha de tal forma que me sinto impelido a me aproximar mais — e é isso que faço, abraçando seu corpo pequeno, trazendo-a para mais perto.

— Oi, Elena.

— Oi, Heitor.

Desenrolando os braços do meu pescoço, Elena deixa as mãos correrem por meus ombros e pararem na lateral da minha cintura. Ela dita o ritmo da nossa dança, incitando meu corpo a acompanhar seus passos. Deixo que ela nos guie, me perdendo no momento, mergulhando no poço dos seus olhos. Aos poucos a dança fica mais rápida, mais íntima, mais acalorada. Esqueço de onde estamos e uso uma das mãos para levantar seu queixo, passando o polegar por seu lábio inferior.

O roubo em três atos

— Quantos anos você tem? — questiono com os lábios próximos de sua orelha.

— Sou mais velha do que você imagina — fala brincando.

— Quão mais velha?

Separo nossos corpos e espero por uma resposta.

— Tenho 22 — diz com um revirar de olhos.

— Ainda sou dez anos mais velho que você.

Na verdade, são praticamente onze anos. Quase me esqueci que faço aniversário daqui alguns dias. Fazia tempo que não comemorava a data, não há clima no hospital, mas dessa vez fui obrigado a sair. Dona Célia ameaçou tirar meu nome do quadro de acompanhantes caso eu não aceitasse o convite do meu primo de passar o Carnaval com ele. Olhando para o rosto alegre de Elena, percebo que às vezes coisas boas acontecem com quem está no fundo do poço.

— Eu tinha esquecido de como os caras do Brasil são complicados — diz ela, voltando a dançar fora do ritmo da música.

Dessa vez Elena não me toca, deixando claro que a decisão de a acompanhar deve ser minha. Eu poderia voltar para o canto da festa e passar o restante da noite encarando a telinha do meu celular, esperando por uma ligação de minha mãe, ou pior, do hospital no qual ela está internada; mas o anel que ganhei dos meus pais ao completar dez anos queima em minha pele, e um puxão invisível, inexplicável e libertador me faz enlaçar a cintura da mulher e voltar a seguir seus passos de dança. Não penso demais, apenas sigo a música.

— Finalmente — debocha Elena, e eu sorrio.

A sensação é boa. E tanto a diversão quanto o calor que emana do seu corpo são bem-vindos.

— Que história é essa dos homens brasileiros serem complicados? — pergunto.

— Passei os últimos anos em Paris, estudando francês e trabalhando em uma galeria. — Antes de continuar, ela pisca e espalma as mãos em meu peito. — Digamos que os franceses são bem mais fáceis de lidar.

ATO III: *A profecia*

Eu realmente estou com ciúmes de uma mulher que acabei de conhecer?

— Faz tempo que voltou?

— Alguns meses.

Não sei como percebo, mas consigo ver um indício de tristeza em seus olhos. Não gosto disso, então pego sua mão e a giro em um passo bobo de dança que a faz rir, exatamente como imaginei. Ao voltar para mim, Elena tromba em um outro casal dançando e, ao inclinar o corpo para pedir desculpas, tropeça em uma das faixas do vestido. Preciso usar as mãos para firmá-la e o sorriso fofo que ganho em agradecimento abre um maldito buraco em meu peito.

— Vem, vamos sair daqui para conversar melhor — diz ela após passar alguns segundos me encarando.

— Por que sinto que vou me arrepender disso?

Meu tom é zombeteiro, tentando disfarçar o quanto ela mexe comigo, mas já estou com a mão enlaçada à sua, seguindo-a para fora.

Com uma sobrancelha erguida Elena me puxa até as mesas de comida. Sem soltar minha mão, começa a colocar uma porção de batata frita, coxinha e outros salgadinhos em um prato descartável. Dando-se por satisfeita apenas quando o prato está lotado, a mulher se vira para mim com um sorriso de matar e me entrega a comida.

— Acha que consegue segurar dois desses?

Ela aponta para o prato cheio em minhas mãos com um olhar pidão irresistível.

— Manda bala.

Pelo sorriso contente de Elena, eu poderia me transformar até no Papai Noel. Ela me manda um beijo no ar, pega outro prato descartável e começa a lotá-lo de doces.

— O dono da festa tem muito bom gosto. Olha a beleza desse pé de moleque! Você gosta de brigadeiro ou prefere beijinho? Não importa, vou pegar um pouco dos dois.

— Quantas pessoas você pretende alimentar? — brinco ao ver o prato de doces virar uma pequena montanha de comida. Pelo visto, Elena é do tipo formiguinha.

O roubo em três atos

— Só nós dois mesmo — responde ela e coloca o segundo prato na minha mão. Um brigadeiro rola e, por pouco, não cai no chão. — Segura isso *com cuidado* e espera aqui. Vou atrás de algo para a gente beber.

Sem esperar por uma resposta, ela atravessa a pequena multidão até a lateral da cobertura e abre uma geladeira. Finjo não reparar na forma como os estranhos ao redor olham para ela, presos em seu magnetismo natural. Elena é definitivamente uma daquelas pessoas com brilho próprio, que emana uma luz impossível de ser ignorada.

— Coca ou Guaraná? — grita na minha direção.

Não a escuto de fato, mas consigo ler sua intenção com facilidade, já que ela está com uma lata de refrigerante diferente em cada mão, mostrando-as para mim. Aparentemente eu demoro demais para escolher, porque ela dá de ombros e volta sua atenção para a geladeira. Finjo não estar surpreso quando ela caminha até mim com quatro latinhas de refrigerante nas mãos e duas garrafas de água embaixo dos braços.

— Não me olha assim, você demorou demais para escolher e eu estou com sede. Eu devolvo depois o que a gente não beber — fala ao passar por mim, sem esperar que eu a siga porque sabe que eu vou atrás dela. — Conforto ou privacidade, qual você prefere?

— Privacidade — digo, equilibrando os pratos em uma das mãos para abrir a porta de saída. — Por quê?

— Você já vai ver.

Em silêncio, descemos os degraus da escada que liga a parte de cima da cobertura duplex, onde está acontecendo a festa, à área residencial, mas, em vez de seguirmos para o interior do apartamento, viramos à direita rumo à saída.

— Para onde você está me levando, afinal?

Elena volta o rosto na minha direção e ergue uma das sobrancelhas com uma expressão impaciente. De certa forma, sinto que estou prestes a ser repreendido. E, ao imaginar ela gritando comigo, um calor indevido desce para áreas indevidas do meu corpo.

ATO III: *A profecia*

— Esses saltos estão me matando. Então vou me sentar na escada de incêndio, esticar as pernas e beber algo doce e gelado enquanto como salgadinhos fritos deliciosos e doces bonitos que me lembram festa de criança.

Ela olha os salgados em minha mão com desejo, e eu estaria mentindo se dissesse que não senti um pouco de inveja de um punhado de coxinhas.

A que ponto chegamos, grita uma voz debochada em minha mente.

— Eu nunca tive uma dessas, sabia? — comenta ela.

— O quê? Uma coxinha?

— Não, besta. Uma festa de criança, daquelas com bexigas coloridas, chapéus de personagens, bolo de chocolate com chantilly, brigadeiro, beijinho...

Juro, ela solta um gemido ao falar o nome dos doces, e meu corpo traidor — depois de muito tempo adormecido — acorda de vez.

— Ah.

Não me orgulho da escassez do meu vocabulário, mas com ela tão perto assim, com o rosto corado pela dança, o olhar acinzentado colado nos meus lábios e quatro latas de refrigerantes na mão, só consigo pensar em beijá-la.

— É, pois é, *ah*. — A mulher revira os olhos e, usando um dos pés e a bunda bonita que eu finjo não encarar, abre a porta principal do apartamento e caminha até a escada de incêndio. — Você pode vir comigo, se quiser. Mas, se não quiser, fique à vontade para voltar para a pista de dança. Só espera eu sentar e passa para cá esses docinhos.

Elena se detém antes de alcançar a base da escada, coloca os refrigerantes no chão e estende uma das mãos para mim. Eu sei o que ela quer — os pratos que equilibro como se minha vida dependesse disso —, mas, em vez de entregá-los de bom grado, sigo-a até a escada de incêndio e sento meu corpo cansado no primeiro degrau.

— Gostei do seu esconderijo — falo, após me acomodar. — Não aguentava mais aquela festa. Passei tanto tempo sem sair de casa que esqueci como socializar sem parecer um ogro.

165

O roubo em três atos

Fico aliviado quando Elena tira os sapatos de salto e se senta ao meu lado na escada. Ela poderia ter escolhido o degrau de cima, mas decidiu ficar perto de mim, com as coxas coladas nas minhas e os pés descalços esticados.

— Está explicado, bem que reconheci sua fantasia de algum lugar — comenta Elena, e, diante da confusão estampada no meu rosto, ganho um sorriso travesso em resposta. — Você está fantasiado de Shrek, né? Uma versão com óculos, mas, ainda assim, consigo ver as semelhanças. Mesmo todo bonitão e cheiroso, basta abrir a boca para o Shrek mostrar seu verdadeiro espírito de ogro.

Balanço a cabeça diante da sua petulância e tudo o que ela faz é enfiar uma batata frita na minha boca aberta.

— Pronto, essa é uma boa forma de deixar seu lado ogro adormecido — diz ao abrir uma lata de refrigerante. — Agora posso aproveitar o silêncio e contemplar seu lado bonitão por alguns segundos.

Sou pego de surpresa quando uma gargalhada alta e sonora ecoa pelas escadas.

O som é rouco, sincero e assustadoramente familiar. Passei tanto tempo sem conseguir rir que já havia me esquecido do som.

A gargalhada faz nascer uma comoção dentro de mim, afastando as teias de aranha e abrindo espaço para uma faísca de esperança.

Enquanto comemos, escuto Elena falar sobre o avô, sobre a máscara amarrada em sua cintura, sobre o trabalho que está a sua espera em Paris e sobre meu primo — o anfitrião — que nunca a havia visto, mas esbarrou com ela no corredor de vinhos de um mercado e resolveu convidá-la para a sua festa de Carnaval. Em contrapartida, eu divago a respeito do antiquário da minha família, do nascimento da minha sobrinha e dos últimos meses que passei no hospital com a minha mãe.

Conversamos por horas e, quando um silêncio confortável recaí sobre nós, eu inclino o corpo em sua direção, ergo seu queixo com delicadeza e tomo seus lábios nos meus.

UM

São Paulo, 2011

Chegamos em Malta. Não quero criar esperanças vãs, mas acredito que estamos no caminho certo. Filipe não questiona minha busca, ele sabe o quanto sou grata às máscaras que nos uniram e a trouxeram para a nossa vida – nossa doce menina, o maior presente de todos! Se não fosse por você, nunca teríamos nos reencontrado. Obrigada por isso, Bee. Mandaremos notícias caso surjam novidades. Mas não espere por muitas cartas. Quero aproveitar o tempo livre com Filipe. Estou velha, mas ao lado dele, sinto minha alma de pirata renascer.

Trecho da carta de Joana Lancaster para
a filha, Beatrice, escrita em 1889

O lápis escorrega pelo papel como se eu e ele fôssemos um só. Desisti de controlar o resultado, então paro de pensar nas técnicas que deveria estar aplicando e permito que o desenho ganhe vida própria. Minha ideia era recriar uma das peças expostas na ala renascentista da Pinacoteca, mas o que começou como uma tentativa de aprimorar minhas habilidades no sombreamento de objetos inanimados virou algo vivo, pulsante e definitivamente *proibido*.

Os traços viraram círculos, os ângulos foram substituídos por articulações, as linhas deram lugar às veias e as sombras transformaram-se em dois anéis — um deles retorcido como uma coroa de espinhos e o outro lustrado e decorado no topo quadrado com pedras vermelhas que formam a letra L.

Esses anéis me perseguem há exatos quatro anos e sete meses, desde a primeira vez que senti o toque frio deles em minha pele.

É engraçado como uma única noite pode mudar todo o rumo de uma vida. Nunca acreditei em amor à primeira vista e muito menos em almas gêmeas, mas, depois de esbarrar com *ele* em uma festa de Carnaval, aceitei que existem diversos tipos de amor e que alguns deles não precisam de uma explicação racional. Eu sei o que senti quando estávamos juntos, sei como meu coração palpitou na primeira troca de olhares, como o ar faltou e meu corpo reagiu como se finalmente tivesse encontrado a peça que faltava. Quando nossos lábios se tocaram um peso saiu dos meus ombros. E, pela primeira vez na vida, eu não estava mais perdida.

Viver um amor de uma noite só foi suficiente para me mudar. Até então, eu não achava que era capaz de sentir algo tão puro, intenso e irracional. Sou do tipo que pensa demais, teoriza demais, cria listas e mais listas de prós e contras antes de tomar qualquer decisão. Só que, ao lado *dele*, descobri que também posso ser imprudente, espontânea e livre. Amá-lo por algumas horas me ajudou a desvendar outras versões de mim mesma. Então talvez seja por isso que, vire e mexe, sou ancorada para as lembranças daquele Carnaval — e não porque parte teimosa do meu coração ainda o deseje.

Sinceramente? Eu sei que é um misto dos dois toda vez que esbarro com *ele* pelos corredores da faculdade.

Fecho os olhos e deixo que as lembranças guiem os traços brutos que cobrem o caderno em meu colo. Os movimentos do lápis são naturais, afinal, já desenhei esses anéis antes. Só que desta vez não paro nas joias. A mão longa e forte nasce nas páginas, segurando um relógio quebrado que me lembra como o amor também pode ser efêmero.

O mundo ao meu redor é completamente silenciado enquanto eu desenho. A Pinacoteca vive lotada nas sextas-feiras à tarde, seja por visitantes ou por estudantes de arte como eu, mas neste instante não escuto mais a voz dos meus colegas de turma ou das pessoas explorando as exposições. A urgência dentro de mim é tamanha que só me importo com a sensação inebriante de converter sentimentos em traços de grafite.

É bem provável que o que eu esteja sentindo agora seja apenas saudade de me expressar através da arte. O último semestre da faculdade está uma loucura, nunca criei tanto quanto nestes meses, só

ATO III: *A profecia*

que a dura verdade é que não me vejo em nada do que faço. Produzo para cumprir a grade curricular, não mais para me entender ou me derramar. Vivo com medo de ser vista, de ser vulnerável, de perder-me entre tintas e telas. Então caminho pelos ateliês e aulas como um zumbi que *faz* arte, mas não *vive* arte.

Estava com saudade dessa sensação, então deixo que o frenesi tome conta.

Deslizo o lápis, contorno novamente os primeiros traços, forço o grafite para dar sombra e profundidade aos músculos fortes. Quando olho para o desenho pronto, quase consigo senti-lo erguendo meu queixo e inclinando a cabeça para colar os lábios nos meus.

— *Merda* — murmuro quando perco o controle e a ponta do lápis transpassa a borda do caderno.

O risco inconsciente divide o desenho em dois polos e, em vez de um erro, encaro como um sinal da forma como me sinto ultimamente: dividida. Ando por aí ora quebrada, ora reconstruída; ora pecadora, ora benevolente; ora desejosa, ora apavorada. E é exatamente por isso que preciso desse tipo de fuga para sobreviver. É apenas nas folhas de um caderno ou nas fibras de um quadro em branco que me reconheço.

Em vez de diários, aos 10 anos eu andava para cima e para baixo com cadernos de desenhos. Aos 14, eu passava todos os dias das minhas férias escolares enfurnada no escritório do meu avô, lendo enciclopédias sobre história da arte. E, aos 16, descobri na pintura em tela a força necessária para enfrentar o luto, meu primeiro coração partido e os infortúnios da adolescência.

A arte sempre foi meu porto seguro e, sem ela, as portas do inferno foram abertas e o caos instaurado. Faz meses que não consigo calar minha própria mente e criar algo autêntico. Tocar em um pincel faz meus ossos gritarem de dor e ando com tanto medo do futuro que pensar em concluir a faculdade e decidir para onde ir depois disso faz minha gastrite nervosa atacar.

Prestes a surtar no meio da Pinacoteca, fecho os olhos e respiro fundo. Passo os dedos pelo desenho no meu colo; sinto a textura do

O roubo em três atos

papel, a aspereza da borda do caderno e os farelos de grafite. Mantenho minha mente no presente e repito sem parar que, mesmo diante do caos, eu consegui transformar minhas dúvidas em arte. Pensar *nele* me ajudou a fugir de mim mesma por um instante e a encontrar um resquício de quem fui.

— *Eu criei algo* — murmuro para mim mesma até regular o ritmo da minha respiração.

— É uma representação da mão do tempo?

O caos volta com força total quando o escuto.

Abro os olhos e encaro seu sorriso ardiloso. Falso. Ele é tão falso! Como foi que não percebi antes?

— Não te interessa, cuzão — resmungo entre dentes.

Caio ri e se senta ao meu lado no banco de madeira. A proximidade forçada aflora a raiva malcontida, mas, de forma deliberada, fecho a contragosto o caderno e o encaro com uma expressão de poucos amigos. Achei que já havia deixado claro que nossas interações deveriam ser mínimas, mas pelo visto a comunicação precisa ser mais incisiva.

— Quantas vezes vou ter que pedir para você ficar longe de mim? — Minha voz sai mais alta do que eu pretendia, chamando atenção de algumas pessoas ao nosso redor, então termino de falar aos sussurros:

— Não quero você perto de mim e muito menos da minha arte, Caio.

Meu ex-melhor amigo revira os olhos, ignorando completamente o alerta em minhas palavras, mas entendo o porquê de ele agir assim — íntimo, delicado, gentil com meus estudos, como se nada tivesse acontecido. Depois de nossa discussão, simplesmente me afastei dele. Eu poderia ter brigado, esperneado, exposto tudo o que ele fez para a coordenação do curso, mas escolhi ficar calada. E agora, estampando esse sorriso dissimulado de dentes extremamente brancos no rosto, Caio acha que vai conseguir me ganhar na lábia.

Não é porque não revelei toda a minha raiva que ela não queima dentro de mim.

— Isso é jeito de falar com seu monitor? Está querendo ganhar um zero, é? — brinca ele, e eu reviro os olhos.

ATO III: *A profecia*

— Vai lá, me dê um zero. Não é como se eu precisasse dessa nota para concluir o curso.

Perspectiva e sombra é uma matéria eletiva, e só escolhi cursá-la para aumentar meu banco de horas práticas. Quando entrei na faculdade de Artes Visuais, minha intenção era fazer apenas a grade de licenciatura — eu só queria garantir meu diploma, voltar para Paris e para o meu antigo emprego na galeria Perrotin o mais rápido possível. Só que no meio do caminho me redescobri como artista e entrei no bacharelado em pintura, dobrando a grade curricular e me matando de estudar para dar conta das duas coisas ao mesmo tempo.

O resultado dessa atitude impensada é que em poucos meses vou sair da Universidade de São Paulo com dois diplomas: um de licenciatura e outro de bacharelado, ambos em Artes Visuais. Eu ainda preciso decidir se quero me manter na zona de conforto e trabalhar em uma galeria ou arriscar tudo pela carreira de pintora, mas não vai ser uma matéria eletiva que vai atrapalhar meu currículo praticamente perfeito.

— Vamos ser sinceros, com o seu sobrenome, até um leigo poderia tirar zero em todas as matérias da faculdade e sair daqui com um diploma. — As palavras dele pingam ressentimento.

— Inveja não te cai bem, Caio.

— Só estou falando a verdade, *raio de sol*. Por causa da sua tataravó, tudo o que você fizer vai ser considerado arte.

Odeio quando ele usa esse apelido porque me lembra da época em que nossa amizade era tudo o que eu tinha. Mas odeio ainda mais quando Caio diz que não tenho talento, que só cheguei aonde cheguei por causa da minha família.

Minha tataravó foi uma das mulheres mais talentosas do cenário artístico de Paris. Minha avó era uma ceramista nata, apesar de nunca ter exposto suas obras. Minha mãe foi uma curadora de arte reconhecida nacionalmente. Sei que carrego um pouco de todas elas no sangue que corre em minhas veias, mas aprendi que dom até pode ser herdado, só que mantê-lo requer muito empenho.

Caio pode esbravejar o quanto quiser, mas eu sei o quanto dedico minha vida à arte.

O roubo em três atos

— Desculpa, eu não deveria ter falado isso... é só que você não precisa desse diploma, Elena. Não como eu — diz ele após alguns minutos de silêncio.

Encaro seu rosto, finalmente vendo escancarada a verdade que por anos ignorei. Tudo na aparência do meu ex-melhor amigo passa a impressão de bom moço: camisa de botão perfeitamente passada, cabelo penteado com gel e barba milimetricamente aparada. Ele é praticamente uma versão loira do Clark Kent; mas, de herói, só tem a cara. E o que o denuncia são os olhos marcados pela ganância.

— Foi por isso que você roubou minha arte? Foi por achar que eu não preciso de um diploma que você entrou no meu quarto, pegou meu caderno e usou um dos meus desenhos antigos para entrar naquele maldito concurso?

Fico surpresa com a calma por trás das minhas palavras.

A raiva borbulha do meu peito, mas, por fora, encaro Caio de cabeça erguida.

É por causa dele que não consigo mais criar livremente. É por causa desse homem que conheço há anos, que chamei de melhor amigo por décadas, ao qual contei meus maiores medos e segredos, que não confio mais em mim mesma.

Eu quero socar a cara dele, mas permaneço sentada calmamente ao seu lado, escutando-o repetir um monte de merda egoísta.

— Vai ficar batendo nessa tecla até quando, Elena? Porra, eu já pedi desculpas! Já disse que se quiser vou na comissão julgadora do prêmio confessar a verdade. Já implorei por seu perdão várias e várias vezes. O que mais você quer de mim?

— Que você suma da minha vida. — Tento soar decidida, mas minhas palavras saem suplicantes.

Mesmo depois de tudo o que Caio fez, parte minha ainda ama esse paspalho.

Acho que sempre vou amar a versão dele que durante os recreios desenhava as flores mais lindas e coloridas no meu pulso. Ele fazia todas as capas de matérias do meu fichário — ainda tenho algumas delas guardadas em uma caixa velha embaixo da cama. Passamos

ATO III: *A profecia*

anos usando camisetas combinando, todas pintadas e ilustradas por ele. Eu o amei muito. E o filho da mãe me enganou.

— Olha, não quero mais falar do passado. Preciso focar no último semestre da faculdade e encerrar esse ciclo de vez.

Cansada de toda essa confusão mal resolvida que ele trouxe para a minha vida, me afasto de Caio e começo a juntar minhas coisas.

— Ei, fala comigo. — Caio tentar me impedir de sair e puxa o caderno de desenhos das minhas mãos. — Por favor, Elena! Sinto falta da minha melhor amiga.

— Também sinto falta do meu melhor amigo… — falo em um rompante de fraqueza. — Eu te perdoei, sabe? Pela cagada gigante que você fez.

Um resquício de esperança transpassa os olhos de Caio. Eu sei que as escolhas que ele fez estão cobrando um preço alto demais e, em nome dos nossos quase vinte anos de amizade, me permito sentir pena dele.

— Eu entendo, você se sentiu pressionado a manter um modelo inexistente de perfeição artística e escolheu me roubar — digo, puxando o caderno das mãos dele com força. — Você decidiu quebrar meu coração, mas agora precisa lidar com as consequências e aceitar que não quero mais fazer parte da sua vida.

— Pensei que você tinha me perdoado, *raio de sol*.

— Perdoar é diferente de esquecer.

Passamos alguns segundos encarando um ao outro em silêncio. Vejo dor, saudade e medo em seus olhos. A ânsia de confortá-lo é tamanha que quase ignoro minha raiva e o pouco orgulho que ainda me resta. Não quero ceder, então quebro o contato visual, pego minha bolsa, meu caderno de desenhos e me levanto do banco, pronta para encerrar de vez esse capítulo na minha vida. Mas Caio tem outros planos.

— Eu não vou sair da sua vida, não desse jeito, não por uma bobeira, Elena. — Sua mão aperta meu pulso, me forçando a voltar para o seu lado no banco.

O movimento derruba minha bolsa no chão e o barulho atrai novamente alguns olhares curiosos. Fico brava com a atenção indevida.

O roubo em três atos

Já é suficiente saber que *todo mundo* do setor de artes conhece a história dos dois melhores amigos que não conversam mais, depois de um deles ter sido premiado com o Prêmio Nascente — uma das maiores premiações do meio acadêmico brasileiro. Quando o resultado do concurso saiu, vi meu desenho exposto com o nome de Caio e me afastei dele; logo eu fui taxada de invejosa, e ele, de talento em ascensão.

Se me falassem, anos atrás, que o menino magricela que me ajudava a subir em um pé de manga às cinco da manhã de um domingo só porque eu queria pintar o nascer do sol roubaria um trabalho meu, eu acharia que era uma piada de mau gosto.

— Olha, só me deixa ir, pode ser?

Novamente tento me libertar do seu aperto em meu pulso, mas Caio é bem mais forte do que eu. Penso em bater nele com meu caderno, mas causar uma cena é exatamente o que eu não quero. Desejo que as pessoas sejam impactadas pela minha arte, não pelas fofocas ao redor do meu nome.

— Me solta, você está me machucando.

— Não, só vou soltar quando você olhar nos meus olhos e disser que não sente a minha falta.

— Ah, mas isso é fácil.

Puxo o pulso novamente e abro a boca para mandá-lo à merda, mas somos interrompidos.

— Está tudo bem aqui?

Três coisas diferentes acontecem ao escutarmos a voz *dele*. Caio solta meu braço e se endireita no banco como uma criança que foi pega no flagra. Meu coração idiota erra algumas batidas e, aturdida, derrubo meu caderno de desenhos no chão. Para o meu completo desespero, o maldito cai aberto diante da única pessoa que seria capaz de reconhecer o desenho ali.

Tento resgatá-lo o mais rápido possível, torcendo para que *ele* não dê atenção ao esboço que passei a tarde toda rabiscando, mas meus movimentos são lentos e minhas preces não são atendidas. Sem reação, vejo-o pegar o bloco caído em cima de seus sapatos de grife. Ele solta um resmungo ao reconhecer a mão

ATO III: *A profecia*

estampada na folha branca, os dedos seguram o caderno com mais força do que deveria e os olhos buscam os meus. Minha única reação é procurar pela saída mais próxima, calculando mentalmente quanto tempo eu levaria para sair correndo do museu e fingir que nada aconteceu.

— Eu só estava dando alguns conselhos para Elena, professor.

Nunca fiquei tão feliz em escutar uma das mentiras de Caio quanto agora.

— Entendo. De longe parecia que estavam brigando, mas que bom que eu me enganei.

Seu tom é direto, frio e levemente mordaz, do tipo que ele usa nas aulas para mostrar aos alunos quem é que manda. Mas, por experiência própria, também conheço outros momentos nos quais ele usa esse tom autoritário e, por mais ferrada que eu esteja, é para esse lugar proibido que minha mente vai.

Nossas pernas entrelaçadas, o toque gelado dos seus anéis ao explorar as curvas do meu corpo fazendo minha pele arrepiar, a voz firme comandando, guiando e exigindo mais... é impossível estar no mesmo ambiente que ele e não me lembrar do Carnaval de alguns anos atrás. Das horas que passamos conversando na escada de incêndio, da maneira como ele se abriu para mim, me contou sobre seu passado e fez meu coração sonhador bater em um ritmo totalmente diferente.

Eu me apaixonei por Heitor Santini em poucas horas, ciente de que nunca mais nos encontraríamos. Mas, como o destino adora brincar com corações cansados, nossos destinos voltaram a colidir: ele como professor, eu como sua aluna.

O professor fecha meu caderno de desenhos e concentra toda a sua atenção em meu ex-amigo.

— A professora Silvia está procurando um monitor fixo para os ateliês de gravura em metal. Sei que está precisando de horas práticas em sala de aula, então indiquei seu nome. Acha que consegue assumir mais uma monitoria, Caio?

— Claro, com certeza. Muito obrigado por me indicar, professor.

O roubo em três atos

Caio parece tão genuinamente animado que quase me esqueço de que estou brava com ele. Independentemente das escolhas que meu ex-amigo fez, é fato que o cara é um dos melhores alunos do curso. Todos os professores o amam e ele leva jeito como monitor. Suas explicações são diretas e pacientes, as avaliações respeitosas e ele sabe unir teoria e prática com excelência. Como profissional Caio é incrível, já como amigo...

— Silvia pediu urgência no preenchimento da vaga, então você precisa estar no departamento em — Santini olha o relógio no pulso e faz uma careta — duas horas.

— Duas horas? Mas... tem o trânsito e preciso esperar esta aula acabar.

Caio se levanta do banco rápido demais e tropeça na minha bolsa esquecida no chão. Seu desespero me diverte e preciso cobrir o riso com uma tosse falsa. Meu ex-amigo me encara com sangue nos olhos.

Heitor olha de mim para Caio com atenção. Não tenho dúvidas de que ele consegue ler a tensão entre nós. Seu olhar curioso busca respostas que não quero revelar. E, com seus olhos fixos nos meus, me sinto exposta e agitada, tal qual um fio desencapado.

— Peça um táxi — diz Heitor sem parar de me encarar. — Pegue um recibo e o deixe no meu escaninho. Vou pedir para o departamento cobrir os custos.

Caio e eu suspiramos de alívio ao mesmo tempo. Saber que vou me livrar dele tem um efeito calmante muito bem-vindo.

— Obrigado, professor. De verdade — agradece ele sem parar.

— Sim, sim. Só não vá fazer nenhuma merda. Silvia odeia caos no seu ateliê, então escute o que ela falar com atenção e respeite as regras dela.

Meu ex-amigo assente e, depois de me entregar a minha bolsa, sai em disparada porta afora.

Meus olhos acompanham Caio até a saída, depois corro o olhar pelos poucos estudantes que permanecem nos bancos da ala de exposição, todos perdidos demais nas próprias artes para prestarem atenção em algo que não seja seu trabalho.

ATO III: *A profecia*

— Tome. — Heitor devolve meu caderno e, com medo do que vou encontrar em seu rosto, não o encaro quando o pego. — Está muito ocupada? Preciso conversar com você por um minuto.

De repente, o medo vira assombro. Minhas mãos tremem ao segurar o caderno apertado contra o peito e um gosto amargo inunda minha boca. Faz anos que esbarro com Heitor pela faculdade, mas nunca trocamos uma palavra sequer. Ele dá aula prática de escultura e, tirando uma matéria teórica de escultura e espaços de ação que precisei fazer com ele, nossas interações foram premeditadamente mínimas — durante as aulas, eu me sentava no fundo e permanecia calada e, fora delas, fingia que ele não existia.

Essa é a nossa primeira interação direta em anos. Não faço ideia do que Heitor quer comigo e isso me apavora, principalmente porque não consigo controlar meus pensamentos quando estou perto dele. É impossível desligar as lembranças ao sentir seu perfume e ouvir sua voz. E, com as recordações, vem a dor de saber que uma noite que foi tão importante para mim não teve o mesmo impacto para ele.

— Elena? — Ele olha para o caderno que mantenho apertado em meus braços e volta a me encarar com um sorriso no rosto que me leva direto para o passado. — Vem tomar um café comigo, juro que não vou te morder.

É uma brincadeira inofensiva, uma forma de aliviar o clima, mas as palavras surtem em mim o efeito completamente contrário. Ele percebe, tenho certeza de que sim. Humilhada demais para pensar em uma forma de fugir do convite, me contento em balançar a cabeça em um gesto afirmativo e o seguir em direção ao café da Pinacoteca.

Faço um esforço danado para não encarar sua bunda, mas é impossível andar atrás dele e não notar como a calça jeans abraça suas curvas.

— Se controla, mulher — resmungo baixinho.

A cada passo rumo ao café me sinto como Psiquê, demasiadamente curiosa em conhecer os segredos de Eros. Ela pagou um preço alto por ser bisbilhoteira e, de alguma forma, sinto que também vou ao aceitar tomar um café com meu professor.

DOIS

Mamma, poupe-me dos relatos sobre seu vigor! Já não bastasse o fato de que passo metade das minhas manhãs vertendo todo o alimento que consumo, agora também precisarei lidar com a ânsia ao abrir suas cartas? Caso esteja se perguntando: sim, uma pequena vida nasce dentro de mim. Parabéns, vovó! E, se quer saber, tenho certeza de que a criança em meu ventre é uma pirata. Ela me revira por dentro, exatamente como uma Lancaster deve fazer. Saudade, *mamma*. Dê um beijo no papai por mim.

*Trecho da carta de Beatrice Lancaster para
a mãe, Joana, escrita em 1890*

Faz dez minutos que nos acomodamos em um dos cafés no térreo da Pinacoteca e, a não ser no momento em que pedimos nossas bebidas, não abrimos a boca. Não sei como aliviar a tensão e, pela forma como as mãos de Heitor tremem ao levar a xícara de café aos lábios, acredito que ele também não.

Até hoje, todos os nossos encontros dentro e fora da USP foram cirúrgicos. Movimentos tão coordenados e profissionais que, muitas vezes, me questionei se *aquela* noite realmente havia acontecido. Mas hoje algo está diferente. *Ele* está diferente.

Observo-o pousar a xícara de café na mesa, retirar os óculos de grau e passar uma das mãos pelo cabelo castanho claro desgrenhado. Quando nos conhecemos, Heitor usava o cabelo raspado e a barba totalmente aparada, mas ao longo dos últimos anos ele assumiu um novo corte e acrescentou uma leve barba ao visual. Continua lindo, apesar de os olhos esverdeados estarem opacos e a pele branca, pálida demais para quem um dia me disse amar o sol, a praia e o verão.

Tenho dificuldade em assimilar quem ele foi *naquela* noite com quem ele é hoje. Eu conheço uma das versões dele tão bem quanto a palma da minha mão, mas não faço ideia de quem é esse homem abalado e aparentemente cansado sentado na minha frente. É estranho o quanto me sinto íntima de alguém que é praticamente um desconhecido na minha vida.

— Você está bem? Aconteceu algo entre você e Caio?

Respiro aliviada. Pensei que essa conversa tomaria um rumo diferente, mas se ele me chamou até aqui porque está preocupado com o que viu entre mim e Caio, quer dizer que estamos conversando como professor e aluna; não como duas pessoas que dormiram juntas e se reencontraram em uma situação constrangedora meses depois. Eu sei lidar com a versão profissional dele, então é isso que faço: ajeito o corpo na cadeira, respiro fundo e estampo uma expressão de indiferença no rosto.

— Aquilo não foi nada, não precisa se preocupar.

Heitor franze o cenho e ergue uma das sobrancelhas, deixando claro que não vai aceitar uma resposta superficial.

— É sério, está tudo bem — falo em um tom mais firme.

Vivo por aí confusa e preocupada, briguei com meu ex-melhor amigo, não consigo mais pintar e criar nada autêntico e, desde que meu avô embarcou em um cruzeiro com a namorada — que também é sua nova enfermeira, uma mulher vinte anos mais nova do que ele —, estou me sentindo mais sozinha do que nunca. Mas essa é a vida real de qualquer pessoa com seus 20 e tantos anos: medo do futuro, solidão e uma pitada de relacionamentos frustrados. Tirando todo o caos, é verdade que está tudo bem.

— Eu estou bem — repito diante do silêncio de Heitor, dessa vez em um tom mais baixo, íntimo demais. — Só preocupada com o último semestre e com o trabalho prático de conclusão de curso, mas fora isso está tudo bem.

— Mas e o Caio?

— O que tem ele? Se quer tanto saber como ele está, deveria ter chamado *ele* para tomar um café com você, não eu.

Heitor bufa diante do meu tom petulante e, para o meu espanto, um riso me escapa. Que culpa eu tenho se gosto muito mais do que deveria dessa versão brincalhona e acessível dele?

ATO III: *A profecia*

— Eu tinha me esquecido do quanto você é teimosa — diz com um sorriso de canto estampado no rosto.

Isso me transporta diretamente para a nossa primeira interação. Na noite em que nos conhecemos, passei horas tentando arrancar respostas sinceras dele. Demorou uma eternidade para que Heitor confiasse em mim e, quando por fim resolveu se abrir, me apaixonei. As recordações são tão vívidas que preciso balançar a cabeça para afastá-las.

Enquanto tento me acalmar, volto minha atenção ao chá gelado esquecido na mesa. Faço um esforço danado para controlar minhas mãos e levar o copo à boca sem tremer. O gosto amargo da bebida natural traz um toque de realidade ao caos instaurado em minha mente. Mais calma, abro a tampa para batizar o líquido com a maior dose de açúcar que eu conseguir — sou do time que sempre procura conforto em tudo que é doce.

Vendo minha intenção, Heitor abre o açucareiro e, antes que eu possa contestar, abre os saquinhos para mim.

— Pelo jeito você continua gostando demais de doce.

— Pois é, de amarga já basta a minha vida, muito obrigada — falo, lotando o chá de açúcar.

Meus dedos resvalam os dele ao alcançar os saquinhos abertos e preciso de toda a minha força para ignorar o leve formigar que me atinge. É a primeira vez em anos que nós nos tocamos, e sinto parte das minhas certezas ruírem. Sempre achei que nosso caso de Carnaval foi especial por ter um prazo de validade, a iminência do fim deixando tudo mais intenso. Só que agora, com Heitor tão próximo, me pergunto se não passei os últimos anos me enganando.

O tempo passou, mas ainda existe uma força me puxando até ele.

— Para que exatamente você me chamou aqui, professor Santini?

Uso seu título e sobrenome de propósito, ansiando por colocar uma distância emocional entre nós dois. Quatro anos atrás, quando Heitor Santini foi apresentado como o novo professor efetivo das turmas de prática de escultura do curso de Artes Visuais, eu entrei em pânico. Nunca imaginei que voltaríamos a nos encontrar, muito

O roubo em três atos

menos que o homem por quem eu havia me apaixonado em um baile de Carnaval era um dos escultores mais famosos do cenário artístico contemporâneo do Brasil.

Ao descobrir que Heitor seria um dos meus professores, mudei minha grade curricular para que todas as aulas nos ateliês de escultura fossem optativas. Meu bacharelado é em pintura, então foi fácil permanecer profissionalmente distante dele e das lembranças daquela noite.

Passado o susto de reencontrá-lo, imaginei que uma hora ou outra conversaríamos, mas, além de me tratar com um distanciamento frio e calculado, Heitor fugia de mim como o diabo foge da cruz. Quando nossos olhos se cruzavam nos arredores da Prainha, eu o via congelar e mudar de direção para não passar por mim. Suas mãos tremiam ao me entregar qualquer atividade curricular em sala de aula — e até hoje dou graças aos céus por ter feito apenas uma de suas matérias teóricas.

A verdade é que o professor Santini parecia sempre tão incomodado com a minha presença que logo entendi que o seu desejo era esquecer o dia em que nos conhecemos. Então foi isso que fiz, enterrei as lembranças do passado e me mantive o mais distante possível dele. Pelo menos até hoje... até este exato momento em que ele me olha como o homem que conheci anos atrás, não como o professor distante e reservado com quem convivi nos últimos quatro anos.

— O que exatamente está acontecendo, Heitor? — pergunto exasperada, cansada de ficar remoendo meus sentimentos.

Ele engole em seco ao me ouvir chamá-lo pelo primeiro nome e verte o resto do seu café em um único gole.

— Certo, certo. Te chamei aqui porque vou assumir o ateliê de pintura pelos próximos meses.

— Ah. — Inclino o corpo para trás na cadeira e forço meu cérebro a entender o que ele está me dizendo. — Tem algo de errado com o ateliê de escultura? Fiquei sabendo que tinha uma goteira mofada no teto, mas achei que eles já haviam consertado.

ATO III: *A profecia*

— É, pois é, eles reformaram o espaço faz pouco tempo. Ganhamos duas novas bancadas de trabalho e um forno de fazer inveja. Fazia tempo que o departamento não recebia tanto investimento.

— Isso é ótimo mesmo. — Ergo a mão para interrompê-lo. — Mas, se não tem nada de errado com o ateliê, por que vamos dividir um único espaço entre as turmas de pintura e escultura?

Heitor ergue as sobrancelhas diante da minha impaciência e eu tenho vontade de jogar meu copo de chá em sua cara bonita. Em vez disso, amasso o copo vazio e o enfio na lixeira ao nosso lado. Aproveito para cobiçar a vitrine no fundo da cafeteria e as várias fatias de bolos com cobertura de glacê perfeitamente expostas. Quando essa conversa absurda terminar, vou pedir um para viagem, pegar o metrô de volta para casa e passar minha noite de sexta me empanturrando de doce enquanto assisto *The Tudors* pela décima vez.

— Você entendeu errado. Não vamos dividir nada, Elena. — Volto minha atenção para Heitor, me surpreendendo com a expressão preocupada em seu rosto. — É que, além das aulas práticas de escultura, eu também vou assumir as três turmas de pintura pelo próximo semestre.

Agora essa conversa desagradável está fazendo sentido.

O ateliê de pintura é quase a minha segunda casa. Fico mais tempo dentro dele do que em qualquer outro lugar do campus. Mesmo nos últimos meses, quando não consegui pintar nada, eu ainda passava meus dias lá, separando telas e materiais, arrumando cavaletes, ajudando calouros perdidos. Eu amo o cheiro de tinta, o barulho do pincel na tela e a beleza de ver algo vazio ser preenchido. Me sinto segura no ateliê, mas, pelo visto, vou precisar abrir mão dele. Duvido que Heitor vá me querer por perto enquanto dá suas aulas.

— Desde quando você também entende de tintas?

Não é minha intenção ser insolente, apenas não entendo por que um dos principais escultores do país decidiu assumir os ateliês de pintura.

— É provisório, só por alguns meses. A coordenação pensou em abrir um edital para a vaga, mas demoraria tempo demais e

O roubo em três atos

atrapalharia os alunos do último ano. Não sou lá um ótimo pintor, mas conheço bem as técnicas e...

Ele inclina o corpo para mais perto e faz um movimento com os dedos, me chamando como se fosse confessar um segredo. Idiota como sou, me aproximo, sentindo seu perfume inundar meus sentidos.

— Ainda não foi emitido um comunicado oficial, mas o reitor atual vai se aposentar e a professora Camila foi escolhida para assumir o final do mandato. — Suas palavras tocam minha pele e fazem os pelos da minha nuca arrepiarem. — Para a transição ser feita o mais rápido possível, ela vai precisar abrir mão do tempo em sala de aula.

— Por isso você vai assumir as classes dela.

— Bem, sim. E porque eu perdi no par ou ímpar.

— Como assim? — Minha voz sai uma oitava mais alta do que deveria.

— É final de semestre, todo mundo está cansado. Ninguém queria dobrar a carga horária de uma hora para outra. — Heitor dá de ombros e prende meu olhar no seu. — Eu e o Pedro somos os únicos solteiros do quadro de professores, então tiramos par ou ímpar para ver quem assumiria as turmas de pintura.

Ignoro completamente a forma como meu corpo traidor reage ao descobrir que Heitor está solteiro.

— Um escultor e um professor de serigrafia disputando aulas de pintura no par ou ímpar. Quem poderia imaginar.

— Seja bem-vinda à vida glamurosa de um professor acadêmico. — Ele pisca para mim e parte do meu coração derrete.

Estamos próximos demais. Os corpos inclinados um na direção do outro. Nossos rostos estão separados por poucos centímetros e seus olhos estão presos nos meus. Os dedos espalmados na lateral da mesa, perto demais dos meus cotovelos. É como um abraço sufocante, então quebro o encanto e me afasto de Heitor o mais rápido que consigo.

— Estou feliz pela professora Camila — me forço a responder, voltando a conversa para um rumo seguro e profissional.

ATO III: *A profecia*

— Eu também — diz ele com uma voz rouca. — Faz anos que ela está esperando por essa oportunidade.

Camila é talentosa, gentil e uma das pintoras mais livres que já conheci. Minha técnica mudou muito depois de suas aulas; foi ela que me ajudou a descobrir a melhor forma de imprimir meus valores e sentimentos em tudo o que pinto. Não é à toa que escolhi Camila como orientadora para o meu trabalho de conclusão de curso.

O artigo que escrevi sobre "As perspectivas do amor pintadas através dos séculos" fez sucesso na banca julgadora e tirei nota dez com louvor. Agora, só preciso fazer a segunda parte do trabalho — a parte prática que envolve criar algo do zero, desde um quadro, uma exposição, fotografia ou qualquer coisa criativa que converse com o tema — para finalmente colocar as mãos no meu diploma.

Quando escolhi o amor como temática do meu TCC, estava decidida a pintar um quadro sobre o significado desse sentimento nos tempos atuais para a segunda etapa do trabalho. Mas, agora que não consigo sequer segurar um pincel, não faço ideia de qual caminho tomar. É assustador pensar que tenho menos de quatro meses para criar algo original e apresentar para uma banca julgadora.

Expor minha arte ao crivo dos outros sempre é algo que me deixa vulnerável.

— Tem outra coisa que preciso te falar, Elena.

Ignoro seus olhos com medo do que vou encontrar neles e mantenho minha atenção nos anéis em seus dedos inquietos.

— Para ajudar Camila na transição de cargo, também aceitei monitorar todos os trabalhos de conclusão de curso dos bacharéis em pintura.

Quase caio da cadeira ao ouvir suas palavras.

— Isso quer dizer que você é o meu novo orientador?

Agora é Heitor que foge do meu olhar, mantendo toda a sua atenção na xícara de café vazia que ele gira pela mesa.

— Sim e não. Quer dizer, na verdade, levando em conta a nossa… *relação*, achei melhor conversar com você antes de qualquer coisa definitiva ser decidida.

O roubo em três atos

A forma como ele pronuncia a palavra "relação" faz um tipo perigoso de raiva correr pelas minhas veias. Passei anos me mantendo distante, evitando constranger Heitor com a minha presença, só para acabar presa a ele durante os últimos meses da minha graduação.

Será que estou sendo castigada? Minha mãe sempre dizia que as mulheres da nossa família eram amaldiçoadas com uma personalidade inquieta e que, para o nosso infortúnio, meninas curiosas pagavam um preço alto por quererem mais do que deveriam. Eu achava que suas palavras carregadas de rancor tinham a ver com o fato de que meu pai — que sempre viveu às custas dela, sobrevivendo nas sombras do nome e talento de minha mãe — a traiu e trocou por uma de suas melhores amigas.

Mas talvez minha mãe tivesse razão, talvez eu precise me conformar mais com a vida em vez de desafiá-la.

— Olha, eu não quero te deixar desconfortável — continua Heitor diante do meu silêncio. — Foi por isso que te convidei para tomar um café, para te dar a oportunidade de escolher o que for melhor para você. Não preciso ser seu orientador se não quiser, e podemos fazer um cronograma para que os meus horários no ateliê não batam com os seus.

— Certo. Tem razão, vamos encontrar um jeito de fazer funcionar. A segunda parte do meu TCC está bem encaminhada. — É uma mentira, mas ele não precisa saber disso. — Camila me ajudou com a ideia inicial, então não precisa se preocupar com isso. Quanto ao ateliê, posso ficar com o turno do final da tarde. Suas aulas acabam às quinze, não é?

— É.

Se ele acha estranho que eu saiba os horários de suas aulas, não esboça nenhuma reação.

— Pronto, perfeito. Então ficamos combinados: você usa o ateliê de manhã e no começo da tarde, e eu uso nos horários livres antes de as aulas da noite começarem.

A necessidade de fugir é tamanha que penso em voltar para o interior nos finais de semana. Meu avô me deixou com uma chave

ATO III: *A profecia*

reserva de sua casa em Atibaia e o ateliê de pintura dele é enorme. Posso ir para lá às sextas depois das aulas e passar o final de semana todo no campo. Quem sabe o ar puro me ajuda a reencontrar a arte dentro de mim?

— Você sabe que o problema não é ajustarmos nossa agenda, certo?

— Pode ficar tranquilo, professor. Eu não vou forçar minha presença nas suas aulas ou te obrigar a ser meu orientador. A última coisa que quero é te deixar constrangido.

Heitor solta um palavrão, o que me faz encará-lo, surpresa. Ele segura minhas mãos em um gesto impulsivo e eu congelo no lugar.

— É isso que você acha, que sua presença me deixa constrangido. — Não é bem uma pergunta, então não sei como reagir. — Que merda, Elena. Eu achei que *eu* é quem te deixava constrangida.

Sei que algo importante está sendo falado, mas minha concentração foi pro beleléu. Com suas mãos nas minhas e ele tão perto assim, consigo ver que um de seus olhos é levemente mais claro que o outro. Sua barba baixa já tem alguns fios mais claros anunciando o passar dos anos. E essa cicatriz na sobrancelha esquerda, será que ele sempre a teve e eu não percebi antes ou é algo recente?

— *Elena*. — Meu nome sai quase como uma prece dos seus lábios e eu respiro fundo na ânsia de manter um pouco de controle sobre a forma como meu corpo reage ao dele. — Nós precisamos lidar com isso.

— Isso o quê?

— Seu TCC, o fato de que posso ou não ser o seu novo orientador e — Heitor usa nossas mãos unidas para apontar entre mim e ele — *isso* entre nós.

Desde o nosso reencontro, perdi várias noites de sono imaginando como seria tê-lo novamente em minha vida. Eu ansiava por uma última conversa com Heitor e pela possibilidade de colocar um ponto-final — ou quem sabe até mesmo uma vírgula — na história que começamos a escrever naquele baile de Carnaval. Mas muita coisa mudou nos últimos anos. Eu mudei. E, depois de tudo

O roubo em três atos

o que aconteceu com Caio, a última coisa que quero é misturar trabalho e emoção.

Lembro das palavras de minha mãe sobre mulheres que *querem* demais e solto minhas mãos das de Heitor. Pela primeira vez em muito tempo, escolho deixar meu lado racional comandar o restante da conversa.

— *Isso* não existe, pelo menos não em uma instância fora do profissional — digo, após alguns segundos de ponderação. — Não vou fingir que não tivemos algo no passado e nem gostaria que você fizesse isso. Mas também não quero falar sobre aquela noite. Vamos lidar com o que aconteceu como dois adultos que tiveram um caso de Carnaval e agora precisam trabalhar juntos.

Sinto um peso sair dos meus ombros assim que coloco todas essas palavras para fora. Dói não poder dar uma chance a esse desejo que queima entre nós, mas meu foco precisa estar em entregar o trabalho, pegar meu diploma e deixar o passado para trás de uma vez por todas.

— Certo, se é disso que você precisa.

— Sim, é exatamente disso que preciso, Heitor.

— Então não posso comentar sobre o desenho que vi mais cedo? Porque eu reconheci os anéis e fiquei me perguntando como seu es-boço para a aula de objetos inanimados virou o desenho de uma mão. — Ele olha para baixo e gira os malditos anéis em seus dedos. — Da minha mão, na verdade.

Canalha. É claro que ele reconheceria os próprios anéis e encon-traria uma forma de esfregar isso na minha cara.

— Nós definitivamente não vamos falar sobre isso, *professor*.

Uso o título como um lembrete do que está em jogo aqui; de que, independentemente de ele ser meu orientador ou não, ainda estamos na posição de aluna e professor. Só que o tiro sai pela cula-tra, porque a palavra escapa dos meus lábios de uma maneira peri-gosamente suplicante.

Os olhos de Heitor imediatamente se fixam em meus lábios e só consigo me concentrar no retumbar acelerado do meu coração. Uma linha invisível de tensão nos une e o escuto xingar baixinho.

ATO III: *A profecia*

— Não vamos tocar nesse assunto, por favor.

Minhas palavras saem baixinho, mas firmes, diretas e um tanto quanto raivosas. Não estou com raiva dele, apenas de toda essa situação confusa.

Pensar em todos os "e se" mal resolvidos entre nós faz minha garganta secar. Se a situação fosse outra, se eu não estivesse tão machucada depois da traição de Caio, se meu futuro profissional não parecesse tão incerto, talvez eu pudesse dar mais uma chance a Heitor. Só que não consigo; enquanto eu não voltar a me sentir como eu mesma, não vou abrir meu coração para mais ninguém.

— Tudo bem, você tem razão. — Heitor se levanta da mesa e sorri para mim com tanta gentileza que quero gritar. — Vamos fazer as coisas como você preferir e manter nossa relação o mais profissional possível. Quero te ajudar a finalizar a parte prática do TCC e, principalmente, quero que se sinta à vontade para trabalhar comigo, pedindo ajuda quando e onde for preciso. Mas, como disse, vou esperar que tome a melhor decisão para você. Não quero e não vou impor minha presença, Elena.

Balanço a cabeça em um gesto afirmativo enquanto Heitor retira algumas notas da carteira e me entrega um cartão de visitas.

— Meu número de telefone está no cartão. Por favor, me mande uma mensagem quando se decidir.

— Perfeito, professor Santini, vou fazer isso na segunda-feira de manhã — digo, encarando o papel chique em minhas mãos.

— Certo. — Ele dá um passo para o lado, como se estivesse prestes a se despedir, mas parece mudar de ideia no último minuto. — E Elena?

Deixo o cartão em cima da mesa e volto a encará-lo. Perdi as contas de quantas vezes fui surpreendida por ele hoje, e desta vez há um novo desdobramento. Heitor me olha por um longo tempo, não só deixando que eu leia suas expressões, mas permitindo que eu enxergue suas reais emoções — sem máscaras, fugas ou meias verdades.

— Me desculpa — diz ele.

O roubo em três atos

Abro a boca para dizer que seu pedido de desculpas é desnecessário, mas será que é mesmo? Quando nos reencontramos na faculdade, Heitor deixou claro que não me queria por perto e fiz o melhor para respeitar. Mas eu nunca fui uma aluna desesperada correndo atrás de um relacionamento proibido com seu professor. Ele poderia ter sido menos babaca em suas tentativas nada sutis de me manter afastada.

— Eu fiquei com medo de ser invasivo e acabei agindo como um idiota, mas não fazia ideia de que havia entendido tudo errado... Enfim, deixa pra lá, só me desculpa por não ter te procurado antes para conversarmos sobre aquela noite. Nunca me preocupei em ter o *meu* espaço invadido, era o contrário que me assustava.

Sua confissão libera algo dentro do meu peito.

— Eu achei que você queria distância de mim — confesso com os olhos presos aos dele.

— Se vale de alguma coisa, eu passei esses últimos anos pensando em você. Pensando em como as coisas poderiam ter sido diferentes — diz ele, e meu coração, que já estava batendo acelerado, engrena a quinta marcha e parece prestes a declarar infarto fulminante. E as coisas pioram quando Heitor apoia as mãos na mesa e se inclina na minha direção, terminando de falar com a boca a centímetros do meu ouvido: — Não tive mais ninguém depois de você, Elena. E, se um dia você achar que é capaz de me perdoar, estarei pronto para te reconquistar.

TRÊS

Estamos lhe enviando um conjunto novo de tintas. Virei as costas por um mísero instante e, quando vi, seu pai estava com o presente embrulhado embaixo dos braços. Viajar com Filipe é assim – uma hora estamos falando do passado, outra, do futuro que estamos construindo. Ele quer voltar para Paris antes do nascimento de nossa neta, por favor, mande essa menina nos esperar! Sairemos de Santos no final desta semana. Estou com saudade, menina. Ambos estamos.

Trecho da carta de Joana Lancaster para a
filha, Beatrice, escrita em 1890

Termino de organizar as fotos e dou um passo para trás para visualizar o quadro branco tomado pelas minhas referências. Passei as últimas semanas escolhendo, fotografando e categorizando as peças para a exposição que resolvi criar para a parte final do meu TCC. Depois de dias forçando o pincel em uma tela sem conseguir criar nada útil, resolvi mudar o caminho: em vez de pintar um quadro, vou organizar uma exposição com diversas obras que falam do amor a partir dos olhos do artista.

Criei uma linha do tempo com as imagens, respeitando seus respectivos períodos artísticos. Unidas, as peças contam a história da arte, mas sob um olhar atento é evidente que elas foram escolhidas para exemplificar as diversas narrativas artísticas que o amor já assumiu: em algumas criações o sentimento aparece como desejoso; em outras, divino; e, na maioria delas, trágico.

Corro os olhos pelas fotos que tirei de algumas esculturas de mármore, parando para apreciar as formas arredondadas e potentes da minha favorita entre elas. *Eros e Psiquê* sob a visão de Antonio Canova

O roubo em três atos

é algo que sempre faz meu coração transbordar de esperança tola, lembrando que o amor é raro, mas possível.

Passo para as fotografias dos quadros surrealistas que escolhi para a exposição, sentindo os olhos marejarem. Sempre acreditei que o amor é uma mistura de entrega e impotência, um sentimento incontrolável e com vida própria, repleto de significados únicos para cada amante, exatamente como a obra de René Magritte em destaque no centro do meu trabalho. Toda vez que vejo *Os amantes*, minha visão do amor expresso na tela é diferente. Hoje, em específico, só consigo pensar em como o amor pode ser *sufocante*.

É por isso que a história que quero contar com essa exposição vai muito além do amor romântico que atravessa as mais distintas gerações artísticas. Meu desejo é que as pessoas se reconheçam nessas obras, vejam seus próprios sentimentos nelas e, em um resgate da arte, permitam-se *sentir* o que acreditam ser intocável. Já que não consigo mais me ver em nada do que crio, quero ao menos me enxergar nas criações de outras pessoas.

— Seus olhos são idênticos aos dela.

Levo um susto ao escutar sua voz, me atrapalhando com as fotografias em minhas mãos.

Não vejo Heitor desde o nosso encontro na cafeteria. Nas últimas semanas, todas as nossas interações foram profissionais, cordiais e via e-mail. Tentei me preparar para este encontro desde o dia em que o marcamos, mas os significados não ditos em suas palavras continuam me atingindo.

Não tive mais ninguém depois de você.

Quem ele pensa que é para falar algo assim, acendendo malditas labaredas por todo o meu corpo, e me deixar para trás, pensando sem parar em algo que eu estava — estou — decidida a manter no passado?

— Eu ainda não tinha visto essa pintura de Beatrice Lancaster — comenta Heitor, diante do meu silêncio. — É acervo pessoal?

— Sim, é um autorretrato nunca finalizado. Está na minha família há gerações. Dizem que foi o primeiro trabalho dela e do marido.

ATO III: *A profecia*

Caminho até o lado esquerdo da lousa e paro ao lado de Heitor. Ele corre os dedos pela fotografia que tirei da tela pintada em óleo do século XIX como se desejasse conhecer seus segredos. Sempre gostei dessa pintura em específico, não só por ser um retrato da primeira artista da minha família, mas por sentir uma conexão inexplicável com a mulher na tela.

Eu e minha tataravó temos os mesmos olhos arredondados, tão cinzas quanto o céu tempestuoso e emoldurados por sobrancelhas arqueadas. Só que, enquanto seu cabelo preto é longo, cacheado e cai pelo colo voluptuoso, o meu é liso e curto. A pele clara dela é marcada por uma pinta na bochecha que pode ser de nascença ou falsa, como era muito comum para a época. Também tem o fato de seus olhos brilharem para a figura que aparece no canto da obra. O marido para quem ela dedicou boa parte de suas pinturas.

Quando penso em amor, logo penso em Beatrice. Na minha família, sua história de apreço pela arte é contada como uma fábula de ninar, passada entre as gerações. Eu me lembro de ficar horas na biblioteca ao lado do meu avô, escutando-o falar sobre como o avô dele roubou o coração da artista mais célebre de Paris, como eles viveram juntos por duas décadas e... Bem, depois a história virou história.

Um misto de dor e tristeza me consome enquanto encaro o retrato de minha tataravó. Foi a história dela que me atraiu para Paris. Quando resolvi fazer intercâmbio, não pensei duas vezes antes de decidir conhecer a cidade dela. Passei pelo antigo ateliê fundado por Beatrice — o primeiro na França a aceitar mulheres artistas —, visitei suas poucas obras expostas em galerias e li tudo que encontrei a seu respeito.

— Ela foi mesmo assassinada? — questiona Heitor.

— Sim, por um antigo professor. Meu avô conta que o sujeito roubou a autoria de uma das obras dela e, para não ser desmascarado, preferiu matar Beatrice e depois tirar a própria vida.

Pelo jeito, confiar em homens errados é um mal de família. Assim como eu, minha ancestral também teve uma de suas obras roubadas. A diferença é que ela não se calou e, em resposta às suas acusações, foi assassinada pelo antigo mentor.

O roubo em três atos

— Quantas obras de autoria dela vocês mantêm guardadas?

Sinto sua curiosidade sobre mim, mas continuo encarando os olhos felizes de Beatrice no retrato. A imagem não foi finalizada, então o fundo da tela permanece vazio — o que de certa forma destaca ainda mais os contornos de seu rosto. Na lateral esquerda, conseguimos ver o esboço do que seria o retrato de seu marido. E, em sua mão direita, um espelho de moldura dourada reflete a face coberta por uma máscara preta.

Toco a máscara na fotografia, lembrando quantas outras vezes esse mesmo objeto apareceu nas telas de minha tataravó. Por muito tempo, pensamos que a máscara fosse sua forma de assinar as pinturas — como digitais artísticas repetidas. Mas, alguns anos atrás, meu avô comprou uma versão idêntica a peça, só que branca, em um leilão.

Já usei a máscara uma vez, na noite em que conheci Heitor.

— Não cheguei a contar, mas são várias — respondo, por fim. — Alguns museus tentaram comprar as obras de Beatrice depois de sua morte, mas meu tataravô não permitiu que fossem vendidas. Uns dizem que foi por amor, outros porque a própria artista queria assim. Só sei que meu avô planejou um cômodo extra em sua casa em Atibaia só para as obras de Beatrice Lancaster.

— *Caralho* — fala Heitor baixinho, mas eu escuto mesmo assim.

Giro o corpo e noto a expressão genuína de fascínio em seu rosto. É bonito ver a forma como Heitor ama a arte, e talvez seja por isso que palavras impensadas saem pela minha boca em um rompante:

— Posso te levar até lá um dia, se quiser.

— Eu amaria. — Ele sorri, e a covinha em seu rosto faz os meus joelhos fraquejarem.

Seus olhos voltam para o quadro. Vejo como assimila cada fotografia, correndo os dedos pelas suas favoritas e parando, mais uma vez, no autorretrato de Beatrice.

— É preciso coragem para falar sobre amor, Elena. E, pelo visto, as mulheres da sua família possuem isso de sobra.

Heitor dá um passo para o lado e ficamos a centímetros de distância. Mesmo sem tocá-lo, seu calor me atinge. Respiro fundo, mas a

ATO III: *A profecia*

decisão se prova um erro quando seu cheiro me invade. Mais uma vez, sinto uma força invisível me puxando para ele e preciso afundar as unhas nas palmas da mão para resistir. A verdade é que era muito mais fácil lidar com meus sentimentos desgovernados quando eu sabia que ele era intocável. Mas, agora que sei como Heitor se sente sobre *nós*, não consigo parar de pensar na sensação de correr os dedos por seu cabelo curto, dos seus lábios explorando a pele do meu colo e de sua língua...

— O espaço em branco no centro da exposição é proposital? Ou ainda está procurando outras peças?

Heitor se inclina e invade meu espaço pessoal para ver as fotos em minhas mãos. Entendo a importância de nossa conversa, mas não consigo me concentrar com ele tão perto de mim.

— Que espaço em branco?

Ele segura meu pulso com delicadeza e leva minha mão até um buraco ignorado no centro esquerdo da minha colagem. Surpresa por ele ter notado, decido ser sincera.

— Quero colocar a minha visão artística sobre o amor nesse espaço, mas não decidi ainda como vou fazer isso.

Tiro os olhos das nossas mãos unidas e observo a representação da exposição que estou criando como um telespectador distante faria. Corro os olhos pelas imagens, buscando o fator comum em cada uma delas, absorvendo a potência, a luz sombreada, os sentimentos pedantes e as diversas faces do amor que elas representam. Mais uma vez, volto os olhos para o autorretrato de Beatrice Lancaster e me deixo ver nela.

Quando escolhi falar sobre o amor em meu trabalho, meu desejo era entender o sentimento e também responder à pergunta que me faço desde menina: será que o amor perdura ou ele só é feliz se for efêmero? Vi com tanta frequência a falta de amor destruir as pessoas ao meu redor que, por muito tempo, a única certeza que eu tinha era de que o sentimento parecia ser condicionado a um curto período de tempo — minha mãe só encontrou a felicidade depois de um divórcio doloroso, minha avó morreu no parto e minha

O roubo em três atos

tataravó foi assassinada poucos anos depois de se casar. Acho que é por causa delas e de suas histórias que nunca duvidei do amor, apenas da sua capacidade de ser para a vida toda.

— Eu acho... — Minha voz sai seca, arranhada, e preciso de um momento antes de voltar a falar. — Acho que o que falta é um autorretrato.

Solto a mão de Heitor, que me observa em silêncio, com um olhar de admiração estampado no rosto que faz meu coração acelerar. Respiro fundo e reorganizo as fotografias, criando uma grande e única imagem, como se cada pequena foto fosse um reflexo do que vejo no espelho quando olho para mim mesma e penso no amor.

No final, monto uma colagem que, ao mesmo tempo que expõe as diversas representações do amor romântico ao longo das décadas, também mostra o que *eu* vejo como amor: dor, medo, paixão, sorte, circunstância e um bocado de fé.

— Gosto da ideia de acrescentar um autorretrato à exposição — diz Heitor correndo os olhos pela minha colagem de fotos. — Quando você começa a pintar?

— Sinceramente, não faço ideia. Toda vez que olho para uma tela em branco tenho vontade de arrancar o cabelo. Faz tanto tempo que não consigo criar nada...

— Eu sei. — Olho com curiosidade e ele dá de ombros levemente. — Eu passei no laboratório de pintura esses dias e seu professor disse que não te via pintando fazia uns meses.

— Você andou procurando por mim pelo campus, professor? — falo, na tentativa de fugir dessa conversa.

— Andei preocupado com você, isso sim. Sei que está frequentando os ateliês, mas não vejo um quadro seu pronto desde o começo do ano.

Quando nosso olhar se encontra, perco o fôlego com o que vejo.

Isso é uma das coisas de que gosto em Heitor: como suas expressões são sinceras o suficiente para que eu possa ler a verdade em suas palavras. Amo quando ele se abre para mim dessa forma, sem esconder o que pensa ou sente.

— Por que você parou de pintar, Elena?

ATO III: *A profecia*

Engulo em seco e balanço a cabeça, fechando os olhos. Não quero falar disso, não com ele. Não quando ainda dói pensar na falta que me faz sentir a arte vibrando pelas minhas veias.

— Às vezes eu passava no ateliê de pintura só para te ver — continua Heitor. — Eu fingia que precisava de algum material ou inventava um motivo para falar com um dos monitores só para ter um vislumbre seu. — Seus dedos afundam na base do meu pescoço, afastando meu cabelo com delicadeza, deixando choques de eletricidade por toda a pele exposta. — É impossível sair ileso da maneira como você cria. Toda vez que vejo uma obra sua, me sinto a porra de uma mariposa em busca de um pouco da sua luz.

Agora suas mãos estão em meus ombros e já não sei mais como passei tantos anos fugindo dele e disto.

— Você pinta como uma deusa. — O impacto de suas palavras me faz abrir os olhos e me perder por completo na admiração em sua expressão. — Nós somos apenas mortais, buscando desvendar e entender a arte. Você não, Elena. Não precisa buscá-la por aí, ela vive em você. Você é arte.

Ele gira meu tronco mais uma vez e me coloca de frente para o quadro. Sinto seu corpo grande e forte atrás de mim e, sem pensar demais, apoio minhas costas nele.

— Não precisa me responder se não quiser, mas procure a resposta mesmo assim. Você merece descobrir o pedaço que está faltando, não na exposição que está montando, mas em sua alma.

Um de seus braços rodeia minha cintura e ele apoia o queixo no topo da minha cabeça. Permanecemos assim por alguns segundos, encarando as fotografias no quadro e o espaço vazio no centro da montagem.

— Quando te conheci, fazia um tempo que eu não conseguia esculpir nada.

Tenho medo de me mexer e ele parar de falar, então permaneço em silêncio, protegida pelo casulo criado por nosso abraço improvisado.

— Encarar o câncer de minha mãe foi uma das coisas mais difíceis que já fiz. Eu não tinha tempo para pensar em arte e,

O roubo em três atos

mesmo quando ela melhorou, me senti desconectado do mundo e dessa parte de mim mesmo. Passava horas encarando um bloco de argila, mas era simplesmente impossível fazer meus dedos o tocarem. Foi por isso que aceitei o cargo de professor. Eu precisava de um novo começo.

Agora o olhar triste dele naquela festa de Carnaval, a forma como ficava surpreso toda vez que gargalhava e o medo do futuro que pesava em seus ombros fazem sentido.

— Como foi que conseguiu voltar a esculpir?

— Eu não voltei, não ainda.

Eu xingo, e ele ri.

— Fiz alguns trabalhos nos últimos meses, mas, se quer mesmo saber, ficou tudo uma porcaria.

— Eu duvido. Suas esculturas são sempre lindas, Heitor.

— Você que é linda. — Dou uma cotovelada de leve em sua barriga diante do galanteio barato e ganho uma gargalhada em resposta. — Ok, você venceu. Depois te mando algumas fotos das minhas últimas criações e você me diz se tenho razão ou não.

— Combinado.

— E, se quiser, pode me mandar fotos das suas telas inacabadas também. — Sua voz não tem mais um tom de brincadeira. — Se quiser ajuda, estou aqui. E não como seu professor, mas como um amigo que sente falta da sua arte.

Giro o corpo para ficarmos cara a cara. Quero ler a expressão de Heitor e garantir que não estou enxergando demais, que o carinho e o respeito em suas palavras não são genéricos.

— Não sei como fazer para voltar a pintar — confesso.

Escolhi falar sobre o amor no meu TCC porque esse sentimento é muito importante para mim; é o amor pela arte que guia cada um dos meus passos. Talvez a decepção de ser roubada por Caio, alguém que tanto amei, tenha custado um pedaço da minha alma. Aquele pedaço brilhante, esperançoso e sonhador que mantive comigo desde a infância e que sempre me ajudou a transformar meus sentimentos em rabiscos e tintas. Mas sei que ainda resta muito

ATO III: *A profecia*

amor dentro de mim, o que significa que minha arte está aqui, escondida em algum lugar, implorando para que eu a deixe sair.

— Acho que esse é o tipo de resposta que só encontramos no meio do caminho. Você vai ter que dar o primeiro passo e, aos poucos, descobrir como reencontrar sua inspiração.

— Mas isso pode levar anos.

— É, pode. Mas quem é que está com pressa?

— Meus professores e avaliadores da banca de TCC? — digo com ironia.

— Eles querem te *ver* fazendo arte, Elena. E você já está fazendo isso com essa exposição. Com autorretrato ou não, você já está fazendo arte.

Ele envolve minha cintura em um abraço acolhedor. É assustador como me sinto protegida de uma forma que nunca julguei precisar. Nos braços dele, sinto que finalmente posso ser frágil e parar de fingir que está tudo bem. Talvez seja por isso que as malditas palavras me escapam antes que eu possa medir a catástrofe que elas criarão.

— Senti sua falta.

— Eu também, Elena. Você não faz ideia do quanto.

O silêncio entre nós preenche a sala. Não escuto mais as conversas no corredor, o som estático da rádio da faculdade e o constante barulho pulsante que ecoa dos outros ateliês. Tudo o que ouço são as batidas aceleradas do coração de Heitor.

— Saia comigo amanhã.

Ele passa o nariz pela minha nuca e deposita um beijo perto da minha orelha. Sinto minhas pernas fraquejarem, mas seu aperto me mantém de pé.

— Por favor, quero te mostrar uma coisa.

— Não sei se é uma boa ideia — digo, com a respiração entrecortada.

— É, talvez não seja. — Ele ergue meu queixo com delicadeza para que nosso olhar se encontre. — Mas eu acho que vale o risco.

Penso no quanto desejo sentir seus lábios nos meus mais uma vez, nas mentiras de Caio, no casamento destruído dos meus pais,

O roubo em três atos

na dor que meu avô carregava nos ombros junto com sua viuvez e, por fim, olho para o retrato de Beatrice.

Abro a boca para responder Heitor, mas um barulho de chave me assusta. Ele respira fundo e nos afasta segundos antes de a porta abrir, e Camila, minha antiga orientadora e futura coordenadora do curso, entra na sala.

— Promete que vai pensar sobre o assunto?

Heitor adota um tom professoral, apontando para a colagem, mas deixando claro através de seu olhar o real significado de sua pergunta.

— Prometo, professor.

— *Boa menina* — diz ele, com um sussurro cheio de significados, e eu olho assustada para Camila, mas ela está atenta demais ao seu celular para prestar atenção em nós. — Me manda uma mensagem quando decidir.

Faço que sim com a cabeça e ele sorri antes de sair da sala.

É um sorriso discreto, mas é o suficiente para que eu tome minha decisão.

QUATRO

Gastei mais horas do que deveria em frente à tela e, ainda assim, não consegui capturar os olhos dela. Eles são tão parecidos com os seus, *mamma*! Tão parecidos com os meus também. Será essa a sina das mulheres Lancaster? Carregar nos olhos a tempestade nebulosa de sua alma? Espero que goste do retrato de sua neta. Tentei capturar com exatidão a alma aventureira e o dente recém-perdido dela, mas temo ter falhado.

Trecho da carta de Beatrice Lancaster para a mãe, Joana, escrita em 1893

Desço na Estação da Sé e caminho apressada pelo centro da cidade. É perto das nove horas da manhã, então as ruas estão mais ou menos movimentadas. Quando aceitei encontrar Heitor, muitos cenários passaram pela minha mente, a maioria deles bem mais ilícitos do que uma visita a um antiquário. Viro à direita e o avisto em frente ao prédio antigo, segurando dois copos para viagem do que imagino ser café.

Como se pressentindo meu olhar, ele se vira e me encara com um sorriso discreto que faz maravilhas com o meu estômago. Heitor está todo de preto, e a jaqueta de couro escuro, além de combinar com o clima frio e nublado de São Paulo, lhe confere um ar misterioso muito diferente do estilo nerd e profissional que ele costuma usar na faculdade.

— Oi — cumprimenta ele quando me aproximo.

— Oi.

A palavra é o suficiente para revelar meu nervosismo. Minha voz sai como um fiapo. As palmas das minhas mãos estão suadas. Meus olhos vagueiam por toda a extensão de Heitor, sem saber

O roubo em três atos

ao certo onde pousar e delatando que não faço ideia de como cumprimentá-lo.

Ele puxa minhas mãos nervosas e deposita a bebida quente em uma delas.

— Aqui, eu trouxe chá para você. Como sei que é uma formiguinha, pedi para capricharem no açúcar.

Agradeço e tomo um gole da bebida adocicada na esperança de retomar o controle. Alheio à minha confusão mental, ele mantém minha mão livre enlaçada à dele, o que me deixa ainda mais perplexa com o teor do nosso encontro.

— Já tomou café da manhã? Está com fome? Podemos passar na Santa Tereza se quiser comer algo antes.

— Não estou com fome, pelo menos não agora. — Ergo o olhar das nossas mãos unidas e crio coragem para sair do estado de desordem em que me enfiei. — Talvez um almoço mais tarde?

Seus olhos brilham e um sorriso brincalhão toma conta do rosto bonito. Essa versão relaxada de Heitor é definitivamente a minha favorita, não só porque me faz recordar o dia em que nos conhecemos, mas porque a felicidade dele me tranquiliza.

— Combinado. Tenho um lugar perfeito em mente, acho que você vai gostar, as sobremesas de lá são uma delícia. — Ele puxa minha mão de leve e começa a nos guiar pela entrada principal do antiquário. — Mas antes preciso te mostrar algo. Desde a primeira vez que eu a vi, senti algo estranho, como se o lugar dela não fosse aqui. Demorei para fazer a conexão, mas, quando vi aquela fotografia do quadro de Beatrice, não consegui mais parar de pensar nisso. Minha mãe tinha um comprador interessado na peça, mas pedi que ela cancelasse a compra.

Paramos em frente a uma loja charmosa, com uma sacada de ferro antigo no andar superior e uma porta giratória — daquelas bem antigas — na entrada. A fachada é verde-musgo e a palavra SANTINI foi bordada em dourado.

— Então esse é o famoso antiquário da sua família.

— Sim, o próprio.

ATO III: *A profecia*

Um sino de porta faz barulho ao entrarmos e imediatamente sou capturada pela aura mística e antiga do lugar. O antiquário pulsa arte, o que significa que perco o fôlego assim que avanço entre as estantes. Enquanto assimilo a grandiosidade do espaço, consigo visualizar um Heitor criança explorando o antiquário com um olhar curioso estampado no rosto, correndo entre as prateleiras lotadas de livros, estatuetas de ferro, jogos antigos de chá, binóculos e relógios que com certeza beiram o século XVIII.

— Nas férias de inverno, eu passava o dia todo aqui com a minha mãe, ajudando com a loja e com a pirralha da minha irmã. Eu reclamava, mas no fundo adorava trabalhar aqui. Cada objeto era um convite para descobrir histórias antigas e fugir para o mundo da imaginação.

— Não é de surpreender o seu amor pelo que faz. Olha esse lugar! Tudo aqui grita arte.

— É, definitivamente foi aqui que eu aprendi a gostar de arte. — Heitor me puxa até os fundos da loja, onde nos deparamos com uma coleção invejável de tapeçarias medievais de parede. — No começo da minha adolescência, eu adorava criar histórias em quadrinho inspiradas nas ilustrações de algumas dessas tapeçarias.

— Espera, é o quê?

— Fiz dez volumes de uma série de fantasia protagonizada por um garoto magricelo de óculos de garrafa. — Ele aponta para os óculos no próprio rosto. — Minha mente sempre foi caótica e desenhar no papel me ajudava a colocar os pensamentos em ordem.

— Por favor, me diz que você ainda tem essas histórias guardadas.

— Infelizmente sim, já que elas foram encadernadas pela minha mãe. Devia existir uma lei que proibisse as mães de lerem os pensamentos de um garoto de 11 anos cheio de hormônios.

— Quando vou conhecer sua mãe? Preciso descobrir uma maneira de ela me deixar ler suas histórias. — Só quando termino de falar é que percebo o sentido implícito das minhas palavras. — Merda, não quis dizer que quero conhecer sua mãe. Quer dizer, não é que eu não queira, mas não pretendia forçar nenhum convite... Ah, quer saber, você entendeu o que eu disse.

O roubo em três atos

Heitor solta uma gargalhada e eu termino de tomar meu chá como se não estivesse parecendo uma adolescente apaixonada que não sabe formar frases coerentes. O que talvez não esteja tão longe assim da realidade. Só sei que ao lado dele me sinto tolamente apaixonada, com tremores constantes pelo corpo, frio na barriga e uma torrente de pensamentos confusos.

— Ei, tem certeza de que não quer conhecer minha mãe? — pergunta ele, com o rosto inclinado na minha direção e a mão firmemente unida a minha. — Porque a dona Célia vai amar finalmente conhecer você, e agora já é meio tarde para fugir.

— *Finalmente*? Você anda falando de mim para sua mãe?

— Claro. Eu falo de você para todo mundo. — Não tenho tempo para pensar no que isso significa, porque ele cobre com o corpo a minha visão das tapeçarias na parede. Sua animação se torna o centro de tudo. — Minha mãe ama exibir minhas histórias antigas em festas de aniversário. Você está convidada, caso queira me ver passar vergonha em frente à família.

— E quando é o seu aniversário?

— Em fevereiro, provavelmente vai cair na semana do Carnaval. Quando as datas coincidem, minha mãe reúne a família toda para uma festa à fantasia. É meio brega, mas a faz feliz e isso é tudo o que importa.

Fevereiro.

Ele está me chamando para o aniversário dele daqui a meses.

Ele falou de mim para a mãe dele.

Eu disse que não ficaria mais nervosa, mas aparentemente estava mentindo.

Heitor tenta soltar nossas mãos unidas e, desta vez, sou eu que não o deixo se afastar, inconscientemente buscando o conforto do seu toque e proximidade.

— Preciso ir fantasiada?

— Só se você quiser.

Balanço a cabeça em afirmativo e mantenho os olhos presos aos dele.

ATO III: *A profecia*

— Então — começo meio sem jeito, receosa em abordar um assunto delicado —, quer dizer que naquele Carnaval, quando nos conhecemos, você estava comemorando seu aniversário?

— Não, fazia um tempo que eu não festejava mais. Tudo perdeu o sentido diante da doença de minha mãe, sabe? Dona Célia praticamente me obrigou a sair naquela noite.

— Perdeu no par ou ímpar para ela, é?

— Quase isso. — Heitor tira o copo vazio das minhas mãos e o joga em uma lata de lixo próxima a uma mesa antiga de madeira. — Sabe aquele lance de intuição de mãe? Aquilo de mandar botar um casaco, ou avisar para pegar um guarda-chuva que vai chover e essas coisas de sexto sentido materno?

— Sei.

— Então, alguns anos atrás ela disse que se eu não aceitasse o convite de passar o Carnaval com o meu primo me arrependeria pelo resto da vida. — A estática entre nós é palpável. Heitor volta a segurar minhas mãos, mas dessa vez as puxa para a altura do seu coração, deixando-as espalmadas em seu peito. — Minha mãe tinha razão. Se eu não tivesse te conhecido, minha vida não seria a mesma.

Eu deveria responder algo bonito. Abrir meu coração, falar para ele o quanto estou confusa... contar sobre o quanto o quero e sobre como sinto medo ao pensar em me entregar novamente. Me apaixonar por uma noite foi fácil, mas amar por uma vida toda parece assustador — e com Heitor é disso que se trata, algo duradouro.

— Eu, ai, merda, não sei o que falar — confesso.

— Tudo bem, eu não tenho pressa, Elena.

Ele beija minhas mãos e me puxa pelo corredor.

— Vem, vou te mostrar minhas peças favoritas do antiquário. Temos um armário só para anéis. — Ele levanta a mão direita e mostra o anel dourado com a letra L cravejada no topo do círculo dourado, o mesmo que passei dias e mais dias conjurando em minha mente. — Encontrei esse aqui perdido no assoalho do antiquário. O personagem da minha história em quadrinhos se chamava "Capitão L", então senti que o anel havia sido feito para mim. Meus pais me prometeram ele de presente caso eu trabalhasse durante as férias de verão aqui na loja. Desde então, não o tiro mais do dedo.

— Ele combina com você.

— Você o desenhou outras vezes ou aquela foi a primeira? — Ele lembra do fatídico desenho e sinto meu rosto corar. — Pela sua cara, vou deduzir que aquela não foi a primeira vez.

Eu ignoro a expressão convencida em seu rosto e sigo até uma prateleira lotada de pequenos quadros e gravuras desenhadas com carvão.

— Espera, juro que só tenho mais uma pergunta — fala Heitor ao parar atrás de mim. — Desenhou outras partes minhas ou só a mão?

Ele sussurra a pergunta, mas como estamos próximos demais para a minha sanidade mental, consigo ouvir as palavras com perfeição.

— Só nos seus sonhos, meu chapa.

— Ah, nos meus sonhos você faz bem mais do que me desenhar, *linda*.

Uma onda de desejo me acerta em cheio e preciso me apoiar na prateleira. Atrás de mim, Heitor ri do meu desespero, mas de repente, meu foco muda completamente de lugar. Meus olhos são capturados por uma tela pequena pintada em tinta a óleo. A paisagem dos mares azulados, do céu estrelado e do portal esculpido em mármore me faz lembrar do final de semana que passei na Grécia. Ao lado da tela, parcialmente escondida atrás de um vaso de gesso, uma caixa de madeira parece vibrar. A letra "D" e um cacho de uva foram esculpidos na tampa e um zumbido baixo, constante e elétrico escapa do pequeno recipiente. Sem conseguir me conter, toco a manivela pintada na lateral e pulo de susto quando a tampa se abre e um som agudo, doce e, ao mesmo tempo, levemente triste, ecoa pelo lugar.

— Merda! — exclamo, com as mãos no peito, sentindo a visão ficar turva.

— Você está bem? — Heitor pergunta quando meu corpo vacila para trás.

— Acho que minha pressão baixou.

ATO III: *A profecia*

— Aqui, fica aqui. — Ele puxa um banco de madeira que faz as vezes de escadas e me ajuda a sentar. — Vou atrás de um pouco de sal para você, já volto, não saia daqui.

Ele sai em disparada para o fundo do antiquário e eu fecho os olhos.

O som agudo fica cada vez mais alto e não tem nada que eu possa fazer a não ser esperar a melodia terminar de tocar.

Só quando a música se encaminha para o fim é que minha pressão arterial parece regular.

Abro os olhos e encaro a caixa de música com uma sensação ruim na boca do estômago. O som que acabei de escutar não parecia em nada com uma melodia, mas sim com o choro angustiado de alguém solitário, perdido, dividido. Exatamente como eu me sinto desde que parei de pintar.

— Ah, olha o que temos aqui. — Uma mulher de meia-idade se aproxima de mim com uma expressão curiosa no rosto. — Fazia tempo que a Sintonia de Dionísio não era encontrada.

— Desculpa, toquei nela sem querer — digo, apontando para a caixinha de madeira com os dedos trêmulos.

— Não tem problema, menina. Desde que não quebre, você pode tocar no que quiser no antiquário. Essa é a regra da casa! Nosso único defeito é que gostamos de expor peças que não estão à venda. Essa caixinha de música é uma delas.

Ela pega o objeto de madeira e usa a mão esquerda, ligeiramente menor do que a direita, para abrir a tampa. Observo com curiosidade o artefato místico tocar uma última nota lamuriante antes de ficar em silêncio. Só agora percebo que, além dos cachos de uva, cálices de vinho e estrelas foram entalhadas em sua superfície.

— O que é isso exatamente?

— Uma caixa de música tão antiga que especialista algum foi capaz de estimar o ano da sua produção.

Ela gira o objeto para me mostrar seu interior. Encaro a caixinha de música boquiaberta, surpresa com as delicadas engrenagens de metal acopladas nela. O design traz características assustadoramente

O roubo em três atos

antigas — talvez do período helenístico —, mas a tecnologia interna parece muito mais moderna e atual.

— Por que a chamam de Sintonia de Dionísio?

— Não faço ideia. — Ela sorri, e espelho seu movimento. — Essa caixinha de música apareceu décadas atrás aqui no antiquário. Ninguém sabe de onde veio ou qual a sua procedência. Tudo o que me contaram é que ela é mágica.

— Como assim mágica?

— Ela tem centenas de combinações musicais. Já tentei desvendar a lógica por trás delas, mas não consigo encontrar um fator comum. A caixinha sempre toca uma música que parece escolhida exatamente para quem girou a manivela. — A senhora aponta para o pequeno eixo de metal, me incentivando a rodá-lo. — Acredita-se que a caixa escolhe qual música tocar de acordo com o humor de quem a segura. Igual aos meus anéis do humor.

Ela agita os dedos repletos de anéis na altura do meu rosto, afastando a dor que alguns segundos atrás queria me consumir. O bom humor da mulher é contagiante. Em um estilo livre que com certeza remete aos anos 1970, ela me lembra a primeira geração das Panteras com seu cabelo perfeitamente escovado, maquiagem impecável, olhos esfumados para parecerem maiores e roupas dignas de passarela.

— Vai, agora que está mais tranquila, gire a manivela e veja a mágica acontecer.

A mulher deposita a caixinha de música em minhas mãos, mas não consigo reunir a coragem necessária para fazer o que ela diz.

— Mãe, quais mentiras a senhora está contando desta vez?

Heitor sorri para ela, mas o gesto não chega até os seus olhos. Preocupado comigo, ele ajoelha na minha frente e me entrega uma colher de chá com uma pequena porção de sal.

— Desculpa a demora, não estava achando o sal.

— Tudo bem, pelo visto já estou melhor.

Mesmo assim, pego a colher e coloco um pouco do sal debaixo da língua.

ATO III: *A profecia*

— Tem certeza de que está bem? Não é melhor irmos no hospital?

— Não exagera, Heitor. Foi só uma tontura.

Ele passa vários segundos me encarando em busca de qualquer sintoma de inconformidade, o que me faz revirar os olhos.

— Como quiser, dona Petulante. Agora eu acredito que você está melhor. — Só então Heitor se levanta e gira o corpo da direção da mãe. — Oi, mãe. Estava com saudade.

Eles se abraçam e não consigo desviar os olhos da cena. O amor e carinho entre os dois é palpável; daquele tipo que contagia todos ao redor.

— Vejo que já conheceu Elena — Heitor fala, voltando a me encarar.

— Você não disse que ela era tão bonita, filho. — Sinto meu rosto arder ao ser analisada por eles. — Muito prazer, Elena, eu sou Célia.

Ela estende uma das mãos e eu a aperto com gentileza.

— É um prazer conhecer a senhora. — Olho para Heitor, e a expressão divertida dele parece um convite à provocação. — Seu filho estava me contando sobre as histórias em quadrinhos dele.

— Estava, é? — Ela olha para Heitor com curiosidade. Consigo listar todas as semelhanças entre eles, sendo uma delas esse olhar que consiste em um cenho levemente franzido e uma sobrancelha erguida. — A minha favorita é "As grandes façanhas do Capitão L e Pavão, seu fiel escudeiro". Nunca vi um pavão tão inseguro quanto aquele!

Abro um sorriso faceiro e peço para Célia se aproximar.

— O que preciso fazer para colocar as mãos nesse quadrinho, dona Célia? É só falar um preço — falo em tom conspiratório.

— Me deixe pensar. — Ela finge considerar enquanto pega a caixinha de música do meu colo e a entrega para o filho. — Bota uma música para tocar enquanto eu penso. Você sabe cozinhar, menina? Eu amo um bom empadão. Seria facilmente comprada pelo estômago.

— Infelizmente, não sou a melhor cozinheira.

— Que pena, eu também não sou. — Ela sorri e toca de leve meu ombro. — No que você é boa? Onde derrama seu coração?

O roubo em três atos

— Na minha arte, eu acho — digo, após pensar por alguns segundos.

— Ela pinta como ninguém — fala Heitor, com os olhos presos nos meus.

— Se você pintar para mim, eu deixo você ler todas as histórias desse menino. — Célia olha de mim para Heitor. Não sei o que ela vê em nosso rosto, mas, pela expressão que faz, parece satisfeita. — Mas precisa ser algo que venha do seu coração.

— Você se incomodaria? — pergunto para Heitor.

— Se for te fazer pintar, eu mesmo busco as apostilas antigas e trago para você ler.

Célia encara Heitor e aponta para a caixa de música com impaciência. Ele bufa como um garotinho, mas faz o que a mãe pede. Sorrio ao perceber o quanto ele parece mais jovem e livre perto dela. Mais uma faceta dele para manter gravada em minha mente.

Enquanto listo em minha mente todas as coisas novas que aprendi a respeito de Heitor nesta manhã, uma melodia tranquila, envolvente e amável sai da caixinha de música, fazendo Célia sorrir e meu coração acelerar.

A música me transpassa como uma corda, me puxando na direção de Heitor. Forço o corpo a se manter no lugar, mas é impossível não me sentir envolvida, aprisionada e preenchida pela música. E sei que não sou a única sentindo isso, pois Heitor se aproxima de mim como se fôssemos os únicos neste corredor abarrotado de itens antigos cheios de história e memórias que não são nossas.

— Hum, isso explica muitas coisas. — A voz de Célia me tira do transe e afasto o olhar do de Heitor, mas ele é mais rápido e enlaça nossas mãos. O toque parece tão certo que dói. — Você sabe o que isso significa, filho.

— Sei? — Ele responde.

— Sim, a caixa escolheu vocês. — Célia passa por mim e faz um carinho em meu rosto. — É bom voltar a ouvir a melodia do amor tocando para a nossa família.

CINCO

Seu pai me enlouquecerá! Quando virão nos visitar? Ele não para de falar da neta e, ontem de manhã, foi até o centro comprar uma passagem de navio. Seus joelhos estão cada vez mais fracos, mas o maldito teimoso não repousa, vive caminhando pela fazenda, me ajudando a pendurar seus novos quadros nas paredes e – ratazanas do mar! – agora inventou de cruzar o mar e passar meses em um navio para visitá-los. Venham logo, Bee. Venham alegrar esses dois velhos sonhadores.

Trecho da carta de Joana Lancaster para a filha, Beatrice, escrita em 1895

Encaro a máscara preta com um misto avassalador de choque e admiração. Faz uns bons dez minutos que estou em pé no meio da sala olhando para ela, sem saber o que sentir ou falar. Existe um efeito magnético na peça que, ao mesmo tempo que paralisa, também me faz sentir emoções que não sou capaz de nomear.

O corte em estilo veneziano e as leves ranhuras na lateral da peça me fazem pensar tanto na máscara branca que meu avô mantém guardada em seu escritório quanto na máscara preta impressa nos quadros da minha tataravó. O metal lustroso sem dúvida é mais antigo do que qualquer coisa neste antiquário, mas é a forma como *toda* a luz do ambiente parece procurar pela máscara que faz meu peito acelerar. Existem coisas na vida que só podem ser sentidas, e o efeito quase sobrenatural desse objeto é uma delas.

— Ela te lembra algo? — pergunta Heitor baixinho, tão impactado pela máscara à nossa frente quanto eu.

— Sim, mas como isso é possível? — Me aproximo da relíquia e sinto as mãos formigarem de desejo. Sou impelida a tocá-la,

O roubo em três atos

mas não o faço. — As semelhanças são tantas... Você acha que é a mesma?

— Não sei, mas meu instinto diz que sim. — Heitor se aproxima do púlpito de mármore no qual a máscara preta está apoiada em um tecido de veludo. — Eu sinto algo vibrando dela. Você também sente?

— Sim. O efeito é quase hipnótico, é como se ela estivesse me chamando.

— Quando você me mostrou aquela fotografia do quadro de Beatrice, uma luz se acendeu em minha mente. Não liguei as duas coisas logo de cara, na verdade, só fui desconfiar que eram as mesmas quando fui dormir. — Olho para ele, sem entender muito bem o rumo dos seus pensamentos, e vejo uma centelha de vergonha brilhar em seus olhos castanho-claros. — Tive um sonho estranho. Alguém falava comigo, não lembro direito quem. Só sei que vi a máscara preta, o autorretrato de Beatrice e você na mesma cena. Uma corda branca ligava as três e, meu deus, não sei explicar, só sei que acordei no meio da noite com a certeza de que precisava te trazer aqui.

Me aproximo dele e da máscara, sentindo meu batimento cardíaco nas alturas.

— De alguma forma, a arte sempre falou comigo — continua ele. — Desde menino escuto as peças gritando em minha mente, implorando para que eu pesquise mais sobre suas histórias. Só que com essa máscara é diferente.

Heitor toca o tecido de veludo embaixo da máscara preta com dedos trêmulos.

— Por quê? — pergunto, curiosa.

— Quando olho para ela, minha mente é povoada com o seu nome. É como se ela fosse sua, ou quisesse ser.

Um som de descrença sai de sua boca e eu uno nossas mãos em um gesto de conforto. Eu acredito nele, porque, quando olho para a máscara, também sinto que é minha.

— Tem coisas na arte que são inexplicáveis... não faço ideia de como ou por que, mas eu te entendo, também escuto o chamado dela.

212

ATO III: *A profecia*

Com a mão livre, pego uma lupa esquecida ao lado da máscara e começo a procurar algum detalhe ou anagrama oculto pela peça. Até mesmo um leigo conseguiria notar que existe algo especial nela; ao mesmo tempo que as ranhuras brilham como joias novas e o tom ébano reluz como tinta recém-pintada, existe uma aura ao redor do objeto que deixa claro que ele carrega séculos de história.

— Minha mãe disse que esse tipo de máscara é datado das festas dionisíacas, bem antes do que hoje conhecemos como Carnaval — comenta Heitor, e eu assimilo suas palavras enquanto absorvo cada detalhe da máscara. — Só que o padrão não é necessariamente grego, não é mesmo?

— Não, não é. Pelo menos, acho que não. — Inclino o rosto para mais perto dela e uma brisa fresca, perfumada em notas florais, me atinge. — Tem uma flor aqui. Você também consegue ver?

Com o corpo colado à lateral do meu torso, Heitor pega a lupa de minhas mãos com delicadeza e tenta encontrar o padrão floral que aponto com os dedos.

— Estou vendo coisas demais ou parece um lírio?

Sinto seu hálito em meu pescoço e faço um baita esforço para controlar o rumo indecoroso dos meus pensamentos.

— Talvez. Sendo sincera, não entendo nada de flores.

Heitor solta a lupa em minha mão e caminha até a lateral do depósito. Retirando papel e lápis de uma gaveta, ele começa a esboçar os contornos irregulares da máscara. Fico hipnotizada por suas mãos ágeis deslizando pelo papel e pela rapidez com a qual ele dá vida aos padrões circulares e arredondados ocultos na lateral da máscara.

— Acho que é uma papoula — fala ele ao me mostrar o desenho.

Alcanço o celular no bolso da minha calça e pesquiso pela flor em questão.

— Segundo o Google, você está certo — digo, mostrando a tela do celular.

— Eu sempre estou — responde ele com uma piscadela e em seu típico tom professoral, aquele levemente autoritário que faz minha pele arrepiar. — Por acaso você tem fotos de outras pinturas da Beatrice?

O roubo em três atos

Confirmo com a cabeça e abro a galeria do meu celular, entregando a ele o aparelho. Heitor corre os olhos pelas imagens com atenção. Meu smartphone não é dos mais modernos, mas a tela é grande o suficiente para vermos detalhes das fotografias que tirei nos últimos meses.

Reúno imagens das telas e esculturas de Beatrice Lancaster espalhadas pelos museus de Paris desde meus anos de intercâmbio — mas não são muitas, já que a maioria de suas obras seguem guardadas na casa de campo do meu avô. Minhas favoritas são exatamente as que nunca foram expostas, aquelas que parecem ter sido feitas pelo simples propósito de fazer arte, não de exibi-la. São nessas que a máscara preta aparece, hora no rosto de minha tataravó, ora em algum canto de suas telas.

Heitor passa pelas imagens com uma expressão concentrada no rosto, mas de repente um sorriso safado toma conta de suas feições.

— Foto bonita — comenta ele, sem tirar os olhos do meu celular.

— Quê?

Heitor é bem mais alto que eu, então fico na ponta dos pés e tento ver sobre o ombro dele de qual foto está falando. Mas ele fica de gracinha e tenta me afastar do aparelho, o que só faz com que eu tente agarrá-lo com mais afinco. Seguro seus ombros com a intenção de puxar o braço que afasta o aparelho de mim. Ele ri, mudando o celular de uma mão para a outra como se estivéssemos em uma brincadeira de bobinho.

— Vai, me devolve logo esse celular — reclamo, mas não estou de fato brava.

— Claro, claro. Desculpa. — Ele finalmente abaixa o aparelho, revelando a foto que o deixou com cara de bobo. — Por sinal, conhece essa pintora? Ela é tão linda quanto a tela que está criando.

Reviro os olhos diante do tom de galanteio. Na foto, estou pintando uma paisagem qualquer usando um conjunto velho de top e calcinha box e uma camisa branca antiga de botão. Como estou em casa, a camisa — que faz as vezes de avental — está aberta, revelando

ATO III: *A profecia*

pele demais. Não me importo que Heitor veja a fotografia, na verdade, gosto do tom avermelhado de suas bochechas.

— Sorte sua que estou de roupa íntima. Geralmente só pinto de camisa — digo para provocar.

— Ah.

Heitor olha de mim para a imagem com o queixo caído e eu solto uma gargalhada.

— Estou brincando, idiota, acha que vou ficar mexendo com tinta praticamente pelada?

— Ei, um cara pode sonhar!

— Para de ser tonto e me dá aqui esse celular. — Avanço para pegar o aparelho, mas no último minuto Heitor o afasta das minhas mãos.

— Espera, agora é sério. — Ele passa por algumas fotos e dá zoom em uma imagem de um dos quadros de Beatrice. — Esse é seu tataravô?

— É, acho que é ele. — Tento aumentar o zoom da imagem, mas tudo o que ganho é um borrão pixelado do quadro. — Meu deus, são duas máscaras. Claro, agora faz total sentido!

Pego o celular da mão de Heitor e aproximo a imagem aumentada da máscara preta. É um chute no escuro, mas uma sensação reconfortante de certeza me domina. E como nada nessas máscaras faz sentido, deixo-me guiar pelo ilógico.

— Elas devem ser complementares, por isso são tão parecidas, e tenho a impressão de estar sendo chamada por elas. Só que não é de mim que a máscara preta precisa, mas do seu par!

— Certo, explica para mim que não estou entendendo.

— Essa é a minha máscara, quer dizer, a do meu avô. — Aponto para a fotografia no meu celular. — Lembra da máscara branca que usei naquele Carnaval?

— Claro que lembro. Eu lembro de tudo daquela noite.

Volto o rosto para o dele e, por um minuto, perco-me em sua expressão.

Ele sorri e toca meu queixo com delicadeza, erguendo meu rosto na sua direção.

O roubo em três atos

Eu gosto de quando ele me toca assim; encontrando meu olhar, deixando nossos olhos presos por um longo tempo. É como se Heitor quisesse me ver e, ao mesmo tempo, desejasse que eu o visse.

— Então você está dizendo que aquela máscara branca que usou na noite em que nos conhecemos é o par perfeito desta máscara preta?

Olho mais uma vez para a máscara branca na foto do meu celular e para a máscara preta depositada perfeitamente no tecido de veludo.

— É, acho que sim.

Heitor retira o celular e a lupa da minha mão e, instintivamente, fecho os olhos e o abraço. Simplesmente não consigo ficar longe.

— Como você encontrou essa máscara? — pergunto.

— Ela que me encontrou, na verdade. — Fecho os olhos e procuro *algo* na memória. Sinto que estou deixando uma lembrança importante escapar, mas não sei como a acessar. — Faz uns anos que tenho ajudado minha mãe a catalogar os objetos do antiquário. Esta sala aqui estava tomada de caixas fechadas. Algumas foram compradas ainda lacradas, em leilões de colecionadores. Era trabalho do meu pai receber, organizar e inventariar as encomendas, mas, tendo em vista tudo o que aconteceu, elas acabaram esquecidas por anos.

— Então a máscara estava em uma dessas caixas?

— Sim. — Abro os olhos quando sua testa toca a minha. A proximidade revela ainda mais a vulnerabilidade em seu rosto. — Eu não queria abrir essas caixas. Estava chateado demais para assumir o posto do meu pai. Essa curadoria de compra foi feita por ele, e isso me deixava com vontade de... não sei, queimar tudo? Mas, um dia, subi aqui e comecei a escutar um barulho. Parecia uma corrente de vento, mas, como você pode ver, não tem janela alguma neste depósito. O barulho só parou quando eu abri a primeira caixa da pilha.

— E a máscara preta estava lá. — Ele assente e eu envolvo seu pescoço com os braços. — Acho que ela também estava te esperando, afinal.

— Talvez. — Heitor olha para a máscara preta por um instante, antes de voltar a me encarar. — Mas ela é sua.

ATO III: *A profecia*

— Ficou louco? Não tenho dinheiro para pagar algo tão valioso assim.

— É um presente, Elena. — Para minha surpresa, ele guia nossos corpos em uma dança improvisada. Minha mente viaja no tempo, indo parar naquela festa de Carnaval de quatro anos atrás, quando praticamente o obriguei a dançar comigo. — Essa máscara até pode ter me chamado, mas é a você que ela pertence. Eu sinto isso aqui dentro.

Heitor coloca a palma da minha mão em cima do seu coração acelerado. O som guia nossos passos improvisados de dança. Passa pela minha cabeça que, se eu ficar na ponta dos pés, consigo alcançar seus lábios. Eu o quero, mas tenho medo. Medo de pular do precipício e descobrir a resposta para a dúvida que ressoa em minha mente desde o dia em que Heitor voltou para a minha vida: *nosso amor merece um novo ato, ou vou estragar as lembranças boas se tentar forçar esse sentimento a perdurar?*

— Por que você estava chateado com seu pai? — pergunto, ansiosa por mudar de assunto.

— Meus pais se separaram alguns anos atrás, logo que minha mãe recebeu o diagnóstico de câncer. — Consigo ler em seu rosto o exato instante em que Heitor decide quebrar alguns dos muros que construiu ao seu redor, escolhendo revelar partes feias do seu passado. — Antes de descobrimos, eu havia recebido um convite para passar um tempo fora do país, em um ateliê de um amigo italiano. Minha mudança estava praticamente feita, mas a doença veio, minha irmã mais velha engravidou e meu pai sumiu do mapa.

— Então você ficou — digo, abraçando-o mais apertado.

— Fiquei. — Heitor interrompe nosso abraço, mas, antes que eu possa reclamar, ele me puxa até um divã antigo esquecido no fundo do depósito. — Não pensei duas vezes antes de tirar um ano sabático para acompanhar minha mãe nas consultas e sessões de quimioterapia. O tumor apareceu primeiro no intestino e, como foi diagnosticado rápido, todos os médicos estavam esperançosos. — Sentamos lado a lado no sofá comprido, mas permanecemos com as mãos unidas. —

O roubo em três atos

A esperança desapareceu quando ela piorou. De um dia para o outro, minha mãe vomitava tudo o que comia, não conseguia beber água sem passar mal e foi internada às pressas com uma febre alta que não passava. Ela tinha certeza de que morreria e, para ser sincero, eu também.

As mãos dele tremem e sinto sua dor como se fosse minha. Lembro de alguns anos atrás, quando meu avô ficou doente e eu pausei meu intercâmbio, deixei trabalho e amigos para trás, e simplesmente voltei para ficar ao lado dele. Vovô lutou contra uma pneumonia durante um mês e, muitas vezes, eu também achei que o perderia.

— Deve ter sido horrível... Eu sinto muito, Heitor.

— Dias depois da minha sobrinha nascer, os médicos descobriram um novo câncer, só que dessa vez no fígado. Assumi o posto de acompanhante vitalício e passava todos os meus dias no hospital, falando com os médicos e enfermeiros, enquanto inventava histórias bestas que faziam minha mãe sorrir. — Ele foge do meu olhar e volta o rosto para a máscara preta, imponente e brilhosa, alguns metros à nossa frente. — Nunca fui muito devoto a nada, mas um dia, no meio do desespero, da dor e do cansaço, fiz uma promessa.

Quero perguntar o que ele prometeu e a quem, mas me forço a permanecer em silêncio. A única coisa que me permito fazer é passar um dos braços ao redor de Heitor, abraçando-o enquanto ele apoia o queixo na minha cabeça.

— Prometi que iria para Aparecida uma vez por mês até a minha mãe melhorar. Eu tinha visto algo na televisão do hospital sobre os fiéis que faziam suas peregrinações de joelhos para lá e tinham seus desejos atendidos. Me parecia um preço baixo a pagar, então eu fui. — Ele se aconchega ainda mais no meu abraço e seu cheiro, assim como o calor do seu corpo, me envolvem. — Logo depois que fiz a primeira visita, o médico marcou a cirurgia de retirada do tumor. Eles conseguiram tirar tudo e, desde então, eu sigo indo para Aparecida uma vez por mês e nenhum novo nódulo surgiu, nem no fígado, nem no intestino ou em qualquer outro lugar. Os médicos ainda não falam de cura, pelo que entendi é preciso esperar cinco anos antes desse diagnóstico. Mas você viu minha mãe, a vida emana dela.

ATO III: *A profecia*

Faço as contas e fico imaginando em que fase da doença dona Célia estava quando encontrei Heitor. Conhecendo melhor esse lado da história, fica fácil entender por que eu sentia uma tristeza tão grande emanando dele. Desde aquela noite, quando bati os olhos nele pela primeira vez, fui dominada por um desejo de abraçá-lo, confortá-lo e trazê-lo para perto.

— Quando nos conhecemos, minha mãe estava melhorando do câncer no intestino, não havíamos descoberto o do fígado ainda. Eu estava confuso, com medo de a doença voltar a qualquer instante e receoso de qual caminho profissional seguir. Dona Célia queria que eu fosse para a Itália, já eu queria continuar afastado do trabalho.

Giramos um de frente para o outro, perdidos entre lembranças do passado e o momento presente.

— E, no final das contas, você escolheu ser professor.

— E você, em vez de voltar para o seu emprego em Paris, resolveu ficar no Brasil. — diz ele. Balanço a cabeça e volto meu olhar para a máscara preta. O laço que me guia até ela é quase o mesmo que me prende a Heitor. — Pelo visto, nossos caminhos estavam destinados a se reencontrar.

Sinto um calor preencher meu peito e uma sensação inebriante de plenitude me envolver. Não sei de onde isso surgiu, mas tenho vontade de pintar — e não qualquer coisa, mas a bela máscara preta que me encara como se fosse parte de mim.

Pulo do divã apressada e caminho até ela. Meus dedos tremem ao tocar a borda da peça e sinto um choque subir por toda a minha espinha.

— Posso levá-la comigo? — pergunto quando Heitor para do meu lado.

— Claro, já disse que ela é sua.

Seguro a máscara com as mãos e um cheiro floral e fresco — e meio salgado, eu acho — domina o ambiente. Fecho os olhos e uma imagem inunda minha mente. Na cena, um casal mascarado dança em meio ao que imagino ser um baile antigo. Ao redor deles, uma dúzia de outros casais acompanham a espécie de valsa, todos usando máscaras em tons variados de branco, preto e dourado.

O roubo em três atos

Taças de vinho passam de mão em mão, e um coro de preces alegres é sussurrada de boca em boca.

— Preciso pintar, eu... — Aquela parte de mim até então adormecida volta a brilhar com força total. Abro os olhos e Heitor sorri para mim. — Desculpa, preciso ir.

Corro até a saída do depósito, só para me lembrar que deixei meu celular perto do suporte de mármore no qual a máscara preta estava. Volto para pegá-lo, e Heitor segura meu pulso.

— Deixa que eu te levo.

— Não, não precisa. Não quero dar trabalho.

Ele nos guia depósito a fora e pega seu próprio celular no bolso da calça.

— Pronto, já avisei minha mãe que vou te levar. Quer pegar algo para comer no caminho?

Balanço a cabeça, tentando organizar o caos instaurado em minha mente.

Mas dessa vez o caos é bom. É arte vibrando, me chamando até meus pincéis, revelando cores e sombras que *preciso* colocar em uma tela.

— Então me deixa na rodoviária, vou pegar um ônibus para Atibaia — falo puxando Heitor para a entrada do antiquário, parando apenas para pegar minha bolsa no caminho.

— Você quer ir para a casa do seu avô?

— Isso, eu preciso juntar as duas máscaras. Quero pintar uma cena que criei, mas, para isso, preciso delas juntas — falo olhando para o objeto lindo, brilhante e místico na minha mão.

Estou tão desatenta que demoro para perceber que Heitor cessa nossa caminhada. Olho para ele confusa e recebo um sorriso tão puro e genuíno como resposta que preciso morder os lábios para segurar a vontade pulsante de o beijar.

— Pronto, então está decidido, eu vou te levar até lá.

— É quase duas horas de trânsito daqui até Atibaia, Heitor.

— Que bom, isso significa que vamos ter tempo suficiente para você me contar por que parou de pintar. — Desisto de questionar e

ATO III: *A profecia*

simplesmente deixo que ele me leve para fora, rumo ao estacionamento particular que fica na frente do antiquário. — Dentro do meu carro, você não vai poder fugir das minhas perguntas.

— De que tipo de perguntas estamos falando exatamente?

— Quero saber sobre sua briga com Caio. — Ele coloca uma mão na região inferior das minhas costas ao atravessarmos a rua movimentada. — E nem adianta negar ou tentar inventar uma desculpa. Eu quero saber por que ele fez o que fez.

Estanco no lugar e olho assustada para Heitor.

— Como assim o que ele *fez*?

— Eu conheço sua identidade artística, Elena. Em menos de cinco minutos reconheci seus traços no desenho que ele cadastrou para o Prêmio Nascente. — Uma moto passa por nós e buzina, e eu me coloco novamente em movimento, só então percebendo que estamos no acostamento. — Por que você não o denunciou?

Eu respiro fundo e penso em como responder. Posso mudar de assunto como tenho feito nos últimos meses, deixando a raiva queimar silenciosamente dentro de mim. Mas o que vejo nos olhos de Heitor me dá vontade de me derramar. Não quero mais ficar me contendo, não com ele que está sendo tão aberto e sincero comigo.

Apesar do medo, parte de mim quer ser vista, ouvida e compreendida por ele.

— Está bem, te conto tudo no caminho. — Ele sorri e eu espelho sua alegria contagiante. — Mas, antes, preciso de outro favor.

— Claro, o que você precisar — diz com os polegares tocando meu queixo.

— Podemos passar em uma padaria? Estou doida para comer um docinho.

Uma gargalhada me atinge. Heitor assente com a cabeça e me guia até seu carro. Abrindo a porta para mim, ele inclina o corpo para prender meu cinto de segurança, ajeitando meu cabelo com carinho no processo, e deposita um selinho doce, gentil e rápido demais nos meus lábios.

— Vamos lá pegar seu doce, minha formiguinha.

SEIS

Obrigada pelo vinho, papai. Abrimos uma das garrafas no jantar e passamos a madrugada inteira dançando ao som de uma das caixinhas de música que *mamma* nos enviou mês passado. Estamos demorando, mas temos um bom motivo. Acalmem seus corações. Quando chegarmos ao Brasil, tanta espera valerá a pena.

Trecho da carta de Beatrice Lancaster para o pai, Filipe, escrita em 1895

Visto uma camisa de botão do meu avô e arrasto meus antigos materiais de pintura para o escritório dele. O ambiente não é o mais iluminado, mas estar lá me transporta para lembranças boas de uma época em que minha vida parecia dominada pelo desânimo.

Lembro com carinho das férias de verão que passei com seu Augusto aqui em Atibaia, das nossas noites acordados falando sobre arte e jogando dama, da maneira como ele assumiu o lugar do meu pai pós-divórcio, pagando minha escola, meus cursos de arte, chamando minha atenção quando eu passava semanas sem conseguir levantar da cama, consumida por uma tristeza que eu não sabia explicar. Foi meu avô que me levou ao psiquiatra, que esteve ao meu lado quando fui diagnosticada com depressão e que, quando minha mãe morreu em um acidente de carro, esteve ao meu lado de forma paciente, atenciosa e persistente o suficiente para me ajudar a melhorar.

— Que saudade daquele velhote — resmungo ao empurrar a porta pesada do escritório.

Entro no cômodo e o cheiro de uísque, livro antigo e perfume amadeirado me atinge. Afasto as cortinas e deixo que a luz do meio da tarde entre no ambiente. Com a janela aberta, monto o cavalete em frente à luz do sol e puxo uma mesa de apoio para organizar minhas

O roubo em três atos

tintas, pincéis, lápis de desenho e massa acrílica para textura. Uma comichão sobe por meus dedos quando toco os materiais e sinto o chamado da inspiração desenfreada gritando para eu andar logo.

Em cima da antiga mesa de trabalho do meu avô, a máscara branca me encara. De alguma forma, eu sabia que ela estaria ali... me esperando, observando, aguardando. Com minha bolsa a tiracolo, me aproximo do objeto. A última vez que a vi foi quando a usei no Carnaval em que conheci Heitor. É engraçado como, desde aquela época, eu já sentia uma aura de poder emanando da peça. Fico pensando se não foi ela que me levou até Heitor, ciente de que, um dia no futuro, nossos caminhos se encontrariam e *ela* cumpriria seu objetivo. Em resposta, sinto um calor na lateral do corpo, exatamente onde minha bolsa de couro — e a máscara dentro dela — está.

Ansiosa, retiro o par preto da bolsa e uno as duas.

— Pronto, agora vocês finalmente estão juntas.

Espero que algo aconteça, que o laço que me levou até elas dê as caras, mas não sinto nada especial. Corro os dedos pela superfície das máscaras, conjurando os rostos que já tocaram e a história por trás delas. Penso em Beatrice e em sua ligação com essas mesmas máscaras; gostaria de obter uma resposta, mas sei que esse é o tipo de mistério que nunca será solucionado. De qualquer forma, fico feliz ao ver as máscaras juntas, e, pela maneira como um silêncio brando e confortável recai no ambiente, sei que elas também ficam.

Apoio o corpo na lateral da mesa e, sem tirar os olhos do par de máscaras, deixo que a quietude me alcance. Instantaneamente, imagens desconexas aparecem em minha mente, formando um campo de flores coloridas, árvores frutíferas e riachos transparentes. As flores são papoulas, as mesmas flores gravadas nas máscaras, mas não conheço o pomar em questão. O desejo de desvendar a imagem me leva ao cavalete e à tela apoiada nele. Olho para a superfície em branco e não me sinto mais impotente. Tudo o que anseio é preencher cada centímetro dela.

Pego o lápis para marcar a base da tela, mas, em vez da imagem conjurada a pouco, novas e desconhecidas formas são traçadas.

ATO III: *A profecia*

Sem pensar demais, uno as máscaras como se elas fossem uma só, e as desenho como duas peças complementares. Onde a máscara branca termina, a máscara preta começa. Suas bordas se tocam, suas formas se fundem e uma linha — como a brisa do vento — as une. Me sinto descontrolada, como se a arte estivesse me dominando, não o contrário. E talvez seja por isso que um sentimento pungente de raiva domina meus traços de uma hora para outra.

O lápis em minha mão quebra de tanta força que emprego e solto um palavrão. Junto com o xingamento, uma onda de pavor faz minha garganta fechar. Meu desespero é tamanho que preciso apoiar as mãos nos joelhos para recuperar o fôlego. A verdade é que dói colocar para fora toda a raiva e o sofrimento que passei anos escondendo dentro de mim.

Eu fiz isso, eu calei minha arte, penso em meio ao caos.

Não foi por causa da traição de Caio que parei de pintar, mas por causa da forma como reagi: tão resignada, tão cansada de lutar para ser ouvida.

Enfurecida comigo mesma, pego um novo lápis e volto a trabalhar na tela. Acima das máscaras unidas, agora desenho um par de olhos arredondados, cansados, tristes e marcados por sobrancelhas arqueadas. Traços ondulados vertem deles, como um rio de lágrimas derramadas. Em meu rosto, sinto lágrimas grossas escorrerem, entendendo — antes mesmo de aceitar a verdade — que os olhos que desenho são meus e que as ondas, na realidade, representam o choro que passei os últimos meses engolindo.

Em determinado momento, a raiva dá lugar à tristeza. Penso na traição de Caio, na forma como silenciei minha dor e em como deixei meu ex-melhor amigo arrancar um pedaço de mim. Mas não foi só isso que me trouxe até aqui; nos últimos anos, deixei de lutar pelo amor, passei a duvidar de mim mesma, perdi mais tempo me preocupando com o que os outros pensam de mim do que com o que realmente me faz feliz... Eu me perdi de mim mesma e, sem saber como me reencontrar, deixei minha arte escorrer por entre os dedos.

— Cansei de ser essa versão confusa de mim mesma — confesso para a tela, como se ela fosse ganhar vida e me responder. — Cansei de lidar com tudo sozinha. Cansei de me conformar com a dor. Cansei de deixar o medo me paralisar.

A cada nova confissão, cálices, ondas, navios, espelhos e papoulas preenchem o restante da tela. A imagem diante de mim é pura desordem, exatamente como eu. Minhas lembranças, desejos, raiva e choro contidos... Tudo que sou está ali, escancarado para quem quiser ver. Talvez essa tela não faça sentido para mais ninguém, mas é suficiente o fato de que ela revela as diversas feridas que passei tempo demais escondendo. Basta que eu a entenda e me veja em suas entrelinhas.

Dou um passo cambaleante para trás, absorvendo a imagem como um todo.

As lágrimas deixam meu olhar turvo, mas, pela primeira vez em anos, meu coração está leve.

Com um sorriso de alívio no rosto, tropeço pelo escritório e paro diante do armário favorito do meu avô Augusto. Se eu estiver certa, vou encontrar sua coleção de bebidas escondida atrás de alguma dessas portas.

— Onde está... Onde você guardou, vô?

Abro as portas de forma desajeitada, com pressa demais para me importar com o barulho caótico que estou fazendo. Acho seu cofre, a coleção de selos, um punhado de jornais velhos e — finalmente! — uma bandeja de mármore com um conjunto lustroso de garrafas. Leio os rótulos de forma apressada, escolhendo um vinho tinto. No rótulo, o nome Bourbon revela que este vinho deve custar mais do que o meu rim e, como adoro ser mimada por meu avô, escolho exatamente este para abrir.

— Um brinde a novos começos — falo para o vento.

Assim que dou um gole na bebida, uma brisa fresca acaricia minha pele de forma gentil. Olho para o par de máscaras unidas na escrivaninha e, de alguma forma, elas parecem sorrir para mim.

Rindo da minha tolice, ergo a garrafa e brindo às máscaras, ao desenho recém-criado e ao silêncio reconfortante em minha mente.

ATO III: *A profecia*

Finalmente voltei a ser eu mesma: uma tela em branco pronta para *criar*, *viver* e *recomeçar*.

Acordo sobressaltada com o barulho da campainha.

Levanto-me tão rápido do sofá que minha mente gira e preciso me apoiar na parede. Não lembro qual foi a última vez que comi algo mais substancial do que um pacote de bolacha água e sal, e — percebo após uma leve inspeção nas minhas axilas — tomar banho também não esteve em minha lista de prioridades nos últimos dias.

A campainha soa mais uma vez e, parando apenas para beber o resto do vinho tinto que deixei esquecido ao lado do sofá, me arrasto até a porta. A tarefa é mais difícil do que imaginei que seria, a claridade faz minha cabeça gritar e meu corpo cansado se recusa a caminhar. Apoio o tronco no corrimão de ferro da escada e, por estar descalça, tomo cuidado redobrado para não escorregar na tapeçaria vermelha. Confesso que estou pensando demais nos quadros das antigas gerações dos Lancaster pendurados na parede, nos lustres ostentosos e no papel de parede decorado com ouro para considerar quem está atrás da porta antes de abri-la.

— Heitor? — Minha voz sai em um misto de rouquidão e assombro, combinando perfeitamente com meu estado caótico, amassado e sem sombra de dúvida rançoso.

— Elena — cumprimenta ele, com um sorriso de quem sabe de algo que eu não sei, e aponta para a porta. — Posso entrar?

Atônita demais, dou um passo para o lado e absorvo o fato de que Heitor realmente está aqui, em Atibaia, na casa do meu avô. Repasso os acontecimentos dos últimos dias na minha cabeça: a nossa visita no antiquário da família dele, a carona que ele me deu até aqui e meu surto de inspiração. *Isso foi o quê, uns quatro dias atrás?*

— Merda, que dia é hoje? — reclamo ao esfregar o rosto.

— Terça-feira.

— Mas ontem era sábado! Que buraco de minhoca é esse em que eu me enfiei?

O roubo em três atos

Heitor ri da minha confusão e entra de vez no casarão antigo, carregando consigo uma caixa de papelão e uma quantidade absurda de sacolas.

— Você já almoçou?

— Não?

— Isso deveria ser uma pergunta? — Eu olho para ele confusa e recebo um revirar de olhos de resposta. Depois eu que sou petulante. — Onde fica a cozinha?

Aponto para a direita e é para lá que Heitor caminha, como se fosse o dono absoluto do lugar. Olho sua bunda redonda na calça de moletom cinza e me belisco. Isto só pode ser um sonho, certo? Não seria a primeira vez que minha mente me pregaria uma peça dessas: meu professor gostoso aparecendo para me dar umas lições que envolvem pincéis bem menos... *tradicionais*.

— Ei, você vai vir ou não? — grita ele da cozinha e eu o sigo até lá.

Heitor já espalhou os itens das sacolas na bancada de mármore e está abrindo e fechando gavetas em busca de facas e panelas — pelo menos é o que eu acho.

— Você vai cozinhar para mim?

— Sim. — Sua voz sai abafada, e o espio com o corpo levemente inclinado para dentro de um dos armários. — Será que esses temperos estão vencidos? Encontrei coisas de profissionais aqui. Seu avô cozinha?

— Ele é fresco demais até para fazer o próprio chá, mas tem um chef que vem aqui uma vez por semana deixar algumas refeições preparadas.

— Tem comida congelada nessa casa e mesmo assim você passou os últimos dias sem comer praticamente nada?

Ah, espera, como ele sabe que não estou comendo? O que exatamente foi que eu perdi? Respiro fundo e corro as mãos pelo cabelo sujo, só então me dando conta do quanto a minha aparência deve estar um completo caos.

— Não lembrei nem de tomar banho — digo e abro os braços para salientar minha aparência caótica —, que dirá comer.

ATO III: *A profecia*

Heitor me encara com as mãos na cintura e um ar de repreensão estampado no rosto. Eu definitivamente não estou bem, pois tudo o que penso é em como estou encrencada. E não de um jeito ruim.

Sim, eu sou uma menina má, por favor, me dê umas palmadas, professor.

Merda, merda, merda.

Fecho os olhos e respiro fundo, contando até três na esperança de organizar meus pensamentos caóticos. O problema é que meu estômago escolhe esse instante para esbravejar o quanto foi maltratado nos últimos dias com álcool demais e comida de menos.

— Porra, Elena. — A voz dele sai em uma súplica, e outras coisas além do meu estômago começam a reagir de fome. — Senta essa bunda aí que vou preparar algo para você comer.

E eu me sento. Simples assim. Como a boa garota que sou.

Ele balança a cabeça, percebendo o olhar nada discreto que está estampado na minha cara, e começa a trabalhar. Tento evitar babar ao observá-lo tirar a blusa do moletom, lavar as mãos e separar uma penca de ingredientes. O silêncio é bem-vindo, e aproveito o momento para tentar resolver o quebra-cabeças em minha mente. Como é que Heitor veio parar aqui?

— Você é vegetariana ou vegana? — pergunta ele enquanto lava alguns tomates.

Não vou mentir, levo tempo demais para responder, o que faz com que ele vire o rosto para mim. Balanço a cabeça em negativa à sua pergunta, mas Heitor continua me encarando como se buscasse outras respostas. Seus olhos passam pelo meu cabelo bagunçado, minha blusa branca amassada, minhas pernas nuas balançando na banqueta e param na gaze amarrada de qualquer jeito em um dos meus pés. Eu não me lembro de ter feito isso.

— Me diz que você pelo menos lavou o corte antes de enfaixar? — Encaro a gaze com espanto. — Você não se lembra de ter se cortado, né?

Ele deixa o pano de prato na bancada e caminha até onde estou. Quando me dou conta, Heitor está abaixado na minha frente, tocando minhas panturrilhas com as mãos fortes, erguendo meu pé

O roubo em três atos

machucado pelo calcanhar e olhando com o cenho franzido para o curativo maltrapilho — que eu não faço ideia de como fiz.

— Heitor. — Seu nome sai como um sussurro e vejo como isso mexe com ele, que, com dedos trêmulos, começa a desenfaixar o machucado. — O que está acontecendo? Como você sabia que eu ainda estava em Atibaia? Por que tem um curativo no meu pé? E como descobriu que estou há dias sem comer? Isto aqui é um sonho? Porque é o que parece.

— Você não lembra de nadinha do que aconteceu? — pergunta, meio que controlando o riso.

Olho para ele desconfiada e, antes que eu possa abrir a boca para reclamar, minha mente começa a palpitar em lembranças. Um surto de hiperfoco. Dias e mais dias pintando como se minha vida dependesse disso. Uma garrafa de vinho em uma das mãos e um pincel molhado em outra. Um copo de vidro no chão, um corte e então o choro.

— Merda… — Arfo e ele me olha preocupado, pensando que o machucado está doendo, quando na verdade é meu ego que está ferido. — Eu realmente liguei chorando para você no meio da madrugada ou esse é um daqueles pesadelos horrorosos de tão reais?

— Não estamos em um pesadelo, formiguinha. — Levo um susto quando ele se levanta e me pega no colo. — Onde fica o banheiro? O corte não parece infeccionado, mas acho melhor lavarmos de novo, só por precaução.

— Você sabe que eu consigo andar, né? O corte nem é tão grande assim.

— Estou completamente ciente de todas as coisas que você pode fazer sozinha, Elena. Mas, ainda assim, quero ajudar. — Ele me encara enquanto subimos as escadas, como se eu não pesasse nada. — Vai me deixar cuidar de você, Elena?

— Estou desorientada demais para pular do seu colo agora, professor Santini.

— Que bom — diz ele, no meio de uma gargalhada. — Mas não foi isso que eu perguntei.

ATO III: *A profecia*

— Eu sei.

Encaixo a cabeça no seu ombro e respiro seu cheiro. Sinto uma mistura de sabonete e vida. Uma vida pulsante, inebriante e da qual eu definitivamente gostaria de fazer parte.

— Faz a pergunta outra vez — falo, inspirando seu cheiro de novo.

— Vai me deixar cuidar de você, Elena? — repete ele, com os lábios a poucos centímetros da base do meu pescoço.

Penso em tudo que descobri nos últimos dias imersa em mim mesma. Em como, com a ajuda de tinta e pincel, escancarei as partes adormecidas da minha mente e permiti que elas falassem comigo, que se derramassem em uma tela em branco. Não foi fácil descobrir por que as escondi por tanto tempo, muito menos perceber que preciso fazê-las serem vistas caso eu deseje viver plenamente.

Não é à toa que, em meio ao caos, escolhi ligar para Heitor. Eu sei o que quero dele, e a verdade cruel é que só vou descobrir se ele é capaz de me dar o que preciso — e mereço — se eu for vulnerável o suficiente para dar o próximo passo.

Liguei para ele alterada, confusa e sangrando.

E, ainda assim, ele veio. Isso deve significar *alguma coisa*.

Por isso, quando abro a boca para responder, a única coisa que consigo pensar em dizer é sim.

Sim para ser cuidada.

Sim para ser vista.

Sim para tentar amar e ser amada.

SETE

Sua mãe está doente, não conseguiremos visitá-los. Venham até nós, filha. Passem alguns meses conosco. Vocês não estão com saudade destas terras marcadas pelo sol e por um dos céus mais azuis que já vi? Traga minha neta, quero andar de mãos dadas com ela pelas parreiras da fazenda que carrega seu nome.

*Trecho da carta de Filipe de Bourbon para
a filha, Beatrice, escrita em 1897*

— Ok, agora já posso dizer que me sinto uma pessoa de novo — digo ao colocar o prato vazio na mesa de centro e relaxar o corpo no sofá. — Esse macarrão estava uma delícia.

— Não exagera, eu sei que não sou o melhor cozinheiro do mundo. — A leveza em sua voz é algo que ainda me surpreende. — Está melhor?

Heitor usa uma das mãos para colocar uma mecha do meu cabelo atrás da orelha e a pousa no meu ombro, massageando com suavidade um dos pontos de tensão na região. Estou tão cansada que só consigo emitir um murmúrio ridículo como resposta. Ainda assim, ele parece satisfeito com o som que sai da minha boca, porque continua com a massagem, desta vez subindo pelo pescoço e nuca.

Heitor Santini está levando a sério a promessa de cuidar de mim. Ele trocou meu curativo e, depois de me deixar no banheiro com um beijo casto na testa, fez nosso almoço. Aproveitei o tempo sozinha para tomar um banho, escovar os dentes e arrancar a tinta seca dos dedos. Depois, desci e bebi água suficiente para apagar os resquícios do álcool do meu organismo. E, se não fosse suficiente o macarrão que ele preparou, Heitor também trouxe do mercado uma variedade de doces — entre eles, meu pote de sorvete favorito que está no

O roubo em três atos

congelador à minha espera. Só preciso reunir força o suficiente para me levantar do sofá.

— Eu tenho uma confissão a fazer, Elena.

— Hmm?

Estou tão relaxada que mal consigo abrir a boca para falar, mas se pudesse, diria a ele que gosto quando me chama assim; gosto dessa intimidade entre nós, dos seus toques cuidadosos e da maneira como me sinto vista ao seu lado. Tudo o que consigo fazer é permanecer em silêncio, de olhos fechados e com a cabeça levemente apoiada em suas mãos. Heitor segue operando maravilhas nos nódulos de estresse em meus ombros e, cada vez mais tranquila, deixo que seu tronco me sustente, buscando conforto em seus braços.

— Vou falar de uma vez e assim podemos subir logo para você descansar.

— Quem disse que quero descansar?

Pelo menos é isso que eu acho que falo, mas desconfio que tudo o que sai dos meus lábios é uma série de resmungos desconexos, porque Heitor solta uma gargalhada.

— Certo, só me escuta. Eu recusei oficialmente o posto de seu orientador. Na verdade, não sou orientador de mais ninguém. — A aleatoriedade do assunto me espanta mais do que a notícia em si e tento virar o corpo para encará-lo, mas Heitor me força a continuar onde estou, com as costas apoiadas em seu tronco. — Eu conversei com Camila sobre nós e, depois de colocar todos os pingos nos is, achei melhor pedir uma licença da faculdade. Me comprometi a ajudar ela com a transição de cargo, mas vou deixar o posto de professor titular. Pelo menos por enquanto.

— Espera — digo, de repente completamente alerta.

Ele usou *nós* em uma frase ou eu estou ficando louca?

— Quando você falou com ela?

— Semana passada, antes de te convidar para conhecer o antiquário. Eu queria ter te explicado tudo naquele dia, mas… as coisas meio que saíram do controle.

ATO III: *A profecia*

Penso nas máscaras, no meu frenesi artístico e na maneira como passei os últimos quatro dias perdida em mim mesma. Dizer que as coisas *meio que* saíram do controle é eufemismo.

— Não vai sentir falta de lecionar?

— Não, pelo menos acho que não. — Suas mãos descem pelos meus ombros e ele me puxa pela cintura, me envolvendo por inteiro. — Vai ser bom ter um tempo para pensar se quero ou não voltar a esculpir. E eu posso regressar para a faculdade ano que vem, eles vão manter minha vaga, só prefiro esperar você terminar o curso antes de tomar qualquer decisão.

Apesar do cansaço físico, minha mente está bem acordada. Sinto o coração errar uma batida ao pensar nas implicações por trás das escolhas de Heitor e nas decisões que ele tomou por mim, por ele e por esse laço inominável que sempre me empurra para os braços dele.

— E também tem o agravante de que minha mãe finalmente está pensando em se aposentar — continua Heitor. — Dona Célia recebeu uma proposta para vender o antiquário, mas, não sei, acho que nem eu, nem minha irmã, estamos prontos para dizer adeus. Então me ofereci para trabalhar lá durante um tempo, acho que pode ser uma boa opção até o final do ano, enquanto você termina o curso.

— Você também pode publicar suas histórias em quadrinhos. Tenho certeza de que muita gente amaria ler as histórias do Capitão L — falo brincando, e ele enfia o rosto no meu ombro para abafar um resmungo. — Não, mas sério, tem certeza de que não vai se arrepender dessa decisão?

— Vem cá, olha para mim — pede Heitor e eu atendo.

Mudo de posição, sentando-me em seu colo com as pernas apoiadas na lateral das suas. O movimento faz um rastro quente subir da ponta dos pés até o meu coração errante. É uma mistura de desejo e *algo mais*.

— Passei anos remoendo o fato de que havia perdido você, Elena. Mas, agora que voltou para a minha vida, vou fazer o possível para que escolha ficar ao meu lado. Não quero te colocar em uma situação constrangedora na faculdade e também não quero esperar seu curso terminar para poder ter você. Tenho algumas economias guardadas, muitas opções para ponderar… não é uma decisão impensada, é do *nosso* futuro que estou falando.

Amor e futuro parecem coisas tão distintas e, ao mesmo tempo, são tudo o que eu desejo construir ao lado de Heitor. Tenho medo de estar querendo demais, mas estou decidida a não deixar que o medo me impeça de tentar. Se ele consegue abrir mão das suas certezas e mudar o rumo de sua vida em nome de um *talvez*, então eu também posso fazer a mesma coisa.

— Parece um bom plano — confesso em um sussurro.

Heitor solta um som carregado de alívio e envolve meu rosto com as mãos, depositando beijos delicados por toda a pele sensível.

— Então você pediu licença do trabalho e agora não é mais meu professor?

— Não, não sou.

— Que pena, eu gosto tanto de te chamar de *professor* — provoco, esfregando o centro do meu corpo ao dele.

Ele geme em resposta e eu deixo minhas mãos subirem por seu abdômen, passando pelos braços em torno de minha cintura e parando nos ombros fortes. A cada toque, os olhos de Heitor ficam mais atentos, pairando sobre meus lábios e a faixa do quimono comprido que uso de pijama.

— Fala para mim o que você quer… Quais são seus planos para o futuro?

Paro a exploração dos seus músculos por um instante e penso em sua pergunta. Por enquanto, tudo o que mais desejo é entregar meu TCC e pegar meus diplomas, mas depois disso, não faço ideia de qual caminho trilhar. Quer dizer, talvez eu faça, mas ainda não esteja preparada para isso.

— Estou meio perdida. Na verdade, *bem* perdida. — Heitor espera pacientemente por minha resposta, então deixo minha mente vagar entre os mais diversos e possíveis cenários. — Acho que estou dividida entre viver da minha arte ou procurar emprego em alguma galeria.

ATO III: *A profecia*

— São duas boas opções.

— É, são. — Mordo os lábios e cavo mais fundo no meu coração, escancarando o que tento manter escondido, decidida a deixá-lo ver além da superfície. — Na verdade, já sei o que quero, mas a escolha é tão assustadora que parece bom ter uma opção reserva.

— E a sua opção reserva é... — Ele usa o polegar para soltar o lábio que mantenho preso.

— Trabalhar em alguma galeria de arte. — Sinto um alívio ao colocar para fora e, quando começo a falar, não consigo mais parar. — Gosto de fazer curadorias de obras, pesquisar sobre cada objeto exposto. Só que meu sonho mesmo é trabalhar como pintora. Mas como faço isso? Como coloco preço em algo tão pessoal? E quem é que vai comprar meus quadros aleatórios e assustadoramente pessoais? Para viver da pintura eu precisaria criar uma identidade comercial, e não sei se é isso que quero.

— Eu posso te ajudar... Quer dizer, faz tempo que não atuo como escultor e comercializo minhas peças, mas podemos descobrir as respostas. Podemos fazer isso juntos, se você quiser.

Enquanto fala, ele corre as mãos pelos meus braços, ombros e pescoço. Imagino um futuro ao lado dele; telas, pincéis, gesso e resinas espalhadas pela casa, estantes lotadas de livros, plantas para todo lado e, talvez, um gato.

— O que você pensa sobre gatos, Heitor?

— Ah, bem, eu gosto deles?!

Ele ri da minha pergunta aleatória, mas na minha mente, já estamos adotando um gato de pelagem preta e outro branco, igual as máscaras que, de alguma forma, nos trouxeram até este momento.

— Beleza, eu quero. Quero fazer isso, com gatos ou não — falo, e não sinto dúvida nenhuma pairando em minha mente ou coração. — Mas é o que você quer, Heitor? Porque conviver com uma artista confusa e perdida não deve ser lá muito divertido.

— Então seremos dois artistas perdidos e confusos, mas pelo menos estaremos juntos. — Seus dedos sobem pelo meu rosto e correm por meus lábios, explorando, provocando e incitando meu desejo. — Eu quero tanto você que *dói*.

O roubo em três atos

Antes que eu possa sequer pensar em uma resposta, Heitor envolve minha cabeça com as mãos e me puxa para mais perto. Nossos corpos estão colados e seus lábios pairam a centímetros dos meus.

— Não quero só uma noite com você. Eu quero tudo. — Heitor beija minha bochecha, meu queixo, meu pescoço, volta para o canto dos lábios e depois desce novamente. — Quero que conheça minha família, que participe da minha próxima festa de aniversário brega, que me deixe te ver pintando, que...

— Um gato, você também quer um gato — falo, com a respiração falha por causa dos seus beijos molhados.

— É, e quero um ou dois gatos, ou o que mais você quiser. — Suas frases são pontuadas por beijos intensos em toda a extensão do meu rosto e pescoço, mas nunca nos lábios. — Quero te ajudar com a faculdade e estar presente no dia da apresentação do seu TCC, não como parte da banca avaliadora, mas sendo seu.

— Meu o quê?

— Só *seu*.

Se eu der o passo em direção ao futuro que os olhos de Heitor imploram para construirmos juntos e, amanhã ou depois, ele mudar de ideia, sei que sairei dessa relação quebrada em milhões de pedaços. Mas então penso no quadro que deixei lá em cima, nos olhos que me encaram nele e em tudo o que eles me contaram.

Mesmo sem saber o que o amanhã revela, eu quero estar ao lado de Heitor pelo tempo que me for permitido. Prefiro viver o *felizes para sempre* por um tempo finito a nunca mais experimentar o amor. E eu poderia colocar todas essas palavras para fora, mas prefiro mostrar a ele a minha escolha. Então elimino os centímetros que nos afastam e colo minha boca na dele.

Um suspiro escapa dos lábios de Heitor, que em segundos enfia as mãos em meu cabelo e aprofunda a carícia. Entre suspiros e beijos, nos movemos como um só. Não precisamos falar nada, nossos corpos sabem exatamente o que fazer, mesmo que anos tenham se passado desde aquela primeira vez. Ele deixa mordidinhas em meu lábio inferior, no meu

ATO III: *A profecia*

queixo e no lóbulo da minha orelha. Um gemido ofegante me escapa e me remexo em seu colo, precisando de mais contato, mais beijos, mais dele.

— Você não faz ideia do quanto pensei em você nos últimos anos. — Ele me puxa mais para cima e encaixo meu centro na extensão de seu membro duro na calça de moletom. — Depois daquele Carnaval, eu tinha certeza de que nunca mais nos veríamos. Mas aí te encontrei na minha sala de aula, usando aquelas saias de prega minúsculas que me deixam doido.

Mordo os lábios, mas nem isso é suficiente para conter o gemido indecoroso que me escapa quando Heitor beija a lateral do meu pescoço e roda os polegares pelos bicos sensíveis dos meus seios no mesmo ritmo que eu me movo em cima dele.

— Seus óculos — revelo, e Heitor para o que está fazendo, me olhando com curiosidade. — A primeira vez que te vi de óculos andando pelo campus da faculdade, eu precisei voltar para casa mais cedo. E no final banho gelado nenhum adiantou para aplacar minha vontade de ter você.

— E o que você fez com toda essa vontade, Elena? Só tomou o banho gelado ou se tocou pensando no seu *professor*?

Suas mãos sobem pela minha cintura e pairam pelo nó que mantém meu quimono fechado. Heitor me olha esperando uma confirmação, o que eu prontamente dou, mas ele espera pela minha resposta.

— Definitivamente não foi a primeira opção.

Minha sinceridade é recompensada por uma gargalhada sonora que aquece meu corpo ainda mais do que seus beijos e toques. Suas mãos ágeis desfazem o nó da minha roupa, revelando toda a extensão de pele nua. Eu não trouxe muita coisa para a casa do meu avô porque não esperava passar tanto tempo aqui. Então, entre colocar as roupas íntimas que usava na época do ensino médio ou ficar sem nada, preferi ficar sem.

— *Porra*. — Ele desliza a peça de roupa pelos meus ombros com gentileza, mas seus olhos revelam uma vontade completamente diferente. — Você é tão linda. Tão maravilhosamente perfeita, Elena.

Ele segue me elogiando, mas só consigo processar o rastro de calor que seus dedos deixam ao tocarem minha pele exposta.

O roubo em três atos

Logo os dedos são substituídos por lábios, que beijam o topo dos meus seios, as pintas que há neles, a tatuagem na lateral da costela e — finalmente — os bicos intumescidos que imploram por alívio.

Heitor morde, suga e passa a barba rala pela pele sensível, me levando a um estado de transe completo. Enquanto explora meus seios, suas mãos apertam minha bunda, acompanhando o movimento de vaivém que me faz implorar por mais.

— Senta em mim — pede ele, com um dos meus seios na boca.

— Não sei se você percebeu, mas já estou sentada em você — digo, com a cabeça jogada para trás, sentindo seus dedos descendo pela minha cintura e alcançando o lugar onde mais preciso dele.

— Não, desse jeito.

Então ele segura minha cintura, deita no sofá e me leva em direção ao rosto dele.

Só então entendo o que Heitor quer e nem penso em reclamar quando ele me faz sentar em seu rosto. Na verdade, não tenho tempo para pensar em mais nada quando sua boca me alcança, explorando, investindo, exigindo e lambendo. Ele enterra um dedo em mim e, assim que começo a me mover em busca de mais, um segundo o acompanha. Me sinto a um passo de explodir, o interior das pernas tremendo, a respiração falhando e o coração batendo acelerado. O começo da queda me faz tombar o corpo para a frente e afundar os dedos em seu cabelo curto.

— Heitor, eu vou…

Em resposta, um gemido sai dos seus lábios e, com a mão livre, ele me ergue alguns centímetros para me colocar ainda mais à sua mercê. Escuto-o falar algo, mas não consigo prestar atenção em mais nada quando um terceiro dedo entra em mim.

Seu cheiro, os sons que saem da sua boca, a forma faminta como ele me devora, a maneira como seus olhos encontram os meus antes de o meu mundo ruir… Por um milésimo de segundo parece que aquilo é demais para aguentar, então o prazer me domina. Um arrepio sobe pela minha espinha, meu corpo todo treme e uma sensação de completo relaxamento me alcança.

ATO III: *A profecia*

— Sonhei com isso tantas vezes. — Heitor nos ajeita no sofá, unindo nossos corpos em um abraço. — Perdi as contas de quantas vezes imaginei como seria sentir seu gosto e te ouvir gritar meu nome.

— Espero ter superado suas expectativas — brinco, encarando o sorriso safado em seu rosto.

— Raramente a realidade é tão boa quanto o sonho, mas, quando o assunto é você, a realidade é sempre melhor do que a fantasia, formiguinha.

Ele gira nossos corpos e me coloca embaixo dele com um movimento rápido demais para o meu cérebro derretido pós-gozo. Só que assim que sinto a dureza do seu corpo, recupero minhas forças e começo a puxá-lo para mais perto.

— É bom mesmo, porque eu também tenho algumas expectativas para serem superadas, sabe?

Ele morde os lábios, suspirando quando afasto o cós da sua calça de moletom e aperto a extensão dura do seu membro. Procuro seus lábios para mais um beijo, e o que começa com toques leves rapidamente explode em uma nova onda de calor que me faz empurrá-lo e me levantar do sofá em um instante. Corro da sala para o lavabo e pego um pacote de camisinhas que escondi lá muitos anos atrás.

— Esse troço tem data de validade?

— Provavelmente. — Heitor pega o pacote da minha mão e me puxa de volta para o sofá. — Se você tivesse me perguntado, eu teria pegado a camisinha na carteira, que não está guardada desde o ensino médio.

— Meu ensino médio não foi há tanto tempo, então acho que estamos seguros.

— Por acaso isso foi você me chamando de velho? Dez anos de diferença nem é tanto tempo assim.

— É isso que vamos ver.

Dou de ombros, fazendo charme, olhando para a forma apressada e descontrolada como ele coloca a camisinha. E a única resposta de Heitor é colar a boca na minha e me mostrar todas as formas possíveis de gritar seu nome enquanto atinjo o prazer.

OITO

Penduramos as máscaras na parede, ao lado dos meus últimos quadros. O senhor teria feito algo diferente caso soubesse que teriam tão pouco tempo juntos? Temo que *mamma* não. Ela sempre o amou, mesmo quando foram separados pelo destino. Assim como eu o amo. Aceite nosso pedido e venha morar conosco! Precisamos do senhor. Sua neta precisa do senhor. Ainda temos à nossa frente vários anos juntos para contemplar o amor que, no fundo do meu ser, sei que guiará todas as histórias dos Lancaster e Bourbon que ainda estão por vir.

Trecho da carta de Beatrice Lancaster
para o pai, Filipe, escrita em 1898

Ergo o rosto e olho para a tela que passei os últimos dias pintando. Ao lado dela, as máscaras que aparecem repetidas vezes nas obras de minha tataravó me encaram. Ainda não entendo a conexão entre os objetos e a história de Beatrice Lancaster, mas só de estar no mesmo cômodo que esse par de máscaras sinto que estou estancando feridas do passado que não são apenas minhas. É como se as máscaras e minha tataravó estivessem abençoando tudo o que está acontecendo neste cômodo — quer dizer, talvez não o que está acontecendo *neste* exato momento.

— O que achou do quadro?

Respirar é difícil, então, por mais que eu tente parecer equilibrada, as palavras entrecortadas me denunciam.

— Perfeito, exatamente como você. — Heitor afasta meu cabelo, deposita um beijo no meu ombro e volta a concentrar seu olhar no papel em suas mãos. — Te ver pintar foi uma das coisas mais lindas que já presenciei na vida, Elena. Que bom que vou poder fazer isso outras vezes.

243

O roubo em três atos

Tento virar o corpo para ler as emoções em seu rosto, mas, com uma das mãos em minha cintura, ele me mantém no lugar e pergunta:

— O que pretende fazer com as máscaras?

— Não sei — falo em meio a um suspiro. — Quero descobrir mais sobre elas, só não sei por onde começar a pesquisar.

Respiro fundo e, olhando mais uma vez para o par de máscaras, clamo aos céus na ânsia de desvendar seus segredos. Não faço ideia da ligação delas com a história da minha família, mas algo me diz — na verdade, uma voz sussurrante, doce e melodiosa que ecoa em minha mente — que Beatrice não foi a única Lancaster a ter seu caminho cruzado com essas máscaras.

— Sabe o que eu acho? — fala Heitor, diante do meu silêncio. — Que as máscaras são um símbolo. No Carnaval elas funcionam como o disfarce perfeito para revelarmos quem realmente somos. Talvez Beatrice as tenha eternizado em suas obras como um lembrete para as máscaras que usava.

Ele se mexe atrás de mim e eu gemo. Sinto suas pernas afastarem ainda mais meus joelhos, levantando minha bunda e moldando meu corpo ao seu bel-prazer. Não, mentira, quando ele se mexe assim eu sinto que o prazer é *todo* meu.

— Perdeu a língua, Elena?

Em vez de responder sua zombaria, empurro o corpo para trás, distraindo-o para variar.

— Seria muito mais fácil — digo, reprimindo um gemido —, manter esta conversa se você não estivesse dentro de mim.

— Quer que eu saia? — pergunta, saindo de dentro mim aos poucos.

— Não. — Minha resposta é apressada, atrapalhada, ansiosa demais.

— Foi o que imaginei — fala Heitor, e volta a se afundar dentro de mim, devagar demais para o meu gosto, me torturando com a lentidão de seus movimentos.

Eu reclamo, implorando por mais contato, mas ele ignora minhas súplicas e segue concentrado no papel e lápis que mantém

ATO III: *A profecia*

apoiados em minhas costas. Quando Heitor pediu para que eu me deitasse de bruços no tapete felpudo em frente à lareira antiga do escritório para me desenhar, prontamente aceitei. Só não imaginei que faria isso comigo praticamente de quatro enquanto mete em mim.

— Eu amo a curva do seu pescoço. O fato de seu cabelo curto deixar toda essa pele macia exposta me deixa louco. — E eu sinto o *quanto* quando ele investe com mais força contra a minha bunda. — Estou quase terminando.

— Graças a Deus.

— Tão impaciente. Terminei. Quer ver?

Vejo o papel cair ao nosso lado, mas mal tenho tempo de responder, porque Heitor circula minha cintura com uma das mãos livres e desce até o ponto onde nossos corpos ofegantes se encontram. Seus dedos pairam naquele local latejante e finalmente sinto-o se movimentar dentro de mim com o ritmo que eu preciso.

— Quero. — Arfo com mais uma estocada coordenada com o movimento de seus dedos, então mudo de ideia. — Depois, quero ver depois.

— Isto é real? Isto realmente está acontecendo? — fala Heitor, sem parar de me levar à loucura.

Estou tão perto do abismo, mas ele para de tocar meu clitóris e usa as mãos para segurar minhas coxas e levantar ainda mais meu quadril. Ainda dentro de mim, Heitor passeia por toda a extensão do meu corpo exposto, como se pretendesse gravar cada detalhe com seus dedos.

Tudo em mim treme. Ele grunhe. Eu gemo sem parar. E a sensação é de que nunca me senti tão preenchida em toda a minha vida.

— Você não pode gozar ainda.

— Mas...

— Ainda não. Eu preciso de... — ele beija minhas costas enquanto aumenta o ritmo com o quadril —... mais um minuto. Eu preciso sentir você e escutar esses choros lindos que saem dos seus lábios por só mais um minuto.

O roubo em três atos

Olho para ele por cima do ombro, e a expressão em seu rosto me lembra da primeira vez que nos beijamos. O deleite, misturado com o desejo, o choque e o completo desespero. Meu corpo dá sinais óbvios de que está no limite. De que Heitor me deixa assim. Mas não sou a única.

Apoio as mãos com mais força no tapete e impulsiono o corpo para trás, erguendo o quadril, espelhando os movimentos dele, acompanhando a intensidade das suas estocadas. Como imaginei, Heitor geme e murmura uma série de palavrões.

— Quieta, se não isto não vai durar — grunhe ao agarrar minha bunda com força.

— É a intenção.

Ele interrompe o movimento dos nossos corpos entrelaçados e segura meu cabelo, forçando-me a virar o rosto para o encarar. Vejo no dele o completo abandono e desespero que me assola.

— Como eu disse — faço mais um movimento com o quadril e termino a frase com o que sei que vai nos levar aonde quero —, é a intenção, *professor*.

Ele não precisa nem se mexer para que os primeiros espasmos de prazer me atinjam. O desejo que vejo em seus olhos, a maneira como ele me olha, as promessas que faz neste momento... tudo isso me leva além. Começo a me desmanchar, e Heitor finalmente retoma o controle, entrando, apertando, tocando. Uma, duas, três vezes... cada vez mais rápido, intensificando a onda de prazer que me faz fraquejar. Fecho os olhos e sinto o corpo flutuar em uma mistura de alívio e explosão.

Ao fundo, escuto Heitor repetindo como sou linda, como esperou por mim e sonhou comigo, como é grato por eu lhe dar uma segunda chance. Suas palavras são tão desconexas quanto suas estocadas e, quando acho que não aguento mais, meu corpo irrompe em uma nova onda de prazer. Inesperada, brutal e poética. Exatamente como a minha história com Heitor.

ATO III: *A profecia*

— Você vai usar esse quadro no seu TCC? — pergunta Heitor ao encarar o quadro no meio do escritório.

— Vou, sim.

— Que bom — diz ele, com um sorriso orgulhoso no rosto.

Depois de tudo o que fizemos e de todas as vezes que Heitor me deu prazer, ele ainda teve energia para me dar um banho — sem gracinhas, apesar das minhas tentativas de provocação — e preparar uma bandeja com frios, queijo-quente e um punhado de frutas. E, enquanto estou esparramada no sofá vestida com seu moletom quentinho, ele anda de um lado para o outro pelo cômodo, só de cueca boxer, ora olhando o quadro que pintei, ora encarando as máscaras hipnotizantes.

— Andei pensando no que você me disse.

— No que exatamente? Te falei muitas coisas nas últimas doze horas, formiguinha.

Um calor quentinho sobe pela minha barriga e aquece meu coração. O apelido, seus olhos gentis e o sorriso safado em sua expressão... Tudo em Heitor me deixa simplesmente feliz.

— Nas máscaras.

— E o que tem elas?

— Não acho que Beatrice as pintava como um lembrete de todas as máscaras que precisava usar.

Passo os dedos pelas linhas em grafite no papel em meu colo. Me descobrir através dos olhos de Heitor é um presente. Vendo minha expressão desejosa e meu sorriso livre no papel, percebo o quanto ele me enxerga além dos medos e inseguranças que me afastam da mulher que quero ser.

Me levanto do sofá e me aproximo de onde ele está, parando em frente ao quadro que passei os últimos quatro dias pintando. Sinto orgulho do meu trabalho, e ao mesmo tempo uma dose de vulnerabilidade. Meu choro contido, as máscaras unidas, o medo represado e a solidão que enfrentei nos últimos anos quase saltam da tela. Sei que são essas emoções que a tornam especial, mas mesmo assim, não é fácil olhá-la e não me sentir frágil.

O roubo em três atos

— Eu acho que as máscaras são um lembrete de que, quando o assunto é o amor, não precisamos delas. — Corro os dedos pelas máscaras em cima da mesa e sinto o poder que emana delas correr por minhas veias. Desde que trouxe Heitor aqui para cima elas não param de chiar e me chamar. — Algo me diz que esse é o segredo do amor: abandonar as máscaras que usamos, seja porque precisamos ou porque achamos que devemos, e deixar que nos vejam em nossas imperfeições e erros.

Volto os olhos para o quadro finalizado algumas horas atrás, lembrando da forma como me derramei nele ao pintá-lo em uma vertente caótica de cores acinzentadas. Ali está toda a minha complexidade e pequenez, sem máscaras e, ainda assim, repleta de medos, inseguranças e desejos. Ali está uma versão minha que não quero mais esconder das pessoas que amo.

— E é isso que você quer? — Heitor se aproxima de mim e me puxa para um abraço. — Se deixar ser vista?

— Sim. E não só por você.

— Essa é sua forma de falar que quer ter um relacionamento aberto?

Ele ergue uma sobrancelha brincalhona e um riso bobo me atinge.

Eu estou feliz. Feliz por estar nos braços de Heitor. Feliz por ele não ser mais meu professor e orientador, e eu não precisar mais me preocupar com o fato do nosso relacionamento ser proibido. Feliz porque finalmente entendi a parte do quebra-cabeça que faltava em mim mesma. E não é o que sinto pelo Heitor, mas sim o que sinto pela minha arte.

Por um tempo, eu parei de lutar por ela, vesti uma máscara fingindo que não me importava mais em ser vista através dela, mas viver sufocando minhas emoções só me fez mal. Eu quero, sim, ser vista através da minha arte. Respeitada pelo meu trabalho. E valorizada por quem sou a cada pincelada de tinta ou traço curvo feito por meu lápis. Eu quero que minha arte seja uma extensão de mim. E não quero — nunca mais — permanecer calada enquanto usam, manipulam e roubam o que carrego de mais valioso.

ATO III: *A profecia*

— Eu quero que você me veja por inteiro e que decida ficar ao meu lado ainda assim — digo para Heitor após alguns minutos perdida em pensamentos. — Mas também quero que minha arte seja vista como parte de quem sou. Quero retirar as máscaras que me mantêm na escuridão e permitir que me enxerguem em todas as minhas obras. O que é assustador, mas ao mesmo tempo, libertador.

— Também quero que você me veja, Elena. — Ele beija minha testa e continua a falar com o rosto apoiado na base do meu pescoço: — Na verdade, sinto que você me vê desde a primeira vez que colocou os olhos em mim, naquela cobertura lotada de pessoas desconhecidas.

Me afasto só o suficiente para erguer a cabeça e prender seus olhos nos meus.

— Então é isso, desde que você queira me ver e eu escolha te enxergar no meio da multidão, acho que esse lance vai dar certo.

— *Lance?*

— Caso, corte, paquera, *affair*. — A cada palavra, deixo um beijo em sua pele exposta, bem na altura do coração. — Flerte, chamego…

— Namoro, que tal namoro. — Heitor me abraça e cola seus lábios nos meus.

— Tudo bem, pode ser namoro, *professor* — falo entre beijos.

Ele ri com os lábios colados nos meus e dá uma palmada sonora na minha bunda.

— Nós definitivamente vamos precisar de regras. Você não pode ficar me chamando de professor.

— Não posso mesmo?

Talvez eu tenha feito bico ao falar. Mas só talvez.

— Só se você quiser que eu arranque a sua roupa e te mostre tudo que posso te ensinar.

— E quem disse que eu não quero exatamente isso?

— Caralho, mulher, assim você me mata, não está vendo que estamos tendo uma conversa séria aqui?

Eu rio e, depois de uma gargalhada estridente, sinto os olhos marejarem. Meu primeiro impulso é frear a torrente de emoções, mas

O roubo em três atos

logo abro mão do controle e deixo que as lágrimas corram livremente. Enlaço a cintura de Heitor e afundo meu rosto nele, inalando seu perfume, aceitando o conforto de suas mãos que sobem e descem por minhas costas e escutando — bem ao fundo — uma música calorosa nos rodeando. Já escutei essa melodia antes, mas não me lembro exatamente onde.

Deixo as lágrimas escorrerem, ao passo que a felicidade vai fincando suas garras em meu coração. O júbilo afasta as teias de aranha tecidas por erros do passado, abre as portas do rancor e do luto que a morte de minha mãe causou e se une àquele amor que nasceu muitos anos atrás, em uma festa de Carnaval, mas que só agora vai poder florir.

— Ei, não chora. — Heitor parece preocupado, sem entender que minhas lágrimas não são de tristeza. — Conversa comigo, amor, o que está acontecendo?

Em meio ao pranto de alegria, um sorriso besta surge em meu rosto.

— Não deu nem vinte e quatro horas e você já está me chamando de amor.

— Vinte e quatro horas? Elena, esse barco já zarpou faz tempo. Eu passei quase cinco anos esperando por você.

Encaixo o rosto todo molhado de choro em seu pescoço e sinto o cheiro familiar de sua pele me invadir. Estar com Heitor sempre foi assim. Eu soube que era dele desde a primeira vez que o vi; acho que é por isso que me obriguei a acreditar que nosso caso era algo passageiro, um amor de uma noite só. No fundo, eu tinha medo de nunca mais vê-lo e de como eu ficaria sabendo que meu coração havia sido roubado por um homem de olhos gentis e sorriso safado.

Só que agora eu não preciso mais ter medo do futuro. Estou feliz vivendo o hoje ao lado dele. E isso é tudo o que me importa.

— Eu sei o que sinto por você, Elena — diz Heitor quando minhas lágrimas cessam. — Mas não quero falar sobre meus sentimentos.

— Não?

ATO III: *A profecia*

— Eu quero te mostrar. Quero provar a cada dia que estou ao seu lado, te vendo, te escutando, te apoiando e te amando da melhor forma possível. Para que você nunca ache que precisa se esconder de mim ou usar qualquer tipo de máscara para ser valorizada.

Ele une nossas mãos e as leva até seu peito, onde sinto a batida acelerada do seu coração.

— Parece um bom plano para mim — falo, em meio a um bocejo.

— Que bom, amor. Porque, de agora em diante, somos eu e você contra o mundo, sem máscaras, apenas duas pessoas imperfeitas construindo uma história juntos.

Epílogo

Nix reluta em abrir os olhos. Os músculos rígidos se agitam, implorando para que a deusa levante e retorne para os braços brilhantes da noite que, lá fora, clama por sua benção. Faz tempo demais que o anoitecer surge no céu porque Nix o obrigou, não porque o invocou saudosamente. Seu poder contido por tanto tempo anseia pela liberdade de criar algo novo, mas a deusa não se importa com ele, não mais.

As estrelas sentem saudade da mãe de todos os deuses, os mortais murmuram preces em seu nome que nunca são atendidas e os deuses que nasceram de Nix vez ou outra encontram coragem e adentram o refúgio de sua mãe, ansiosos por fazê-la levantar do leito de tristeza que lhe foi autoimposto. Mas nada adianta, não quando lágrimas de luto ainda escorrem pelo belo rosto da deusa e seus dedos trêmulos afundam no lençol — que ainda carrega o perfume *dele* — em busca de seu amado.

A deusa da noite tentou preparar o espírito para o dia em que a morte bateria em sua porta e o levaria para longe. Só que, quando o fatídico momento chegou, ela não aguentou e implorou. De joelhos, Nix clamou por mais tempo, mas não havia ninguém para escutá-la. Nenhum deus benigno, filho, irmão ou pai pronto para atendê-la. Então a mãe de todos os deuses chorou e, vestida apenas de seu querido manto, deitou-se na cama que dividiu com Sebastos por curtos quarenta anos e *nunca mais* levantou.

Pelo menos, não até hoje.

De repente, uma brisa fresca toca sua pele e afasta as lágrimas que teimosamente formam uma poça de desilusão em seu travesseiro. O aroma de papoula invade o ambiente, seus cílios longos tremulam e, no centro de seu peito uma melodia tímida, mas potente, nasce. A deusa não quer se levantar da cama, mas o faz mesmo assim. Algo na música que ecoa dentro dela a põe em movimento. O frenesi é conhecido, apesar de assustador. A última vez que a deusa se sentiu assim foi muito tempo atrás, por isso Nix luta contra as esperanças tolas que avançam por sua mente como ervas daninhas.

Depois de tantos séculos sentindo-se vazia, qualquer fagulha é suficiente para enganar seu coração tolo. É por isso que, com um simples estalar de dedos, Nix está em pé, banhada, perfumada, enfeitada com quilos de prata, com o longo cabelo trançado e vestida com seu segundo melhor vestido — o primeiro sempre vai ser o que usou na noite em que conheceu Sebastos, e aquele a deusa da noite nunca mais voltará a vestir.

— Me deixem vê-las.

Nix sussurra para os sete véus que dividem seu esconderijo do mundo humano.

Rapidamente, uma cortina é aberta no céu e um cômodo lhe é revelado. A nuvem espessa permite que ela veja sem ser vista, que escute sem ser escutada, aprenda sem ser denunciada. Através de tamanho poder, a deusa invade o cômodo humano e vê estantes lotadas de livros, uma tela recém-pintada no centro do cômodo, um casal feliz dançando próximo à arte exposta e, ao lado deles, esquecidas em cima de uma mesa de madeira, suas amadas máscaras.

O impacto da visão é tamanho que seu corpo todo vibra de alegria. Nix finca os pés no chão com força para não flutuar até as suas mais belas e puras criações. Ela não vê as máscaras desde

Epílogo

o dia em que Sebastos morreu. No momento em que o espírito dele deixou a terra, a deusa da noite velou e enterrou seu corpo fraco e, com um grito angustiado de cólera, arremessou as máscaras que permitiram que o amor entre eles florescesse penhasco abaixo — exatamente no mesmo lugar em que a deusa escutou Sebastos clamando por ela na primeira vez.

As juras de amor trocadas pelos humanos atingem o coração dividido de Nix. Ela olha para as máscaras — preta e branca, reluzentes e lindas e, ao mesmo tempo, cheias de marcas de uso das mãos pelas quais passaram e que não souberam apreciar seu verdadeiro poder — e é dominada pela felicidade de finalmente vê-las unidas.

Enquanto dormia, Nix sentia suas criações vagando em direções distintas pelo mundo terrestre, sempre separadas pela ganância de uns ou pela ignorância de outros. Vez ou outra, a deusa liberou pequenas doses de seu poder e tentou reunir suas máscaras através de casais que, assim como ela e Sebastos, não as queriam para se esconder, mas sim para serem livres. Só que o luto a impedia de importar-se de fato com os humanos e seus relacionamentos rasos. Nix passou milênios consumida em sua própria falta de amor, então acabou deixando de acreditar na força desse sentimento.

Pelo menos, até hoje.

Ao que parece, hoje é o dia em que tudo será diferente para a deusa.

— Boa noite, *mãe*. — Dionísio aparece repentinamente e arranca um sorriso de Nix ao abraçá-la com furor. — Estava com saudade.

O deus do vinho, da festa e da alegria chora com os braços ao redor da mãe de todos os deuses. Suas lágrimas escorrem pelo rosto forte, tocam a escápula de Nix e findam em sua capa. Imediatamente, o choro vira linhas douradas e um novo bordado é formado na veste da deusa.

Através da trama, várias outras histórias são reveladas à deusa. Sua mente assimila todas as vezes que Dionísio velou seu sono enlutado, deixou presentes e oferendas aos pés de sua cama e, como um típico deus do teatro, interferiu na história dos humanos abençoados por Nix. O peito da deusa aquece ao descobrir que o filho de criação cuidou dos seus, quando ela mesma não fora capaz.

O envolvimento de Nix com Sebastos gerou uma criança humana: uma menina de pele marrom e olhos acinzentados, exatamente como os da deusa, e cabelo loiro como o do pai. Quando essa jovem cresceu, amou e engravidou, outra menina de olhos tempestuosos nasceu, e assim a linhagem seguiu até os dias atuais. A deusa afasta o abraço de Dionísio e volta os olhos para o portal aberto ao seu lado; nele, uma das suas sorri para o homem a sua frente.

No instante em que a primeira de suas descendentes humanas nasceu, a deusa depositou um beijo amoroso em sua testa, selando assim o futuro de todas elas. É por isso que nenhuma das herdeiras de Nix e Sebastos são divindades. Graças ao poder da deusa da noite, todas foram concebidas como humanas livres — apesar de carregarem na face uma partícula do pó de estrela que nasce dos lábios de Nix e as protege dos males da noite.

— Agradeço por tê-los ajudado, filho — diz a deusa, observando o casal sorridente de humanos e dirigindo uma onda de carinho para Dionísio.

— Eu não fiz nada.

— Mentiroso, eu sei das suas artimanhas.

Ela toca o rosto do filho com carinho e, sentindo-se benevolente, faz o mesmo com a humana de olhos acinzentados. Com um simples beijo na ponta dos dedos, Nix envia aos dois uma brisa perfumada e melodiosa. Usando seu poder, a deusa impele o vento a ecoar pelo cômodo humano uma de suas canções favoritas.

Apesar de não reconhecer a magia ao seu redor, a humana escuta com perfeição o som afetuoso que nasce do peito da deusa. Um agradecimento é sussurrado timidamente pela mulher do outro lado do véu, e a faísca de esperança que antes permanecia acanhada nos

Epílogo

recantos da mente de Nix agora vira uma labareda poderosa, grandiosa e que promete nunca mais parar de queimar.

A deusa da noite finalmente acordou e, assim como suas máscaras resilientes e enfim juntas, está pronta para reunir os cacos do seu coração e voltar a acreditar na bênção do amor.

— E então, qual é o final da história deles?

Nix não se abala com a curiosidade de Dionísio e continua andando em meio à pequena galeria. Ela estava decidida a se manter distante dos humanos, mas, quando sentiu o chamado alegre de suas máscaras, resolveu vestir o manto mágico, atravessar os mundos e observar — à distância — a exposição artística de Elena Lancaster.

— Vai mesmo deixá-las com eles? — pergunta seu filho amado e enxerido.

Lado a lado, a deusa da noite e o deus do vinho observam o par de máscaras exibido em um púlpito de mármore. Humanos passam pelos deuses, mas não os veem, apesar de os pelos de seus braços arrepiarem com a onda de poder que emana deles.

— Vou — fala Nix após observar as máscaras por alguns minutos. — Elas não têm mais serventia para mim. Então que sejam herança para as minhas e que as ajudem a serem vistas em uma época em que as relações parecem vitrines de mentiras.

— Quanta amargura — murmura ele, conjurando uma taça de vinho e vertendo o líquido de uma vez só.

— Quanta falta de educação — responde Nix. — Onde está a minha taça?

Dionísio ainda não se acostumou com essa versão leve e desinibida de Nix. A deusa da noite sofreu após a perda de seu amado, mas é verdade que o amor dele a transformou. Depois que foi vista inteiramente uma única vez, a deusa da noite nunca mais se conformou em ser menos. Ela assumiu o protagonismo de sua própria história, mesmo sabendo que a decisão a faria ter que aguentar as festas de

O roubo em três atos

Dionísio, os lamentos constantes dos filhos e os pedidos suplicantes de seus humanos — que agora Nix faz questão de escutar e, vez ou outra, até atende algumas das súplicas feitas em seu nome.

— Parabéns pela exposição, formiguinha. — A deusa escuta o homem sussurrando no ouvido de Elena e a observa abrir um sorriso gigantesco. — Minha mãe quer saber se os planos para amanhã estão de pé.

— A festa de Carnaval em comemoração ao aniversário? É claro, eu não perderia por nada.

Eles se beijam com demasiado afeto, e Nix sente o coração se encher de felicidade. A deusa acha bonito como eles não têm medo de anunciarem seu amor ao mundo. E acha ainda mais especial o fato de que, com ou sem máscara, os dois ainda encontrariam uma forma de ficarem juntos.

— Aquele anel é seu? — pergunta a deusa ao beber uma das taças de vinho de Dionísio e apontar para um dos anéis na mão de Heitor.

A peça traz a letra L cravejada em pedras vermelhas no topo. Foi forjada pelos dedos de Nix, banhada com o ouro de sua manta, decorada com o pólen avermelhado de suas amadas papoulas. Ela sabe que o anel é de Dionísio, assim como sabe o motivo de ele estar no dedo do humano, mas quer fazer o filho confessar seu envolvimento.

— Eu amo aquele anel — diz Dionísio simplesmente. — Você foi a primeira a me mostrar que o amor também era leal, *mãe*. Quis fazer o mesmo e cuidar dos seus humanos enquanto curava seu coração.

É por isso que a letra L está gravada nele, porque Nix desejava que o filho de criação acreditasse na força do seu sentimento por ele — e, por consequência, parasse de flagelar seu espírito com álcool em demasia, festas sem sentido e relações que só faziam mal para ele. Também é por isso que ela o ama tanto. Dionísio ama abundantemente, apesar de ter dificuldade em ser amado.

— E então, eles terão um final feliz ou não? — pergunta o deus novamente, forçando Nix a mudar o rumo da conversa.

260

Epílogo

— Cuidado, filho, desse jeito vai parecer que está preocupado com o final feliz dos humanos.

Enlaçando o braço ao de Dionísio, a deusa da noite os guia em um caminhar lento por toda a exposição montada por Elena.

Nix corre os olhos curiosos pela galeria e absorve com atenção as obras de arte escolhidas por sua descendente para representar o amor. Seus passos são instintivamente guiados para a sua peça favorita: uma aquarela em óleo pintada por Beatrice Lancaster. Nessa tela, um casal maduro está entrelaçado em um abraço potente que emana devoção.

Com ou sem máscara mágica, o amor que nutriam foi capaz de superar as adversidades do tempo e de levar um aos braços do outro.

— Quem são eles? — pergunta Dionísio, encarando a tela.

— Joana e Filipe.

— Ah, sim, a pirata! Eu me lembro deles.

Nix gira o corpo e encara o rosto do filho. Ela busca em seus olhos claros todas as respostas para as perguntas silenciosas em sua mente e, através do olhar aberto de Dionísio, a deusa vê tudo o que precisa. Quem diria que o deus do vinho passaria tanto tempo de sua existência agindo como um cupido sem flechas, unindo os casais amados por sua mãe de consideração?

— Para mim, ela era a mais parecida com você — fala Dionísio ao encarar a mulher de longos cabelos pretos pintada na tela. — Quase perdi o ar quando a vi pela primeira vez. Fui nocauteado pelo espírito livre e o olhar aguçado dela.

— Foi por isso que deu seu anel para ela?

— Talvez — diz o deus. — Agora pare de entrar em minha mente. Um homem precisa manter alguns segredos de sua mãe.

Nix revira os olhos diante do ultraje falso de Dionísio.

O deus do vinho é o que mais se intromete na vida da deusa da noite, portanto, é o que mais recebe a atenção *cuidadosa* de mãe. Desde que saiu do estado paralisante de luto no qual se encontrava, Nix tem atrapalhado as festas desenfreadas de Dionísio, solicitado sua visita diariamente e — sem ele saber — mudado alguns traços da linha do seu destino na ânsia de vê-lo plenamente feliz. Graças a ele, a deusa da noite descobriu que adora desempenhar o papel de cupido.

— Eles já tinham mais de 50 anos quando finalmente se reencontraram. — Nix volta a falar, apontando para o quadro na frente deles. — Não acreditavam mais que o amor voltaria a aparecer em sua vida. E, mesmo assim, passaram vários anos juntos, viajando por continentes, buscando relíquias antigas na Índia e, imagina só, copulando como dois jovens.

— Ora, por favor! Poupe-me dos detalhes, mãe.

— O que estou querendo dizer, seu cabeça-dura, é que eles passaram quase três décadas juntos, vivendo um amor pleno e tranquilo. Vendo a neta nascer e seus sonhos mais profundos virarem realidade.

— Bom para eles — diz Dionísio, sem entender de fato o que Nix deseja comunicar.

— E para você também. Bom para todos os meus filhos, na verdade — sussurra a deusa, mas ninguém mais além dela mesma consegue ouvir.

Inundada por um sentimento de plenitude, a deusa sorri para a imagem do amor de Joana capturada na tela e volta os olhos na direção de Elena. As escolhas da jovem pirata fizeram de Beatrice uma artista brilhante e corajosa. E as lutas de Beatrice inspiraram Elena a celebrar e aceitar sua arte.

Nix pensa então em todas as mulheres Lancaster que precisaram usar máscaras para sobreviver, que passaram anos procurando a vida nos outros e se esquecendo de olhar para si mesmas. Gerações de mulheres que, assim como a própria deusa, demoraram a descobrir como serem vistas e amadas e como encontrar seu próprio final feliz.

Não um final feliz eterno, mas um final feliz suficiente para que elas pudessem sentir a grandiosidade do amor.

— Sim. Eles serão felizes — revela Nix por fim.

A emoção de Dionísio diante de sua resposta a motiva e, em um rompante, a deusa segura uma das mãos do *filho* e mostra a ele tudo

Epílogo

o que o futuro reserva para Elena e Heitor: as décadas juntos, o casamento informal, o futuro dos filhos, um biólogo e uma bailarina, as brigas que terminam em surtos artísticos, as viagens em busca dos museus mais antigos do mundo, a dor da morte do avô de Elena e depois da mãe de Heitor, a tristeza diante da pior doença do mundo e, por fim, o findar da vida na velhice. Primeiro ela, meses depois, ele.

— Sim, enquanto eles continuarem escolhendo um ao outro, terão seu almejado final feliz.

Assim como Nix e todas as mulheres que vieram depois dela. As que lutaram em nome do amor que as liberta para que sejam amadas plenamente apenas por serem elas mesmas.

NOTA DA AUTORA

Se você está lendo este livro é porque eu realizei um dos meus maiores sonhos: dar um final feliz para os primeiros personagens que nasceram de mim quando eu ainda nem sonhava em ser escritora.

Joana e Filipe surgiram a partir de um desafio de escrita: eu precisava escrever um conto, nada muito grande, no qual máscaras amaldiçoadas existissem e impedissem o casal de ter um final feliz. Como amante de histórias que aquecem corações, confesso que escrever um desfecho triste para os dois foi uma das coisas mais difíceis que já fiz na vida, mas, mesmo que o conto publicado tenha tido um fim infeliz, na minha cabeça eu sempre soube que os dois haviam escrito um novo desfecho. Duas pessoas decididas, donas de corações gigantes e de almas de pirata encontrariam uma forma de mudar o destino, não é mesmo?

Quem leu *O roubo* antes de ele ganhar seus novos atos talvez tenha esperado algo diferente deste livro; talvez vocês desejassem que a história de Filipe e Joana fosse revisitada, transformada e modificada. Sinto muito se os decepcionei, mas nunca desejei mudar o que já foi escrito, apenas trazer novas perspectivas do que acredito representar o amor.

Existem várias formas de se apaixonar (quem foi que disse que não podemos encontrar o amor em uma festa de Carnaval?), assim como existem diversas maneiras de viver um amor. Às vezes, sua história vai seguir uma linha reta e objetiva, em outras, você vai precisar acreditar em magia e pular de cabeça em emoções que não são nada racionais. E pode ter certeza de que é *isso* que *O roubo em três atos* representa para mim: um pulo em algo que não racionalizei, apenas deixei fluir para fora de mim. Tudo o que eu ansiava era escrever sobre o amor e, no final, foi exatamente isso que fiz.

Apesar de ter pesquisado para trazer embasamento histórico e mitológico, vale reforçar que este romance é uma ficção. Tudo nele vem do meu desejo de falar sobre as várias facetas do amor. Por isso, espero que ele tenha aquecido seu coração durante a leitura tanto quanto aqueceu o meu durante a escrita.

AGRADECIMENTOS

Confesso que eu não fazia ideia de que o relançamento da história aconteceria desta forma, através de um livro totalmente novo e três vezes maior do que o conto original. Também não imaginava que meu novo romance uniria várias coisas de que gosto: histórias de amor que superam as idas e vindas do destino, altas doses de sensualidade e um toque de fantasia. Espero que você tenha aproveitado a jornada de me ver escrever algo completamente diferente de tudo o que já produzi e que, no final da leitura, tenha ficado com o coração quentinho (e com a certeza de que vale a pena tirar suas máscaras e se deixar ser visto em nome do amor!).

Agradeço à Harlequin pela oportunidade de contar a versão de *O roubo* que, até então, só existia na minha cabeça. Este livro não existiria se eu não estivesse em uma casa editorial que acredita verdadeiramente nas palavras que escrevo e nas histórias que quero contar. Então deixo aqui meu muito obrigada a toda a equipe da Harlequin que trabalhou (e ainda vai trabalhar!) neste livro. Texto, capa, diagramação, marketing, livreiros... são tantas pessoas envolvidas em transformar meu sonho em realidade que só posso agradecer repetidas e repetidas vezes. E claro, reforço meu agradecimento à Julia Barreto, minha editora. Ela escutou meus áudios aleatórios, trabalhou fora do horário comercial, acreditou em uma história de amor dividida em três atos e levou minha escrita para caminhos desconhecidos e instigantes. Não sou capaz de encontrar palavras suficientes para dizer o quanto admiro o trabalho dela.

Também agradeço à Alba Milena, minha agente querida, que esteve comigo desde o primeiro vislumbre desta história. Foi a Alba que me fez escrever um final triste para a Joana e Filipe e sempre serei grata a ela por isso. Olha aonde esse romance chegou, e tudo porque você me tirou da minha zona de conforto e me fez acreditar na minha arte!

Eu encontrei o amor após várias desilusões e só o mantive porque fui capaz de despir minhas máscaras e deixar-me ser vista tanto em minhas vulnerabilidades quanto em minhas grandezas. Manoel, se está lendo essas palavras, saiba que estou falando de você! Sem o seu apoio constante, suas palavras gentis e seus abraços reconfortantes eu não teria escrito este livro — e, se eu for sincera, nenhum dos outros. Você cuidou de mim durante todo o processo caótico de escrever um livro em poucos meses, manteve nosso lar estável enquanto eu passava perdida entre palavras e zelou pelo nosso bem mais precioso (nossa filha linda e sorridente) durante minhas longas jornadas de trabalho. Amo você! Você é um marido, parceiro, amigo e pai maravilhoso.

A todos que estiveram ao meu lado nesse processo: à minha filha, Júlia, que é a luz que guia meus passos; à minha irmã e melhor amiga (que está sempre pronta para me escutar surtar); às avós maravilhosas que a Júlia tem a sorte de ter e a todos os membros da nossa família que estão sempre prontos para me oferecer seus melhores sorrisos e palavras de incentivo. Saibam que vocês são maravilhosos e uma fonte constante de inspiração para mim.

Por fim, agradeço a você leitor que escolheu me acompanhar nessa jornada. Obrigada por me ler e por abrir seu coração aos sentimentos que derramo em **tudo** o que crio. Em especial, Magda Marques e Evelyn Sena, espero que saibam que carrego o amor que vocês sentem por mim, por meus livros e pelo meu trabalho para onde quer que eu vá. Muito obrigada por fazerem parte da minha jornada.

Estou aqui porque Deus me deu a dádiva da vida. Sou grata à transformação que Ele causou e ainda causa em minha existência. O amor que escrevo só é feliz no final porque Ele me fez acreditar no impossível.

Com amor,
PAOLA ALEKSANDRA

Este livro foi impresso pela Reproset, em 2024, para a Harlequin.
O papel do miolo é ivory 65 g/m², e o da capa é cartão 250 g/m².